Tarzan und das Gold von Opar

Der Autor:

EDGAR RICE BURROUGHS war ein amerikanischer Schriftsteller der spekulativen Fiktion, der vor allem für sein umfangreiches Werk in den Genres Abenteuer, Science Fiction und Fantasy bekannt ist. Zu seinen bekanntesten Werken gehört Tarzan der Affen.

Der Herausgeber DIPL.-MATH. KLAUS-DIETER SEDLACEK, Jahrgang 1948, studierte in Stuttgart neben Mathematik und Informatik auch Physik. Nach fünfundzwanzig Jahren Berufspraxis in der eigenen Firma widmet er sich nun seinen privaten Forschungsvorhaben. Darüber hinaus ist er der Herausgeber mehrerer Buchreihen.

Über das Buch:

Tarzan kehrt nach Opar zurück, der Quelle des Goldes, wo sich eine vergessene Kolonie des sagenumwobenen Atlantis befand, weil er einige finanzielle Rückschläge, die er kürzlich erlitten hat, wieder gutmachen will. Während Atlantis selbst vor Tausenden von Jahren in den Fluten versank, bauten die Menschen von Opar weiterhin das gesamte Gold ab, was bedeutet, dass es dort ein riesiges Goldlager gibt, das aber inzwischen aus dem Gedächtnis der Oparianer verschwunden ist und dessen geheimen Standort nur Tarzan kennt.

Ein gieriger, geächteter belgischer Kolonialoffizier, Albert Werper, der im Dienste eines kriminellen Arabers steht, folgt Tarzan heimlich nach Opar. In der Zwischenzeit ist der arabische Sklavenjäger auf dem Weg, um Jane, Tarzans Frau, zu entführen. Bei der Begegnung von Tarzan mit der sehr schönen Hohepriesterin La, der Dienerin des Flammengottes von Opar, weist Tarzan ihre Liebe erneut zurück, was sie erzürnt und sie ihn töten lassen will.

Edgar Rice Burroughs

Tarzan und das Gold von Opar

Die Rache der Hohepriesterin La

Herausgegeben von
Klaus-Dieter Sedlacek

Bibliografische Information der Deutschen Nationalbibliothek:
Die Deutsche Nationalbibliothek verzeichnet diese Publikation in der
Deutschen Nationalbibliografie; detaillierte bibliografische Daten
sind im Internet über dnb.dnb.de abrufbar

Übersetzung, Coverdesign, Satz in moderner Antiqua-Schrift:
Klaus-Dieter Sedlacek
https://toppbook.de

© 2021 Klaus-Dieter Sedlacek
Herstellung und Verlag: BoD – Books on Demand, Norderstedt

ISBN: 978-3-7534-2366-1

Inhaltsverzeichnis

J. Allen St. Johns Titelgrafik für die Zeitungsversion von "Tarzan and the Jewels of Opar" von 1918

Tarzan und das Gold von Opar[1]

ÜBER TARZAN

Tarzan[2] ist der Sohn eines britischen Lords und dessen Frau, die am Anfang noch schwanger ist. Die beiden werden Opfer einer Meuterei, werden an der afrikanischen Küste ausgesetzt und richten sich dort ein. Sie bauen eine kleine Hütte, in der sie sich sicherer fühlen als im wilden Dschungel. Ihr Sohn erhält den Namen John Clayton III., Lord Greystoke. Die Mutter stirbt, als er ein Jahr alt ist; sein Vater verliert sein Leben im Kampf gegen eine Affenbande. Von da an heißt die Waise „Tarzan" und wird von dieser Gruppe Affen aufgezogen, unter denen sich die Affenfrau Kala besonders um ihn kümmert.

Beim Streunen allein im Wald findet Tarzan die Hütte, in der er mit seinen menschlichen Eltern ein Jahr gelebt hat. In der Hütte entdeckt er ein Jagdmesser, das er schließlich an sich nimmt, nachdem er sich daran verletzt hat und den Zweck des Gegenstandes erkannt hat. Auch findet er diverse Bücher über die Geschichte der Menschheit und Lernfibeln für Kinder, mit deren Hilfe er sich über Jahre hinweg selbst Lesen beibringt, ohne dabei auch nur ein Wort Englisch aussprechen zu können. Er überträgt die Worte in die Affensprache, wodurch er das Wort 'Mensch' zum Beispiel lesen, aber nicht sprechen kann, da es das Wort unter den Affen nicht gibt. In den Büchern lernt er auch einiges über die zivilisierte Welt. Mithilfe des Jagdmessers erlangt er nach mehreren Machtkämpfen der Affen untereinander, den Rang des Stammeshäuptlings. Sein komplexeres Bewusstsein ist dabei von großem Nutzen.

Als Erwachsener trifft Tarzan im Dschungel zufällig Jane, die Tochter eines Wissenschaftlers, und verliebt sich in sie. Als sie schließlich nach England zurückkehrt, entschließt er sich, ebenfalls den Dschungel zu verlassen. Sie heiraten in England und bekommen einen Sohn (Jack).

Tarzan verachtet jedoch das heuchlerische Leben in England und sehnt sich nach seiner Heimat. Er kehrt mit Jane nach Afrika zurück.

---

1 Die amerikanische Ausgabe mit dem Titel "Tarzan and the Jewels of Opar" wurde erstmals als Fortsetzungsgeschichte in *All-Story Weekly* veröffentlicht, beginnend am 18. November 1916.

2 Seite „Tarzan". In: Wikipedia, Die freie Enzyklopädie. Bearbeitungsstand: 27. Oktober 2020, 08:10 UTC. URL: https://de.wikipedia.org/w/index.php?title=Tarzan&oldid=204930163 (Abgerufen: 13. Januar 2021, 10:29 UTC)

I. - Der Verräter

Leutnant Albert Werper hatte es nur dem Ansehen seines Namens, den er in den Schmutz gezogen hatte, zu verdanken, dass er nur knapp einer Entlassung entging. Anfangs war er auch demütig dankbar gewesen, dass man ihn auf diesen gottverlassenen Kongoposten geschickt hatte, statt ihn vor ein Kriegsgericht zu stellen, wie er es verdient hätte; aber nun hatten sechs Monate der Monotonie, der furchtbaren Isolation und der Einsamkeit eine Veränderung bewirkt. Der junge Mann grübelte ständig über sein Schicksal nach. Seine Tage waren angefüllt mit krankhaftem Selbstmitleid, das schließlich in seinem schwachen und schwankenden Geist einen Hass auf diejenigen erzeugte, die ihn hierher geschickt hatten - genau die Männer, denen er anfangs innerlich dafür gedankt hatte, dass sie ihn vor der Schmach der Degradierung bewahrt hatten.

Er trauerte dem fröhlichen Leben in Brüssel nach, wie er nie die Sünden bedauert hatte, die ihn aus der fröhlichsten aller Hauptstädte gerissen hatten, und als die Tage vergingen, richtete sich sein Groll auf den Vertreter jener Autorität im Kongoland, die ihn verbannt hatte - seinen Hauptmann und unmittelbaren Vorgesetzten.

Dieser Offizier war ein kalter, wortkarger Mann, der bei seinen direkten Untergebenen wenig Liebe hervorrief, der aber von den schwarzen Soldaten seines kleinen Kommandos respektiert und gefürchtet wurde.

Werper hatte die Angewohnheit, seinen Vorgesetzten stundenlang anzustarren, wenn die beiden auf der Veranda ihres gemeinsamen Quartiers saßen und ihre abendlichen Zigaretten im Schweigen rauchten, das keiner der beiden zu brechen wünschte. Der sinnlose Hass des Leutnants wuchs schließlich zu einer Form von Manie an. Die natürliche Schweigsamkeit des Kapitäns verzerrte er zu einem gezielten Versuch, ihn wegen seiner vergangenen Unzulänglichkeiten zu kränken. Er bildete sich ein, dass sein Vorgesetzter ihn verachtete, und so regte er sich innerlich auf und wütete, bis eines Abends sein Wahn plötzlich mörderisch wurde. Er befingerte den Kolben des Revolvers an seiner Hüfte, seine Augen verengten sich und seine Brauen zogen sich zusammen. Endlich sprach er.

"Sie haben mich zum letzten Mal beleidigt!", rief er und sprang auf die Füße. "Ich bin ein Offizier und ein Gentleman, und ich werde mir das nicht länger gefallen lassen, ohne dass Sie mir Rechenschaft ablegen, Sie Schwein."

Der Kapitän, mit einem Ausdruck der Überraschung auf den Zügen, drehte sich zu seinem Untergebenen um. Er hatte schon früher Männer gesehen, die vom Dschungelwahn befallen waren - dem Wahnsinn der Einsamkeit und des hemmungslosen Grübelns und vielleicht auch des leichten Fiebers.

8

Er erhob sich und streckte seine Hand aus, um sie auf die Schulter des Gegenübers zu legen. Leise Worte des Rates lagen auf seinen Lippen, aber sie wurden nie ausgesprochen. Werper deutete die Handlung seines Vorgesetzten als einen Versuch, mit ihm abzuschließen. Sein Revolver lag auf einer Höhe mit dem Herzen des Kapitäns, und dieser hatte nur einen Schritt gemacht, als Werper abdrückte. Ohne ein Stöhnen sank der Mann auf die rauen Planken der Veranda, und als er fiel, lichteten sich die Nebel, die Werpers Gehirn umwölkt hatten, sodass er sich selbst und die Tat, die er begangen hatte, in demselben Licht sah, in dem diejenigen, die ihn verurteilen mussten, sie sehen würden.

Er hörte aufgeregte Ausrufe aus den Quartieren der Soldaten und er hörte Männer in seine Richtung rennen. Sie würden ihn ergreifen, und wenn sie ihn nicht töteten, würden sie ihn den Kongo hinunter zu einem Punkt bringen, an dem ein ordnungsgemäß angeordnetes Militärgericht dies ebenso effektiv, wenn auch in einer regelmäßigeren Weise, tun würde.

Werper hatte keine Lust zu sterben. Noch nie hatte er sich so sehr nach dem Leben gesehnt wie in diesem Moment, in dem er sein Recht zu leben so effektiv verwirkt hatte. Die Männer näherten sich ihm. Was sollte er tun? Er blickte sich um, als suche er nach einer greifbaren Form einer legitimen Entschuldigung für sein Verbrechen; aber er konnte nur den Körper des Mannes finden, den er so grundlos niedergeschossen hatte.

Verzweifelt drehte er sich um und floh vor den herannahenden Soldaten. Er rannte quer über das Gelände, den Revolver noch immer fest in der Hand. An den Toren hielt ihn ein Wachposten auf. Werper hielt nicht inne, um zu diskutieren oder den Einfluss seines Befehls geltend zu machen - er hob nur seine Waffe und schoss den unschuldigen Schwarzen nieder. Einen Augenblick später hatte der Flüchtige das Tor aufgerissen und war in der Schwärze des Dschungels verschwunden, aber nicht bevor er das Gewehr und die Munitionsgürtel des toten Wachtpostens in seine eigene Person übertragen hatte.

Die ganze Nacht über floh Werper immer weiter in das Herz der Wildnis. Hin und wieder ließ ihn die Stimme eines Löwen aufhorchen; aber mit gespanntem und bereitem Gewehr ging er weiter, mehr aus Angst vor den menschlichen Jägern in seinem Rücken als vor den wilden Raubtieren vor ihm.

Endlich kam die Dämmerung, aber der Mann stapfte immer noch weiter. Jegliches Gefühl für Hunger und Müdigkeit verlor sich im Schrecken der drohenden Gefangennahme. Er konnte nur an die Flucht denken. Er wagte es nicht, sich auszuruhen oder zu essen, bis die Gefahr der Verfolgung gebannt war, und so taumelte er weiter, bis er schließlich fiel und nicht mehr aufstehen konnte. Wie lange er geflohen war, wusste er nicht, und er versuchte auch nicht, es zu wissen. Als er nicht mehr fliehen konnte, wurde das

Wissen, dass er seine Grenze erreicht hatte, in der Gedankenlosigkeit der völligen Erschöpfung vor ihm verborgen.

Und so kam es, dass Achmet Zek, der Araber, ihn fand. Achmets Gefolgsleute waren dafür, ihrem Erbfeind einen Speer durch den Leib zu jagen; aber Achmet wollte es anders haben. Zuerst würde er den Belgier befragen. Es wäre einfacher, einen Mann erst zu verhören und ihn dann zu töten, als ihn erst zu töten und dann zu verhören.

So ließ er Leutnant Albert Werper in sein eigenes Zelt tragen, und dort verabreichten ihm Sklaven Wein und Essen in kleinen Mengen, bis der Gefangene endlich wieder zu Bewusstsein kam. Als er die Augen aufschlug, sah er die Gesichter fremder schwarzer Männer um sich herum, und direkt vor dem Zelt die Gestalt eines Arabers. Nirgends war die Uniform seiner Soldaten zu sehen.

Der Araber drehte sich um, und als er die offenen Augen des Gefangenen auf sich gerichtet sah, betrat er das Zelt.

"Ich bin Achmet Zek", verkündete er. "Wer bist du, und was hast du in meinem Land gemacht? Wo sind deine Soldaten?"

Achmet Zek! Werpers Augen wurden groß, und sein Herz sank. Er befand sich in den Fängen des berüchtigtsten Halsabschneiders - eines Europäerhassers, besonders derer, die die Uniform Belgiens trugen. Jahrelang hatten die Streitkräfte von Belgisch-Kongo einen ergebnislosen Krieg gegen diesen Mann und seine Anhänger geführt - einen Krieg, in dem von keiner Seite je ein Pardon verlangt oder erwartet worden war.

Doch gerade in dem Hass des Mannes auf die Belgier sah Werper einen schwachen Hoffnungsschimmer für sich. Auch er war ein Ausgestoßener und ein Geächteter. So weit, so gut, sie hatten ein gemeinsames Interesse, und Werper beschloss, das auszunutzen, was es ihm bringen könnte.

"Ich habe von Ihnen gehört", antwortete er, "und habe Sie gesucht. Meine Leute haben sich gegen mich gewendet. Ich hasse sie. Sogar jetzt sind ihre Soldaten auf der Suche nach mir, um mich zu töten. Ich wusste, dass Sie mich vor ihnen beschützen würden, denn auch Sie hassen sie. Im Gegenzug werde ich bei Ihnen dienen. Ich bin ein ausgebildeter Soldat. Ich kann kämpfen, und Ihre Feinde sind meine Feinde."

Achmet Zek beäugte den Europäer schweigend. In seinem Kopf kreisten viele Gedanken, der wichtigste war, dass der Ungläubige log. Natürlich bestand die Möglichkeit, dass er nicht log, und wenn er die Wahrheit sagte, dann war sein Vorschlag eine Überlegung wert, denn kämpfende Männer waren nie im Überfluss vorhanden - vor allem weiße Männer mit der Ausbildung und dem Wissen über militärische Angelegenheiten, die ein europäischer Offizier besitzen musste.

Achmet Zek blickte finster drein, und Werpers Herz sank; aber Werper kannte Achmet Zek nicht, der durchaus dazu neigte, finster zu blicken, wo

10

ein anderer lächelte, und zu lächeln, wo ein anderer finster blickte.

"Und wenn du mich belogen hast", drohte Achmet Zek, "werde ich dich jederzeit töten. Welche Gegenleistung, außer deinem Leben, erwartest du für deine Dienste?"

"Zuerst nur meinen Unterhalt", antwortete Werper. "Später, wenn ich mehr wert bin, können wir uns leicht einigen." Werpers einziger Wunsch war im Moment, sein Leben zu erhalten. Und so kam es zur Einigung und Leutnant Albert Werper wurde Mitglied der Elfenbein- und Sklavenhändlerbande des berüchtigten Achmet Zek.

Monatelang ritt der abtrünnige Belgier mit dem wilden Räuber. Er kämpfte mit einer wilden Hingabe und einer bösartigen Grausamkeit, die derjenigen seiner Mit-Desperados in nichts nachstand. Achmet Zek beobachtete seinen Rekruten mit Adleraugen und mit einer wachsenden Zufriedenheit, die sich schließlich in einem größeren Vertrauen in den Mann niederschlug und zu einer größeren Handlungsfreiheit für Werper führte.

Achmet Zek nahm den Belgier weitgehend in sein Vertrauen auf und eröffnete ihm schließlich einen Lieblingsplan, den der Araber schon lange hegte, aber nie eine Gelegenheit gefunden hatte, ihn zu verwirklichen. Mithilfe eines Europäers ließe sich die Sache jedoch leicht verwirklichen. Er sprach Werper an.

"Du hast von dem Mann gehört, den man Tarzan nennt?", fragte er.

Werper nickte. "Ja, ich habe von ihm gehört, aber ich kenne ihn nicht."

"Ohne ihn könnten wir unseren 'Handel' in Sicherheit und mit großem Gewinn betreiben", fuhr der Araber fort. "Seit Jahren bekämpft er uns, vertreibt uns aus dem reichsten Teil des Landes, schikaniert uns und bewaffnet die Eingeborenen, damit sie uns abwehren, wenn wir zum 'Handel' kommen. Er ist sehr reich. Wenn wir einen Weg finden könnten, ihn dazu zu bringen, uns viele Goldstücke zu zahlen, dann wäre das nicht nur eine Rache an ihm, sondern auch eine Entschädigung für vieles, was uns unter seinem Schutz an Gewinn bei den Eingeborenen genommen wurde."

Werper zog eine Zigarette aus einem juwelenbesetzten Etui und zündete sie an.

"Und Sie haben einen Plan, wie Sie ihn bezahlen lassen wollen?", fragte er.

"Er hat eine junge Frau", antwortete Achmet Zek, "von der die Männer sagen, sie sei sehr schön. Sie würde weiter nördlich einen hohen Preis bringen, wenn es uns zu schwer fällt, von diesem Tarzan Lösegeld zu kassieren."

Werper neigte den Kopf in Gedanken. Achmet Zek stand da und wartete auf seine Antwort. Was an Gutem in Albert Werper noch übrig war, empörte sich bei dem Gedanken, eine weiße Frau in die Sklaverei und Erniedrigung eines muslimischen Harems zu verkaufen. Er blickte zu Achmet Zek auf. Er sah, wie sich die Augen des Arabers verengten, und er ahnte, dass der andere seine Abneigung gegen den Plan gespürt hatte. Was würde es für Werper bedeuten, sich zu weigern? Sein Leben lag in den Händen dieses Halbbarbaren, der das Leben eines Ungläubigen weniger hoch schätzte als das eines Hundes. Werper liebte das Leben. Was war diese Frau überhaupt für ihn? Sie war eine Europäerin, zweifellos, ein Mitglied der etablierten Gesellschaft. Er war ein Ausgestoßener. Die Hand jedes weißen Mannes war gegen ihn. Sie war sein natürlicher Feind, und wenn er sich weigerte, ihr zum Verderben zu verhelfen, würde Achmet Zek ihn töten lassen.

"Du zögerst", murmelte der Araber.

"Ich habe nur die Erfolgsaussichten abgewogen", log Werper, "und meine Belohnung. Als Europäer kann ich mir Zutritt zu ihrem Haus und ihrer Gesellschaft verschaffen. Sie haben keinen anderen bei sich, der so viel tun könnte. Das Risiko wird groß sein. Ich sollte gut bezahlt werden, Achmet Zek."

Ein Lächeln der Erleichterung ging über das Gesicht des Räubers.

"Gut gesagt, Werper", und Achmet Zek klopfte seinem Leutnant auf die Schulter. "Du solltest gut bezahlt werden und das wirst du auch. Nun lasst uns zusammensitzen und planen, wie die Sache am besten erledigt werden kann", und die beiden Männer hockten auf einem weichen Teppich unter der verblichenen Seide von Achmets einst prächtigem Zelt und redeten mit leiser Stimme bis tief in die Nacht hinein. Beide waren groß und bärtig, und die Exposition gegenüber Sonne und Wind hatte dem Teint des Europäers eine fast arabische Färbung verliehen. Auch in jedem Detail der Kleidung kopierte er die Mode seines Häuptlings, sodass er äußerlich genauso ein Araber war wie der andere. Es war schon spät, als er aufstand und sich in sein eigenes Zelt zurückzog.

Den folgenden Tag verbrachte Werper damit, seine belgische Uniform zu überholen und sie von allen Spuren zu befreien, die auf ihre militärische Verwendung hinweisen könnten. Aus einer heterogenen Beutesammlung beschaffte sich Achmet Zek einen Tropenhelm und einen europäischen Sattel, und aus seinen schwarzen Sklaven und Anhängern eine Gruppe von Trägern, Askaris und Zeltjungen, um eine bescheidene Safari für einen Großwildjäger zusammenzustellen. An der Spitze dieser Gruppe setzte sich Werper vom Lager ab.

II. - Auf dem Weg nach Opar

Zwei Wochen später erblickte John Clayton, Lord Greystoke, auf dem Rückweg von einer Inspektionstour seines riesigen afrikanischen Anwesens den Anführer einer Kolonne von Männern, die die Ebene zwischen seinem Bungalow und dem Wald im Norden und Westen überquerte.

Er zügelte sein Pferd und beobachtete die kleine Gruppe, als sie aus einer verdeckten Senke hervortrat. Seine scharfen Augen fingen die Reflexion der Sonne auf dem weißen Helm eines berittenen Mannes auf, und mit der Überzeugung, dass ein wandernder europäischer Jäger seine Gastfreundschaft suchte, wendete er sein Pferd und ritt langsam vorwärts, um den Neuankömmling zu treffen.

Eine halbe Stunde später erklomm er die Stufen, die zur Veranda seines Bungalows führten, und stellte M. Jules Frecoult Lady Greystoke vor. "Ich war völlig verloren", erklärte M. Frecoult. "Mein Safari-F war noch nie in diesem Teil des Landes gewesen, und die Führer, die mich ab dem letzten Dorf, an dem wir vorbeikamen, hätten begleiten sollen, kannten das Land noch weniger als wir. Sie haben uns schließlich vor zwei Tagen im Stich gelassen. Ich bin wirklich sehr glücklich, dass ich so zufällig auf Hilfe gestoßen bin. Ich weiß nicht, was ich getan hätte, wenn ich Sie nicht gefunden hätte."

Es wurde beschlossen, dass Frecoult und seine Gruppe einige Tage bleiben sollten, oder bis sie sich gründlich ausgeruht hatten, dann würde Lord Greystoke Führer zur Verfügung stellen, die sie sicher zurück in das Land führen würden, mit dem Frecoults Kopf angeblich vertraut war.

In seiner Verkleidung als französischer Gentleman der Gesellschaft fiel es Werper nicht schwer, seinen Gastgeber zu täuschen und sich sowohl bei Tarzan als auch bei Jane Clayton einzuschmeicheln; doch je länger er blieb, desto geringer wurde seine Hoffnung, dass seine Pläne leicht zu verwirklichen seien.

Lady Greystoke ritt nie allein in größerer Entfernung vom Bungalow, und die unerschütterliche Loyalität der wilden Waziri-Krieger, die einen großen Teil von Tarzans Gefolgschaft bildeten, schien die Möglichkeit eines erfolgreichen Versuchs einer gewaltsamen Entführung oder der Bestechung der Waziri selbst auszuschließen.

Eine Woche verging, und Werper war der Verwirklichung seines Plans, soweit er es beurteilen konnte, nicht näher als am Tag seiner Ankunft, aber genau in diesem Moment geschah etwas, das ihm neue Hoffnung gab und ihn auf eine noch größere Belohnung, als das Lösegeld für eine Frau fixierte.

Ein Bote hatte den Bungalow mit der wöchentlichen Post erreicht, und Lord Greystoke hatte den Nachmittag in seinem Arbeitszimmer verbracht, um Briefe zu lesen und zu beantworten. Beim Abendessen wirkte er verzweifelt, und am frühen Abend entschuldigte er sich und zog sich zurück, Lady Greystoke folgte ihm bald darauf. Werper, der auf der Veranda saß, hörte die Stimmen der beiden, die sich ernsthaft unterhielten, und da er merkte, dass etwas Ungewöhnliches im Gange war, erhob er sich leise von seinem Stuhl, hielt sich im Schatten der Büsche, die den Bungalow üppig umsäumten, und begab sich leise zu einem Punkt unter dem Fenster des Zimmers, in dem sein Gastgeber und seine Gastgeberin schliefen.

Hier lauschte er, und das nicht ohne Ergebnis, denn schon die ersten Worte, die er belauschte, erfüllten ihn mit Aufregung. Lady Greystoke sprach gerade, als Werper in Hörweite kam.

"Ich habe immer um die Stabilität der Firma gebangt", stellt sie fest; "aber es scheint unglaublich, dass sie mit einer so enormen Summe in den Ruin gehen konnte - es sei denn, es hat eine unehrliche Manipulation stattgefunden."

"Das ist es, was ich vermute", erwiderte Tarzan; "aber was auch immer die Ursache sein mag, es bleibt die Tatsache, dass ich alles verloren habe, und es bleibt nichts anderes übrig, als nach Opar zurückzukehren und mehr zu holen."

"Oh, John", rief Lady Greystoke, und Werper konnte das Erschaudern in ihrer Stimme spüren, "gibt es denn keinen anderen Weg? Ich kann den Gedanken nicht ertragen, dass du in diese furchtbare Stadt zurückkehrst. Lieber würde ich für immer in Armut leben, als dass du dich den schrecklichen Gefahren von Opar aussetzen müsstest."

"Du brauchst keine Angst zu haben", antwortete Tarzan und lachte. "Ich kann sehr gut auf mich selbst aufpassen, und wenn ich es nicht könnte, würden die Waziri, die mich begleiten, dafür sorgen, dass mir kein Leid geschieht."

"Sie sind einmal von Opar weggelaufen und haben dich deinem Schicksal überlassen", erinnerte sie ihn.

"Sie werden es nicht wieder tun", antwortete er. "Sie haben sich sehr geschämt und wollten zurückkommen, als ich sie traf."

"Aber es muss doch einen anderen Weg geben", beharrte die junge Frau.

"Es gibt keinen anderen Weg, der nur halb so leicht ist, ein anderes Vermögen zu erlangen, als in die Schatzkammern von Opar zu gehen und es zu holen", erwiderte er. "Ich werde sehr vorsichtig sein, Jane, und die Chancen stehen gut, dass die Bewohner von Opar nie erfahren werden, dass ich wieder dort gewesen bin und sie um einen weiteren Teil des Schatzes beraubt habe, von dessen Existenz sie ebenso wenig wissen, wie sie von seinem Wert wissen."

Die Endgültigkeit in seinem Ton schien Lady Greystoke zu versichern, dass weitere Argumente zwecklos seien, und so gab sie das Thema auf.

Werper blieb noch eine kurze Zeit und hörte zu, dann kehrte er in der Überzeugung, alles Nötige gehört zu haben, und aus Angst vor Entdeckung auf die Veranda zurück, wo er in rascher Folge mehrere Zigaretten rauchte, bevor er sich zurückzog.

Am nächsten Morgen beim Frühstück verkündete Werper seine Absicht, früh abzureisen, und bat Tarzan um die Erlaubnis, auf dem Rückweg Groß-wild im Waziri-Land zu jagen - eine Erlaubnis, die Lord Greystoke bereit-willig erteilte.

Der Belgier brauchte zwei Tage, um seine Vorbereitungen abzuschlie-ßen, aber schließlich brach er mit seiner Safari auf, begleitet von einem ein-zigen Waziri-Führer, den Lord Greystoke ihm geliehen hatte. Die Gruppe hatte nur einen kurzen Marsch hinter sich, als Werper eine Krankheit vor-täuschte und ankündigte, bis zu seiner vollständigen Genesung dort zu blei-ben, wo er war. Als sie sich gerade mal eine kurze Strecke vom Greystoke-Bungalow entfernt hatten, entließ Werper den Waziri-Führer und sagte dem Krieger, dass er nach ihm schicken würde, wenn er in der Lage sei, weiter-zugehen. Als der Waziri weg war, rief der Belgier einen von Achmet Zeks vertrauenswürdigen Schwarzen in sein Zelt und beauftragte ihn, nach dem Aufbruch Tarzans Ausschau zu halten; er sollte sofort zurückkehren, um Werper über das Ereignis und die Richtung des Engländers zu informieren.

Der Belgier musste nicht lange warten, denn am nächsten Tag kam sein Abgesandter mit der Nachricht zurück, dass Tarzan und eine Gruppe von fünfzig Waziri-Kriegern am frühen Morgen in Richtung Südosten aufgebro-chen waren.

Werper rief seinen Expeditionsleiter zu sich, nachdem er einen langen Brief an Achmet Zek geschrieben hatte. Diesen Brief übergab er dem Expe-ditionsleiter.

"Schicken Sie damit sofort einen Läufer zu Achmet Zek", wies er den Expeditionsleiter an. "Bleiben Sie hier im Lager und warten Sie auf weitere Anweisungen von ihm oder von mir. Wenn jemand vom Bungalow des Eng-länders kommt, sag ihm, dass ich sehr krank in meinem Zelt liege und nie-manden sehen kann. Geben Sie mir sechs Träger und sechs Askaris - die stärksten und mutigsten der Safari - und ich werde dem Engländer nachlau-fen und herausfinden, wo sein Gold versteckt ist."

Und so kam es, dass Tarzan, bis auf den Lendenschurz entkleidet und nach der primitiven Art gerüstet, die er am meisten liebte, seine treuen Wa-ziri in Richtung der toten Stadt Opar führte, während Werper, der Schurke, seine Spur durch die langen, heißen Tage verfolgte und in der Nacht dicht hinter ihm lagerte.

Und während sie marschierten, ritt Achmet Zek mit seinem gesamten Gefolge südwärts von der Greystoke-Farm.

Für Tarzan der Affen hatte die Expedition den Charakter eines Ferien-ausflugs. Seine Kultiviertheit war bestenfalls ein äußeres Furnier, das er zu-sammen mit seiner unbequemen europäischen Kleidung gerne ablegte, wann immer sich ein vernünftiger Vorwand bot. Es war die Liebe einer Frau, die ihm einen Anschein von Zivilisation verschaffte - ein Umstand, den er aus Gewohnheit verschmähte. Er hasste die Täuschungen und Heucheleien, die damit verbunden waren, und mit dem klaren Blick eines unverdorbenen Geistes war er bis zum verrotteten Kern der Sache vorgedrungen - der feigen Gier nach Ruhe und Bequemlichkeit und der Sicherung von Eigentumsrechten. Dass die schönen Dinge des Lebens - Kunst, Musik und Literatur - auf solchen entnervenden Idealen gediehen seien, bestritt er energisch; er bestand vielmehr darauf, dass sie trotz der Zivilisation überlebt hätten.

"Zeigt mir den fetten, satten Feigling", pflegte er zu sagen, "der jemals ein schönes Ideal geschaffen hat. Im Zusammenprall der Waffen, im Kampf ums Überleben, inmitten von Hunger und Tod und Gefahr, im Angesicht Gottes, das sich in der Zurschaustellung der gewaltigsten Kräfte der Natur manifestiert, wird all das geboren, was das Schönste und Beste im menschlichen Herzen und Geist ist."

Und so kehrte Tarzan immer wieder zur Natur zurück, im Geiste eines Liebhabers, der nach einer Zeit hinter Gefängnismauern ein lange aufgeschobenes Stelldichein einhält. Seine Waziri waren im Mark zivilisierter als er. Sie kochten ihr Fleisch, bevor sie es aßen, und sie mieden viele Nahrungsmittel als unrein, die Tarzan sein ganzes Leben lang mit Genuss gegessen hatte, und der Virus der Heuchelei ist so heimtückisch, dass selbst der standhafte Affenmann zögerte, seinen natürlichen Gelüsten vor ihnen freien Lauf zu lassen. Er aß gebratenes Fleisch, wenn er es lieber roh und unverdorben gehabt hätte, und er erlegte Wild mit Pfeil oder Speer, wenn er sich viel lieber aus dem Hinterhalt auf es gestürzt und seine starken Zähne in seiner Halsschlagader versenkt hätte; aber schließlich erhob sich der Ruf der Milch der wilden Mutter, die ihn in seiner Kindheit gesäugt hatte, zu einem eindringlichen Verlangen - er sehnte sich nach dem heißen Blut einer frischen Beute, und seine Muskeln sehnten sich danach, sich mit dem wilden Dschungel in dem Kampf ums Dasein zu messen, der in den ersten zwanzig Jahren seines Lebens sein einziges Existenzrecht gewesen war.

III. - Der Ruf des Dschungels

Bewegt von diesen vagen und doch allmächtigen Drängen lag der Affenmann eines Nachts in dem kleinen Dornengehege wach, das seine Gruppe gewissermaßen vor den Angriffen der großen Raubtiere des Dschungels schützte. Ein einzelner Krieger stand schläfrig Wache neben dem Feuer, das gelbe Augen in der Dunkelheit jenseits des Lagers erkennbar machte. Das Stöhnen und Husten der Großkatzen vermischte sich mit den unzähligen Geräuschen der kleineren Bewohner des Dschungels, um eine unruhige Flamme in der Brust dieses wilden englischen Lords zu schüren. Er wälzte sich eine Stunde lang schlaflos auf seinem Bett aus Gräsern, dann erhob er sich, geräuschlos wie ein Gespenst, und während der Waziri ihm den Rücken zuwandte, sprang er im Angesicht der flammenden Augen über die Mauer des Geheges, schwang sich lautlos auf einen großen Baum und war verschwunden.

Eine Zeit lang bewegte er sich im Überschwang seines tierischen Geistes schnell durch die mittlere Baumetage, schwang sich gefährlich über weite Spannweiten von einem Dschungelriesen zum nächsten, und dann kletterte er hinauf zu den schwankenden, niedrigeren Ästen der oberen Etage, wo der Mond voll auf ihn schien, die Luft durch kleine Brisen aufgewühlt wurde und der Tod auf jedem schwachen Ast lauerte. Hier hielt er inne und erhob sein Gesicht zu Goro, dem Mond. Mit erhobenem Arm stand er da, der Schrei des Affenbullen zitterte auf seinen Lippen, doch er schwieg, um seine treuen Waziri nicht zu wecken, die nur allzu vertraut waren mit der grässlichen Herausforderung ihres Meisters.

Und dann ging er langsamer und vorsichtiger weiter, denn jetzt war Tarzan der Affen auf der Suche nach einem Opfer. In der völligen Schwärze der dicht stehenden Baumstämme und des überhängenden Grüns des Dschungels kam er bis auf den Boden herab. Von Zeit zu Zeit bückte er sich und setzte seine Nase dicht an die Erde. Er suchte und fand eine breite Wildspur und endlich wurden seine Nasenlöcher mit dem Duft der frischen Fährte von Bara, dem Hirschen, belohnt. Tarzan lief das Wasser im Mund zusammen und ein leises Knurren entkam seinen patrizischen Lippen. Das letzte Überbleibsel der künstlichen Kaste war von ihm abgefallen - er war wieder der urzeitliche Jäger, der erste Mensch, der höchste Kastentyp der menschlichen Spezies. Im Aufwind folgte er der schwer fassbaren Spur mit einem Wahrnehmungssinn, der den des normalen Menschen so weit übersteigt, dass er für uns unvorstellbar ist. Durch die Gegenströme des schweren Gestanks von Fleischfressern verfolgte er die Spur von Bara. Der milde und süßliche Gestank von Horta, dem Wildschwein, konnte den Duft seiner Beute nicht übertönen - den durchdringenden, weichen Moschus des Hirschfußes.

Bald verriet der Körpergeruch des Hirsches Tarzan, dass seine Beute in der Nähe war. Der Geruch trieb ihn wieder in die Bäume - auf die untere Ebene, wo er den Boden unter sich beobachten und mit Ohren und Nase die erste Andeutung eines tatsächlichen Kontakts mit seiner Beute wahrnehmen konnte. Es dauerte nicht lange, bis der Affenmann auf Bara stieß, der wachsam am Rande einer mondbeschienenen Lichtung stand. Geräuschlos schlich Tarzan durch die Bäume, bis er direkt über dem Hirsch stand. In der rechten Hand des Affenmanns lag das lange Jagdmesser seines Vaters und in seinem Herzen der Blutdurst des Raubtiers. Nur einen Augenblick lang schwebte er über dem ahnungslosen Bara, dann stürzte er sich auf den schlanken Rücken. Die Wucht seines Gewichtes zwang den Hirsch in die Knie, und bevor das Tier wieder auf die Beine kam, hatte das Messer sein Herz gefunden. Als Tarzan sich auf den Körper seiner Beute aufrichtete, um seinen grässlichen Victory-Schrei in das Antlitz des Mondes auszustoßen, trug der Wind etwas in seine Nasenlöcher, das ihn zu statuarischer Unbeweglichkeit und Stille erstarren ließ. Seine wilden Augen blitzten in die Richtung, aus der der Wind die Warnung zu ihm getragen hatte, und einen Moment später teilten sich die Gräser an einer Seite der Lichtung und Numa, der Löwe, schritt majestätisch ins Bild. Seine gelbgrünen Augen waren auf Tarzan gerichtet, als er auf der Lichtung stehen blieb und den erfolgreichen Jäger neidisch anblickte, denn Numa hatte in dieser Nacht kein Glück gehabt.

Aus dem Munde des Affenmanns kam ein warnendes Knurren. Numa antwortete, aber er kam nicht näher. Stattdessen stand er da und wedelte sanft mit dem Schwanz hin und her, und in diesem Moment hockte sich Tarzan auf seine Beute und schnitt eine großzügige Portion aus einem Hinterviertel. Numa beäugte ihn mit wachsendem Groll und Wut, während der Affenmann zwischen den Bissen seine wilden Warnungen herausknurrte. Dieser Löwe war noch nie zuvor mit Tarzan der Affen in Berührung gekommen und er war sehr verwirrt. Numa hatte Menschenfleisch gekostet und gelernt, dass es zwar nicht das schmackhafteste, aber bei Weitem das am leichtesten zu beschaffende war. Dennoch lag in dem bestialischen Knurren der seltsamen Kreatur etwas, das ihn an furchtbare Gegner erinnerte und ihn innehalten ließ, während sein Hunger und der Geruch des heißen Fleisches von Bara ihn fast zum Wahnsinn trieben. Immer wieder beobachtete ihn Tarzan, um zu erraten, was in dem kleinen Gehirn des Raubtiers vor sich ging, und es war gut, dass er ihn beobachtete, denn endlich konnte Numa es nicht mehr aushalten. Sein Schwanz richtete sich plötzlich auf, und im selben Augenblick nahm der wachsame Affenmann, der nur zu gut wusste, was das Signal bedeutete, den Rest des Hirsches zwischen die Zähne und sprang in einen nahen Baum, als Numa ihn mit der Geschwindigkeit und dem Gewicht eines Schnellzuges angriff.

Tarzans Rückzug war kein Zeichen dafür, dass er Angst empfand. Das Leben im Dschungel ist anders geordnet als das unsere und es herrschen andere Maßstäbe. Wäre Tarzan ausgehungert gewesen, hätte er sich zweifellos behauptet und den Angriff des Löwen abgewehrt. Aber heute Abend war er weit davon entfernt zu verhungern, und in dem Fleisch des Hinterteils, das er mitgenommen hatte, befand sich mehr rohes Fleisch, als er essen konnte; dennoch sah er nicht mit Gleichmut auf Numa herab, der das Fleisch von Tarzans Beute verschlang. Die Anmaßung dieses seltsamen Numa musste bestraft werden! Und sogleich machte sich Tarzan daran, der Großkatze das Leben schwer zu machen. In der Nähe gab es viele Bäume, die große, harte Früchte trugen, und auf einen von ihnen schwang sich der Affenmann mit der Behändigkeit eines Eichhörnchens. Dann begann ein Bombardement, das Numa zu erderschütterndem Gebrüll veranlasste. Eine nach der anderen, so schnell, wie er sie sammeln und schleudern konnte, schleuderte Tarzan die harten Früchte auf den Löwen. Der Löwe konnte unter diesem Hagel von Geschossen nicht fressen - er konnte nur brüllen, knurren und ausweichen, und schließlich wurde er ganz vom Kadaver von Bara, dem Hirsch, vertrieben. Aber in der Mitte der Lichtung verstummte seine Stimme plötzlich, und Tarzan sah, wie sich der große Kopf senkte und abflachte, der Körper sich zusammenkauerte und der lange Schwanz zitterte, während das Tier vorsichtig zu den Bäumen auf der gegenüberliegenden Seite schlich.

Sofort war Tarzan wachsam. Er hob den Kopf und schnupperte an der langsamen Dschungelbrise. Was war es, das Numas Aufmerksamkeit erregt hatte und ihn weichfüßig und schweigend vom Schauplatz seines Unbehagens wegführte? Gerade als der Löwe zwischen den Bäumen jenseits der Lichtung verschwand, fing Tarzan mit dem herabfallenden Wind die Erklärung für sein neues Interesse ein - die Duftspur des Menschen wehte stark in seine empfindlichen Nasenlöcher. Der Affenmann wischte sich die fettigen Handflächen an den nackten Oberschenkeln ab und schwang sich hinter Numa her, wobei er die Reste des Hirsches im Geäst eines Baumes verstaute. Ein breiter, gut ausgetretener Elefantenpfad führte von der Lichtung in den Wald. Parallel zu diesem schlich Numa, während über ihm Tarzan sich durch die Bäume bewegte, wie der Schatten eines Gespenstes. Die wilde Katze und der wilde Mann sahen Numas Opfer fast gleichzeitig, obwohl beide schon wussten, dass es sich um einen schwarzen Mann handelte, bevor es in das Blickfeld ihrer Augen kam. Ihre empfindlichen Nasenlöcher hatten ihnen so viel verraten, und Tarzans hatte ihm gesagt, dass die Geruchsspur die eines Fremden war - alt und männlich, denn Spezies und Geschlecht und Alter haben jeweils ihren eigenen unverwechselbaren Geruch. Es war ein älterer Mann, der allein durch den dunklen Dschungel ging, ein faltiger, vertrockneter, kleiner alter Mann, grässlich vernarbt und tätowiert und seltsam gekleidet, mit dem Fell einer Hyäne um die Schultern und dem vertrockneten Gesicht auf dem grauen Schädel. Tarzan erkannte die Ohrmarken des Hexendoktors und erwartete Numas Angriff mit einem Gefühl der angenehmen Vorfreude, denn der Affenmann mochte keine Hexendoktoren; aber in dem Augenblick, als Numa angriff, erinnerte sich der weiße Mann plötzlich daran, dass der Löwe wenige Minuten zuvor seine Beute gestohlen hatte und dass Rache süß ist.

Der erste Hinweis für den Schwarzen, dass er in Gefahr war, war das Krachen von Zweigen, als Numa durch das Gebüsch in den Wildpfad stürmte, keine zwanzig Meter hinter ihm. Dann drehte er sich um und sah einen riesigen, schwarzmähnigen Löwen auf ihn zu sprinten, und noch während er sich umdrehte, packte ihn Numa. Im selben Augenblick ließ sich der Affenmann von einem überhängenden Ast voll auf den Rücken des Löwen fallen, und als er landete, stieß er sein Messer in die gelbbraune Seite hinter der linken Schulter, verschränkte die Finger seiner rechten Hand in der langen Mähne, vergrub seine Zähne in Numas Hals und schlang seine kräftigen

19

Beine um den Rumpf des Tieres. Mit einem Schmerzens- und Wutgebrüll bäumte sich Numa auf und stürzte rückwärts auf den Affenmann; doch noch immer klammerte sich das mächtige Menschenwesen an seinen Griff, und immer wieder stieß das lange Messer schnell in seine Seite. Immer wieder wälzte sich Numa, der Löwe, kratzend und beißend in der Luft, brüllte und knurrte entsetzlich in dem wilden Versuch, das Ding auf seinem Rücken zu erreichen. Mehr als einmal wurde Tarzan fast aus seinem Halt gerissen. Er war zerschunden und mit Blut von Numa und Dreck vom Weg bedeckt, doch nicht einen Augenblick ließ er in der Heftigkeit seines wahnsinnigen Angriffs nach, noch in seinem grimmigen Griff auf dem Rücken seines Gegners. Einen Augenblick lang seinen Griff zu lockern, hätte ihn in die Reichweite der reißenden Krallen oder der zerreißenden Reißzähne gebracht und die grimmige Karriere dieses englischen Dschungellords für immer beendet. Dort, wo er unter dem Sprung des Löwen gefallen war, lag der Hexendoktor, zerrissen und blutend, unfähig, sich wegzuschleppen, und beobachtete den furchtbaren Kampf zwischen diesen beiden Herren des Dschungels. Seine eingesunkenen Augen glitzerten und seine faltigen Lippen bewegten sich über das zahnlose Gebiss, während er seltsame Beschwörungsformeln zu den Dämonen seines Kults murmelte.

Eine Zeit lang hatte er keinen Zweifel am Ausgang des Kampfes - der seltsame weiße Mann musste sicherlich dem schrecklichen Simba unterliegen - wer hatte je davon gehört, dass ein einsamer Mann, nur mit einem Messer bewaffnet, ein so mächtiges Tier erlegen konnte! Doch schon bald weiteten sich die Augen des alten Schwarzen und er begann, zu grübeln und zu zweifeln. Was für eine wunderbare Kreatur war das, die mit Simba kämpfte und sich trotz der mächtigen Muskeln des Königs der Tiere behaupten konnte, und langsam dämmerte in diesen eingesunkenen Augen, die so hell aus dem vernarbten und faltigen Gesicht schimmerten, das Licht einer aufkommenden Erinnerung. Tastend griffen die Finger des Gedächtnisses zurück in die Vergangenheit, bis sie endlich ein schwaches Bild fanden, verblasst und vergilbt von den vergehenden Jahren. Es war das Bild eines geschmeidigen, weißhäutigen jungen Mannes, der sich mit einer Schar riesiger Affen durch die Bäume schwang, und die alten Augen blinzelten, und eine große Angst stieg in ihnen auf - die abergläubische Angst von jemandem, der an Gespenster und Geister und Dämonen glaubt.

Und wieder kam die Zeit, in der der Hexendoktor nicht mehr am Ausgang des Duells zweifelte, doch sein erstes Urteil wurde revidiert, denn nun wusste er, dass der Dschungelgott Simba erschlagen würde, und der alte Schwarze fürchtete sich noch mehr vor seinem eigenen bevorstehenden Schicksal durch die Hand des Siegers als vor dem sicheren und plötzlichen Tod, den der triumphierende Löwe ihm beschert hätte. Er sah, wie der Löwe vor Blutverlust schwächelte. Er sah, wie die mächtigen Gliedmaßen zitterten und taumelten, und schließlich sah er, wie das Tier zusammensank und sich nicht mehr erhob. Er sah, wie der Waldgott oder Dämon sich von dem besiegten Feind erhob, einen Fuß auf den immer noch zitternden Kadaver setzte, sein Gesicht zum Mond erhob und einen grässlichen Schrei ausstieß, der dem Hexendoktor das Blut in den Adern gefrieren ließ.

IV. - Prophezeiung und Erfüllung

Tarzan richtete seine Aufmerksamkeit auf den Mann. Er hatte Numa nicht erschlagen, um den Schwarzen zu retten - er hatte es nur getan, um sich an dem Löwen zu rächen; aber jetzt, wo er den alten Mann hilflos und sterbend vor sich liegen sah, berührte etwas, das an Mitleid grenzte, sein wildes Herz. In seiner Jugend hätte er den Hexendoktor ohne die geringsten Gewissensbisse erschlagen; aber die Zivilisation hatte ihre weich machende Wirkung auf ihn ausgeübt, genau wie auf die Nationen und Spezies, die sie berührt, obwohl sie bei Tarzan noch nicht weit genug gegangen war, um ihn feige oder verweichlicht zu machen. Er sah einen alten Mann, der litt und starb, und er bückte sich und betastete seine Wunden und stillte den Blutfluss.

"Wer bist du?", fragte der alte Mann mit zitternder Stimme.

"Ich bin Tarzan-Tarzan der Affen", antwortete der Affenmann und nicht ohne einen größeren Anflug von Stolz, als er gesagt hätte: "Ich bin John Clayton, Lord Greystoke."

Der Hexendoktor schüttelte sich krampfhaft und schloss die Augen. Als er sie wieder öffnete, lag in ihnen eine Resignation gegenüber dem schrecklichen Schicksal, das ihn in den Händen dieses gefürchteten Dämons des Waldes erwartete. "Warum tötest du mich nicht?", fragte er.

"Warum sollte ich dich töten?", erkundigte sich Tarzan. "Du hast mir nichts getan, und außerdem liegst du schon im Sterben. Numa, der Löwe, hat dich getötet."

"Du würdest mich nicht töten?" Überraschung und Ungläubigkeit lagen im Ton der zitternden alten Stimme.

"Ich würde dich retten, wenn ich könnte", bestätigte Tarzan, "aber das ist nicht möglich. Warum dachtest du, ich würde dich töten?"

Einen Moment lang schwieg der alte Mann. Als er dann sprach, hatte er offensichtlich Mühe, seinen Mut zusammenzunehmen. "Ich kannte dich von früher", bemerkte er, "als du den Dschungel im Land von Mbonga, dem Häuptling, durchstreiftest. Ich war schon Hexendoktor, als du Kulonga und die anderen erschlugst, und als du unsere Hütten und unseren Gifttopf raubtest. Zuerst erinnerte ich mich nicht an dich; aber schließlich tat ich es doch - der weißhäutige Affe, der mit den haarigen Affen lebte und das Leben im Dorf von Mbonga, dem Häuptling, schwer machte - der Waldgott - der Munango-Keewati, für den wir Essen vor unsere Tore setzten und der kam

21

und es aß. Sag mir, bevor ich sterbe - bist du Mensch oder Teufel?"
Tarzan lachte. "Ich bin ein Mensch".

Der alte Mann seufzte und schüttelte den Kopf. "Du hast versucht, mich vor Simba zu retten", stellte er fest. "Dafür werde ich dich belohnen. Ich bin ein großer Hexendoktor. Höre auf mich, weißer Mann! Ich sehe schlechte Tage vor dir. Es steht in meinem eigenen Blut geschrieben, das ich auf meine Handfläche gestrichen habe. Ein Gott, der noch größer ist als du, wird sich erheben und dich niederstrecken. Kehre um, Munango-Keewati! Kehre um, bevor es zu spät ist. Die Gefahr liegt vor dir und die Gefahr lauert hinter dir; aber größer ist die Gefahr vor dir. Ich sehe ..." Er hielt inne und zog einen langen, keuchenden Atemzug. Dann sackte er zu einem kleinen, runzligen Haufen zusammen und starb. Tarzan fragte sich, was er noch gesehen hatte.

Es war schon sehr spät, als der Affenmann das Gehege wieder betrat und sich zu seinen schwarzen Kriegern legte. Keiner hatte ihn gehen sehen und keiner sah ihn zurückkehren. Er dachte an die Warnung des alten Hexendoktors, bevor er einschlief, und er dachte wieder daran, nachdem er aufgewacht war; aber er kehrte nicht um, denn er hatte keine Angst, obwohl er, wenn er gewusst hätte, was auf diejenige zukam, die er am meisten in der Welt liebte, sich durch die Bäume zurückgeschwungen und zugelassen hätte, dass das Gold von Opar für immer in seinem vergessenen Lagerhaus verborgen bliebe.

Hinter ihm grübelte an diesem Morgen ein anderer weißer Mann über etwas nach, das er in der Nacht gehört hatte, und beinahe hätte er sein Vorhaben aufgegeben und wäre auf seine eigene Route zurückgekehrt. Es war Werper, der Mörder, der in der Stille der Nacht weit entfernt auf dem Pfad vor ihm ein Geräusch gehört hatte, das seine feige Seele mit Schrecken erfüllt hatte - ein Geräusch, wie er es in seinem ganzen Leben noch nie gehört hatte, noch im Traum daran dachte, dass so etwas Schreckliches aus den Lungen eines von Gott geschaffenen Geschöpfes kommen könnte. Er hatte den Victory-Schrei des Affenmanns gehört, als Tarzan ihn in das Gesicht von Goro, dem Mond, geschrien hatte, und er hatte damals gezittert und sein Gesicht verborgen; und jetzt, im hellen Licht des neuen Tages, zitterte er wieder, als er sich daran erinnerte, und er hätte sich vor der namenlosen Gefahr, die das Echo dieses schrecklichen Lautes anzukündigen schien, zurückgezogen, wenn er nicht in noch größerer Angst vor Achmet Zek, seinem Herrn, gestanden hätte.

Und so schritt Tarzan der Affen unaufhaltsam auf die zerstörten Wälle von Opar zu, und hinter ihm schlich Werper, wie ein Schakal, und nur Gott wusste, was jedem von ihnen bevorstand.

Am Rande des trostlosen Tals, mit Blick auf die goldenen Kuppeln und Minarette von Opar, hielt Tarzan inne. In der Nacht würde er allein zur

Schatzkammer gehen, um sie zu erkunden, denn er hatte beschlossen, dass er bei dieser Expedition immer vorsichtig sein musste.

Als die Nacht hereinbrach, setze er sich in Bewegung, und Werper, der allein hinter der Gruppe des Affenmanns die Klippen erklommen und sich den ganzen Tag über zwischen den groben Felsbrocken des Berggipfels versteckt hatte, schlich ihm heimlich nach. Die mit Felsbrocken übersäte Ebene zwischen dem Talrand und der mächtigen Granitkuppe außerhalb der Stadtmauern, wo der Eingang zu dem Durchlass lag, der zum Schatzgewölbe führte, gab dem Belgier reichlich Deckung, als er Tarzan in Richtung Opar folgte.

Er sah, wie sich der große Affenmann flink die Wand des großen Felsens hinaufschwang. Werper, der sich während des gefährlichen Aufstiegs ängstlich festkrallte, schwitzte vor Schreck, war fast gelähmt vor Angst, aber angespornt von der Gier, folgte er nach oben, bis er endlich auf dem Gipfel des felsigen Hügels stand.

Tarzan war nirgends in Sicht. Eine Zeit lang versteckte sich Werper hinter einem der kleineren Felsbrocken, die auf dem Gipfel des Hügels verstreut lagen, aber da er nichts von dem Engländer sah oder hörte, kroch er aus seinem Versteck, um seine Umgebung systematisch zu durchsuchen, in der Hoffnung, den Ort des Schatzes rechtzeitig zu entdecken, um vor Tarzans Rückkehr zu fliehen, denn es war der Wunsch des Belgiers, nur das Gold zu finden, um nach Tarzans Abreise mit seinem Gefolge in Sicherheit zu kommen und so viel wie möglich mitzunehmen.

Er fand den schmalen Spalt, der über ausgetretene Granitstufen in das Zentrum des Höhlenberges hinabführte. Er kam bis zur dunklen Tunnelöffnung, in der die Piste verschwand; aber hier hielt er inne, weil er sich fürchtete, hineinzugehen, um nicht Tarzan bei seiner Rückkehr zu begegnen.

Der Affenmann, weit vor ihm, tastete sich den felsigen Gang entlang, bis er zu der alten Holztür kam. Einen Augenblick später stand er in der Schatzkammer, in der vor Urzeiten längst verstorbene Hände die hohen Reihen kostbarer Barren für die Herrscher jenes großen Kontinents aufgereiht hatten, der jetzt unter dem Wasser des Atlantiks liegt.

Kein Geräusch durchbrach die Stille des unterirdischen Gewölbes. Es gab keinen Hinweis darauf, dass ein anderer den vergessenen Reichtum entdeckt hatte, seit der Affenmann das letzte Mal sein Versteck besucht hatte.

Zufrieden drehte sich Tarzan um und kehrte zurück auf die Kuppe des Hügels. Werper beobachtete aus dem Versteck eines vorspringenden Granitfelsens, wie er aus dem Schatten der Treppe heraustrat und zum Abhang des Hügels vordrang, der dem Talrand zugewandt war, wo die Waziri auf das Signal ihres Meisters warteten. Dann schlüpfte Werper heimlich aus seinem Versteck, ließ sich in die düstere Dunkelheit des Eingangs hinab und verschwand.

Tarzan, der am Rande des Hügels stehen blieb, erhob seine Stimme zu dem donnernden Brüllen eines Löwen. Zweimal wiederholte er den Ruf in regelmäßigen Abständen und blieb mehrere Minuten lang in aufmerksamer Stille stehen, nachdem das Echo des dritten Rufs verklungen war. Und dann kam von der anderen Seite des Tals ein schwaches Brüllen als Antwort - einmal, zweimal, dreimal. Basuli, der Häuptling der Waziri, hatte es gehört und antwortete.

Tarzan machte sich wieder auf den Weg zur Schatzkammer, denn er wusste, dass seine Schwarzen in ein paar Stunden bei ihm sein würden, bereit, ein weiteres Vermögen in den seltsam geformten, goldenen Barren von Opar mitzunehmen. In der Zwischenzeit würde er so viel von dem kostbaren Metall auf den Gipfel des Hügels tragen, wie er konnte.

In den fünf Stunden, bevor Basuli den Hügel erreichte, machte er sechs Gänge, und am Ende dieser Zeit hatte er achtundvierzig Barren zum Rand des großen Felsblocks transportiert, wobei er bei jedem Gang eine Last trug, die zwei gewöhnliche Männer zum Taumeln hätte bringen können, doch sein hünenhafter Körper zeigte keine Anzeichen von Ermüdung, als er half, seine Ebenholzkrieger mit dem zu diesem Zweck mitgebrachten Seil auf den Gipfel des Hügels zu heben.

Sechsmal war er in die Schatzkammer zurückgekehrt, und sechsmal hatte sich Werper, der Belgier, in den schwarzen Schatten am anderen Ende des langen Gewölbes verkrochen. Noch einmal kam der Affenmann, und diesmal kamen mit ihm fünfzig Kämpfer, die aus Liebe zu dem einzigen Wesen auf der Welt, das ihren wilden und hochmütigen Naturen solch einen Dienst befehlen konnte, zu Trägern wurden. Zweiundfünfzig weitere Barren kamen aus den Gewölben und machten die Gesamtzahl von hundert aus, die Tarzan mitnehmen wollte.

Als die letzten Waziri die Kammer verließen, drehte sich Tarzan um, um einen letzten Blick auf den sagenhaften Reichtum zu werfen, auf den seine beiden Eingriffe keinen nennenswerten Eindruck gemacht hatten. Bevor er die einzige Kerze löschte, die er zu diesem Zweck mitgebracht hatte und deren flackerndes Licht die ersten lindernden Strahlen in die undurchdringliche Dunkelheit der verschütteten Kammer warf, die diese seit unzähligen Zeitaltern nicht mehr gesehen hatte, erinnerte sich Tarzan an die erste Gelegenheit, bei der er das Schatzgewölbe betreten hatte, nachdem er zufällig darauf gestoßen war, als er aus den Höhlen unter dem Tempel geflohen war, wo er von La, der Hohepriesterin der Sonnenanbeter, versteckt worden war.

Er erinnerte sich an die Szene im Tempel, als er ausgestreckt auf dem Opferaltar gelegen hatte, während La mit hoch erhobenem Dolch über ihm stand und die Reihen der Priester und Priesterinnen in der ekstatischen Hysterie des Fanatismus auf den ersten Schwall des warmen Blutes ihres Opfers warteten, damit sie ihre goldenen Kelche füllen und zur Ehre ihres Flammengottes trinken konnten.

Die brutale und blutige Unterbrechung durch Tha, den verrückten Priester, zog lebhaft an den Augen des Affenmanns vorbei, die Flucht der Anhänger vor der wahnsinnigen Blutgier einer abscheulichen Bestie, der brutale Angriff auf La und sein eigener Anteil an der grimmigen Tragödie, als er mit dem wütenden Oparianer kämpfte und ihn tot zu Füßen der Priesterin zurückließ, die er schänden wollte.

Dies und vieles mehr ging Tarzan durch den Kopf, als er die langen Reihen aus mattgelbem Metall betrachtete. Er fragte sich, ob La immer noch über die Tempel der zerstörten Stadt herrschte, deren bröckelnde Mauern sich über ihm erhoben. Hatte man sie schließlich zu einer Zwangsehe mit einem ihrer grotesken Priester gezwungen? Es schien in der Tat ein abscheuliches Schicksal für eine so schöne Frau zu sein. Kopfschüttelnd trat Tarzan an die flackernde Kerze, löschte ihren schwachen Schein und wandte sich dem Ausgang zu.

Hinter ihm wartete der Spion, bis er verschwunden war. Er hatte das Geheimnis erfahren, weswegen er gekommen war, und nun konnte er in aller Ruhe zu seinen wartenden Verfolgern zurückkehren, sie in die Schatzkammer bringen und alles Gold mitnehmen, das sie gerade noch tragen konnten.

Die Waziri hatten das äußere Ende des Tunnels erreicht und schlängelten sich hinauf in die frische Luft und das willkommene Sternenlicht auf dem Gipfel des Hügels, bevor Tarzan die behindernde Wirkung der Träumerei abschüttelte und langsam hinter ihnen herging.

Noch einmal, und, so dachte er, zum letzten Mal, schloss er die massive Tür der Schatzkammer. In der Dunkelheit hinter ihm erhob sich Werper und dehnte seine verkrampften Muskeln. Er streckte eine Hand aus und streichelte liebevoll einen goldenen Barren auf der nächstgelegenen Stufe. Er hob ihn aus seiner uralten Ruhestätte und wog ihn in seinen Händen. In einer Ekstase der Begierde drückte er ihn an seine Brust.

Tarzan träumte von der glücklichen Heimkehr, die vor ihm lag, von lieben Armen um seinen Hals und einer weichen Wange, die sich an seine drückte; aber da stieg die Erinnerung an den alten Hexendoktor und seine Warnung auf, um diesen Traum zu verdrängen.

Und dann, in der Spanne von ein paar kurzen Sekunden, wurden die Hoffnungen dieser beiden Männer zerschmettert. Der eine vergaß in der Panik des Schreckens sogar seine Gier - der andere wurde von einem scharfkantigen Felsbrocken, der ihm eine tiefe Schnittwunde am Kopf zufügte, in ein völliges Vergessen der Erinnerungen gestürzt.

V. - Der Altar des flammenden Gottes

Es war in dem Moment, als Tarzan sich von der abgeschlossenen Tür abwandte, um seinen Weg in die Außenwelt anzutreten. Die Sache kam ohne Vorwarnung. In einem Augenblick war alles ruhig und sicher - im nächsten erbebte die Welt, die malträtierten Flanken des engen Ganges spalteten sich und stürzten ein, große Granitblöcke, die sich von der Decke gelöst hatten, stürzten in den engen Gang und verstopften ihn, und die Wände neigten sich über den Trümmern nach innen. Unter dem Stoß eines Dachfragments taumelte Tarzan zurück gegen die Tür zur Schatzkammer, sein Gewicht drückte sie auf und sein Körper rollte nach innen auf den Boden.

In der großen Halle, in der der Schatz lag, hatte das Erdbeben weniger Schaden angerichtet. Ein paar Barren kippten von den höheren Schichten, ein einzelnes Stück der felsigen Decke splitterte ab und stürzte zu Boden, und die Wände bekamen Risse, stürzten aber nicht ein.

Es gab nur den einen Erdstoß, kein weiterer folgte, um den Schaden zu vervollständigen, den der erste angerichtet hatte. Werper, der durch die Plötzlichkeit und Heftigkeit der Erschütterung der Länge nach umgeworfen wurde, taumelte auf seine Füße, als er sich unverletzt wiederfand. Er tastete sich zum anderen Ende der Höhle vor und suchte nach der Kerze, die Tarzan in seinem eigenen Wachs auf dem hervorstehenden Ende eines Barrens zurückgelassen hatte.

Durch das Anzünden zahlreicher Streichhölzer fand der Belgier schließlich, was er suchte, und als einen Moment später die schwachen Strahlen die stygische Dunkelheit um ihn herum auflösten, atmete er einen nervösen Seufzer der Erleichterung, denn die undurchdringliche Finsternis hatte die Schrecken seiner Situation noch verstärkt.

Als die Augen des Mannes sich an das Licht gewöhnt hatten, wandte er sich zur Tür - sein einziger Gedanke war jetzt die Flucht aus dieser schrecklichen Gruft - und als er dies tat, sah er den Körper des nackten Riesen auf dem Boden ausgestreckt direkt in der Türöffnung liegen. Werper wich in plötzlicher Furcht, entdeckt zu werden, zurück; aber ein zweiter Blick überzeugte ihn, dass der Engländer tot sei. Aus einer großen Wunde am Kopf des Mannes hatte sich eine Blutlache auf dem Steinboden gesammelt.

Schnell sprang der Belgier über den am Boden liegenden Körper seines ehemaligen Gastgebers, und ohne einen Gedanken an Hilfe für den Mann, in dem vielleicht noch Leben steckte, rannte er zum Gang und in Sicherheit.

Aber seine erneuten Hoffnungen wurden bald wieder zunichtegemacht. Gleich hinter der Tür fand er den Durchgang völlig verstopft und von undurchdringlichen Massen zertrümmerten Gesteins blockiert. Noch einmal drehte er sich um und betrat erneut das Schatzgewölbe. Er nahm die Kerze von ihrem Platz und begann, die Raumstruktur systematisch zu durchsuchen. Er war noch nicht weit gekommen, als er am anderen Ende der Halle eine weitere Tür entdeckte, eine Tür, die unter dem Gewicht seines Körpers knarrend nachgab. Hinter der Tür lag ein weiterer schmaler Durchgang. Diesem folgte Werper und stieg eine steinerne Treppe hinauf zu einem weiteren Korridor, der sich zwanzig Fuß über dem Niveau des ersten befand. Die flackernde Kerze beleuchtete den Weg vor ihm, und einen Moment später war er dankbar für den Besitz dieses kruden und antiquierten Leuchtmittels, das er ein paar Stunden zuvor vielleicht noch mit Verachtung betrachtet hätte, denn es zeigte ihm gerade noch rechtzeitig eine gähnende Grube, die offenbar den Tunnel, den er durchquerte, beendete.

Vor ihm lag ein kreisrunder Schacht. Er hielt die Kerze darüber und spähte nach unten. Unter ihm, in großer Entfernung, sah er das Licht, das von der Oberfläche eines Wasserbeckens zurückgeworfen wurde. Er war auf einen Brunnen gestoßen. Er hob die Kerze über seinen Kopf und spähte durch die schwarze Leere, und dort auf der gegenüberliegenden Seite sah er die Fortsetzung des Tunnels; aber wie sollte er die Kluft überbrücken?

Als er so dastand, die Entfernung zur gegenüberliegenden Seite abmessend und sich fragend, ob er einen so großen Sprung wagen sollte, ertönte plötzlich ein durchdringender Schrei, der allmählich leiser wurde, bis er in einer Reihe von düsteren Stöhnlauten endete. Die Stimme schien teilweise menschlich zu sein, doch so abscheulich, dass sie aus der gequälten Kehle einer verlorenen Seele hätte kommen können, die sich in den Feuern der Hölle windet.

Der Belgier erschauderte und blickte ängstlich nach oben, denn der Schrei schien von oben zu kommen. Als er hinschaute, sah er weit über sich eine Öffnung und ein Stück Himmel, das von leuchtenden Sternen rosa gefärbt war.

Sein halber Vorsatz, um Hilfe zu rufen, wurde durch den furchterregenden Schrei zunichtegemacht - wo eine solche Stimme lebte, konnten keine menschlichen Wesen wohnen. Er wagte es nicht, sich den Bewohnern zu offenbaren, die an diesem Ort über ihm wohnten. Er schimpfte sich selbst als Narr, dass er sich jemals auf eine solche Mission eingelassen hatte. Er wünschte sich sicher in das Lager von Achmet Zek zurück und hätte sogar eine Gelegenheit ergriffen, sich den Militärbehörden des Kongo zu stellen, wenn er dadurch aus der schrecklichen Lage, in der er sich jetzt befand, gerettet werden könnte.

Er lauschte ängstlich, aber der Schrei wurde nicht wiederholt, und endlich zu verzweifelten Mitteln angespornt, sammelte er sich für den Sprung über den Abgrund. Er ging zwanzig Schritte zurück, nahm Anlauf und sprang am Rande des Brunnens nach oben und außen, um die andere Seite zu erreichen.

In seiner Hand hielt er die brennende Kerze, und als er den Sprung machte, löschte der Luftzug sie aus. In völliger Dunkelheit flog er durch den Raum und klammerte sich nach vorn, um Halt zu finden, falls seine Füße den unsichtbaren Vorsprung verfehlen sollten.

Er schlug mit den Knien auf den Rand des Bodens am gegenüberliegenden Ende des felsigen Tunnels, rutschte nach hinten, klammerte sich einen Moment lang verzweifelt fest und hing schließlich halb innerhalb und halb außerhalb der Öffnung; aber er war in Sicherheit. Mehrere Minuten lang wagte er nicht, sich zu bewegen, sondern klammerte sich schwach und schwitzend an die Stelle, wo er lag. Endlich zog er sich vorsichtig in den Tunnel hinein, und wieder lag er in voller Länge auf dem Boden und kämpfte darum, die Kontrolle über seine zerrütteten Nerven wiederzuerlangen.

Als seine Knie den Rand des Tunnels berührten, hatte er die Kerze fallen lassen. Er hoffte inständig, dass sie auf den Boden des Ganges und nicht in die Tiefe des Brunnens gefallen war, erhob sich auf alle viere und begann eine eifrige Suche nach dem kleinen Talgzylinder, der ihm jetzt unendlich viel wertvoller erschien als all der sagenhafte Reichtum der gehorteten Barren von Opar.

Und als die Kerze ihn endlich fand, drückte sie ihn an sich und sank schluchzend und erschöpft zurück. Viele Minuten lang lag er zitternd und gebrochen da, aber schließlich richtete er sich auf, nahm ein Streichholz aus der Tasche und zündete den Kerzenstummel an, der ihm verblieben war. Mit dem Licht fiel es ihm leichter, die Kontrolle über seine Nerven wiederzuerlangen, und bald machte er sich wieder auf den Weg durch den Tunnel, um einen Fluchtweg zu suchen. Der grässliche Schrei, der von oben durch den alten Brunnenschacht zu ihm herabgestiegen war, verfolgte ihn noch immer, sodass er selbst bei den Geräuschen seines eigenen vorsichtigen Fortschreitens vor Angst zitterte.

Er war nur ein kurzes Stück vorangekommen, als zu seinem Leidwesen eine Mauer sein weiteres Vorankommen versperrte und den Tunnel von oben bis unten und von einer Seite zur anderen vollständig verschloss. Was konnte das bedeuten? Werper war ein gebildeter und intelligenter Mann. Seine militärische Ausbildung hatte ihn gelehrt, seinen Verstand für den Zweck einzusetzen, für den er bestimmt war. Ein blinder Tunnel wie dieser war sinnlos. Er muss hinter der Mauer weitergehen. Irgendjemand, irgendwann in der Vergangenheit, hatte ihn zu einem unbekannten Zweck zugemauert. Der Mann machte sich daran, das Mauerwerk im Schein seiner Kerze zu untersuchen. Zu seiner Freude entdeckte er, dass die dünnen, behauenen Steinblöcke, aus denen es gebaut war, ohne Mörtel oder Zement lose eingepasst waren. Er zerrte an einem von ihnen, und zu seiner Freude stellte er fest, dass er leicht herausgenommen werden konnte. Nach und nach zog er die Blöcke heraus, bis er eine Öffnung geschaffen hatte, die groß genug war, um seinen Körper aufzunehmen, dann kroch er hindurch in eine große, niedrige Kammer. Gegenüber versperrte ihm eine weitere Tür den Weg; aber auch diese gab vor seinen Bemühungen nach, denn sie war nicht vergittert. Ein langer, dunkler Korridor zeigte sich vor ihm, aber bevor er ihm weit folgen konnte, brannte seine Kerze herunter, bis sie seine Finger versengte. Mit einem Fluch ließ er sie auf den Boden fallen, wo sie einen Moment lang stotterte und erlosch.

Nun befand er sich in völliger Dunkelheit, und wieder saß ihm der Schrecken heftig im Nacken. Was für weitere Fallen und Gefahren vor ihm lagen, konnte er nicht erahnen; aber dass er so weit wie immer von der Freiheit entfernt war, wollte er durchaus glauben, so bedrückend ist die völlige Abwesenheit von Licht auf einen in einer unbekannten Umgebung.

Langsam tastete er sich vorwärts, mit den Händen an den Wänden des Tunnels und vorsichtig mit den Füßen auf dem Boden vor sich, bevor er einen einzigen Schritt vorwärts machen konnte. Wie lange er so vor sich hin kroch, konnte er nicht erraten; aber schließlich, als er spürte, dass der Tunnel unendlich lang war, und erschöpft von seinen Anstrengungen, dem Schrecken und dem Schlafverlust, beschloss er, sich hinzulegen und auszuruhen, bevor er weitergehen wollte.

Als er erwachte, gab es keine Veränderung in der umgebenden Schwärze. Er mochte eine Sekunde oder einen Tag geschlafen haben - er konnte es nicht wissen; aber dass er einige Zeit geschlafen hatte, bezeugte die Tatsache, dass er sich erfrischt und hungrig fühlte.

Wieder begann er seinen tastenden Vormarsch; aber diesmal hatte er nur eine kurze Strecke zurückgelegt, als er in einem Raum auftauchte, der durch eine Öffnung in der Decke beleuchtet wurde, von der aus eine Steintreppe nach unten zum Boden der Kammer führte.

Über ihm, durch die Öffnung, konnte Werper im Sonnenlicht massive Säulen blitzen sehen, die von Ranken umschlungen waren. Er lauschte, aber er hörte nichts außer dem Rauschen des Windes in den blättrigen Ästen, den heiseren Schreien der Vögel und dem Geschnatter der Affen.

Mutig stieg er die Treppe hinauf und fand sich in einem kreisförmigen Hof wieder. Vor ihm stand ein steinerner Altar, der mit rostbraunen Verfärbungen versehen war. Damals dachte Werper noch nicht an eine Erklärung für diese Flecken - später wurde ihm ihre Herkunft nur allzu deutlich.

Neben der Öffnung im Boden, gleich hinter dem Altar, durch die er den Hof von der unterirdischen Kammer aus betreten hatte, entdeckte der Belgier mehrere Türen, die von der Einfriedung aus auf das Niveau des Bodens führten. Darüber, und um den Hof herum, befand sich eine Reihe offener Balkone. Affen huschten in den verlassenen Ruinen umher, und bunt gefiederte Vögel flogen zwischen den Säulen und den Galerien weit oben ein und aus, aber es war kein Zeichen menschlicher Anwesenheit zu erkennen. Werper fühlte sich erleichtert. Er seufzte, als sei ihm eine große Last von den Schultern genommen worden. Er machte einen Schritt auf einen der Ausgänge zu, dann hielt er inne, mit weit aufgerissenen Augen vor Erstaunen und Schrecken, denn fast im selben Augenblick öffneten sich ein Dutzend Türen in der Hofmauer und eine Horde furchterregender Männer stürzte auf ihn zu.

Es waren die Priester des Flammengottes von Opar - dieselben zotteligen, verknöcherten, hässlichen kleinen Männer, die Jane Clayton Jahre zuvor an dieser Stelle zum Opferaltar geschleift hatten. Ihre langen Arme, ihre kurzen und krummen Beine, ihre eng stehenden, bösen Augen und ihre niedrigen, zurückweichenden Stirnen gaben ihnen ein bestialisches Aussehen, das einen Schauer lähmender Angst durch die erschütterten Nerven des Belgiers schickte.

Mit einem Schrei drehte er sich herum, um in die weniger Schrecken auslösenden Gänge und Räume zu fliehen, aus denen er soeben herausgekommen war, aber die furchterregenden Männer ahnten seine Absichten. Sie versperrten ihm den Weg; sie ergriffen ihn, und obwohl er vor ihnen auf die Knie fiel und um sein Leben bettelte, fesselten sie ihn und warfen ihn auf den Boden des inneren Tempels.

Der Rest war nur noch eine Wiederholung dessen, was Tarzan und Jane Clayton schon einmal durchgemacht hatten. Die Priesterinnen kamen, und mit ihnen La, die Hohepriesterin. Werper wurde aufgerichtet und quer über den Altar gelegt. Kalter Schweiß strömte aus jeder Pore, als La das grausame Opfermesser über ihn erhob. Der Todesgesang dröhnte in seine gequälten Ohren. Seine stierenden Augen wanderten zu den goldenen Kelchen, aus denen die abscheulichen Götzendiener bald ihren unmenschlichen Durst in seinem eigenen, warmen Lebenssaft stillen würden.

Er wünschte sich, dass ihm die kurze Atempause der Bewusstlosigkeit vor dem endgültigen Sturz der scharfen Klinge vergönnt sein möge - und dann ertönte ein furchtbares Gebrüll fast in seinen Ohren. Die Hohepriesterin ließ ihren Dolch sinken. Ihre Augen weiteten sich vor Entsetzen. Die Priesterinnen, ihre Helferinnen, schrien auf und flohen wie besessen in Richtung der Ausgänge. Die Priesterinnen brüllten ihre Wut und ihr Entsetzen heraus, je nachdem, wie viel Mut sie hatten. Werper reckte den Hals, um die Ursache ihrer Panik zu sehen, und als er sie endlich erblickte, erstarrte auch er vor Schreck, denn was seine Augen erblickten, war die Gestalt eines riesigen Löwen, der in der Mitte des Tempels stand, und schon lag ein einzelnes Opfer zerfleischt unter seinen grausamen Pranken.

Wieder brüllte der Herr der Wildnis und richtete seinen unheilvollen Blick auf den Altar. La taumelte vorwärts, stürzte und fiel in Ohnmacht über Werper.

VI. - Der Überfall der Araber

Nachdem der erste Schreck über das Erdbeben abgeklungen war, eilten Basuli und seine Krieger zurück in den Gang, um nach Tarzan und zwei ihrer eigenen Leute zu suchen, die ebenfalls vermisst wurden.

Sie fanden den Weg durch verkeiltes und verformtes Gestein versperrt. Zwei Tage lang mühten sie sich ab, einen Weg zu ihren gefangenen Freunden zu bahnen; aber als sie nach herkulischen Anstrengungen nur wenige Meter des verstopften Ganges freigelegt hatten und die verstümmelten Überreste eines ihrer Kameraden entdeckten, mussten sie zu dem Schluss kommen, dass auch Tarzan und der zweite Waziri tot unter der Felsmasse weiter drinnen lagen, jenseits menschlicher Hilfe und nicht mehr zu retten.

Immer wieder riefen sie bei ihrer Arbeit laut die Namen ihres Herrn und ihres Kameraden, aber keine Antwort ließ sie aufhorchen. Endlich gaben sie die Suche auf. Tränenreich warfen sie einen letzten Blick auf das zertrümmerte Grab ihres Herrn, schulterten die schwere Last des Goldes, das ihrer trauernden und geliebten Herrin wenigstens Trost, wenn auch nicht Glück bringen konnte, und machten sich traurig auf den Rückweg durch das trostlose Tal von Opar und durch die Wälder dahinter hinunter zu dem fernen Bungalow.

Und während sie marschierten, zeichnete sich bereits ein trauriges Schicksal über das friedliche, glückliche Heim ab!

Aus dem Norden kam Achmet Zek, der einer Aufforderung seines Leutnants Folge leistete. Mit ihm kam seine Horde räuberischer Araber, vogelfreie Marodeure und ebenso unwürdige Schwarze, die aus den verkommensten und ungebildetsten Stämmen wilder Kannibalen gewonnen wurden, durch deren Länder der Banditenführer völlig ungestraft hin und her zog.

Mugambi, der schwarze Herkules, der die Gefahren und Wechselfälle seines geliebten Bwana von der Dschungelinsel bis fast zum Oberlauf des Ugambi mit ihm geteilt hatte, war der Erste, der die kühne Annäherung der finsteren Karawane bemerkte.

Er war es, dem Tarzan die Verantwortung für die Krieger überlassen hatte, die zur Bewachung von Lady Greystoke zurückgeblieben waren, und es hätte in keinem Klima und auf keinem Boden einen mutigeren oder loyaleren Hüter geben können. Ein Riese von Statur, ein wilder, furchtloser Krieger, der auch Seele und Urteilsvermögen im Verhältnis zu seiner Größe und Wildheit besaß.

Seit der Abreise seines Herrn war er nicht ein einziges Mal außerhalb der Sicht- und Hörweite des Bungalows gewesen, außer wenn Lady Greystoke über die weite Ebene mit ihrem Pferd galoppierte oder die Monotonie ihrer Einsamkeit durch einen kurzen Jagdausflug auflockerte. Bei solchen

Gelegenheiten war Mugambi, auf einem drahtigen Vollblüter, dicht an den Fersen ihres Pferdes geritten.

Die Räuber waren noch weit entfernt, als die scharfen Augen des Kriegers sie entdeckten. Eine Zeit lang stand er schweigend da und musterte die anrückende Meute, dann drehte er sich um und rannte schnell in Richtung der Eingeborenenhütten, die ein paar Hundert Meter unterhalb des Bungalows lagen.

Hier rief er die sich räkelnden Krieger zusammen. Er erteilte schnell Befehle. Die Männer befolgten sie und griffen zu ihren Waffen und Schilden. Einige rannten, um die Arbeiter von den Feldern zu holen und die Hüter der Herden zu warnen. Die meisten folgten Mugambi zurück zum Bungalow.

Der Staub der Angreifer war noch in weiter Ferne. Mugambi konnte nicht mit Sicherheit wissen, dass sich darin ein Feind verbarg; aber er hatte ein ganzes Leben in der Wildnis Afrikas verbracht, und er hatte schon früher Parteien gesehen, die so unangekündigt kamen. Manchmal waren sie in Frieden gekommen und manchmal im Krieg - man konnte es nie wissen. Es war gut, vorbereitet zu sein. Mugambi gefiel die Eile nicht, mit der die Fremden vorrückten.

Der Greystoke-Bungalow war nicht gut zur Verteidigung geeignet. Er war nicht von einer Palisade umgeben, denn da er im Herzen der loyalen Waziri lag, hatte sein Herr nicht mit der Möglichkeit eines Angriffs durch einen Feind gerechnet. Schwere hölzerne Fensterläden dienten dazu, die Fensteröffnungen gegen feindliche Pfeile zu verschließen, und Mugambi war gerade dabei, diese herunterzulassen, als Lady Greystoke auf der Veranda erschien.

"Ach, Mugambi!", rief sie aus. "Was ist passiert? Warum lässt du die Fensterläden herunter?"

Mugambi zeigte über die Ebene hinaus, wo eine weiß gekleidete Truppe berittener Männer nun deutlich zu sehen war.

"Araber", erklärte er. "In Abwesenheit des Großen Bwana kommen sie aus keinem guten Grund."

Jenseits des gepflegten Rasens und der blühenden Sträucher sah Jane Clayton die glitzernden Körper ihrer Waziri. Die Sonne blitzte von den Spitzen ihrer metallbeschlagenen Speere, hob die prächtigen Farben in den Federn ihrer Kriegshauben hervor und reflektierte die Lichter auf der glänzenden Haut ihrer breiten Schultern und hohen Wangenknochen.

Jane Clayton betrachtete sie mit unvermischten Gefühlen von Stolz und Zuneigung. Was konnte ihr schon passieren, wenn sie von solchen Leuten beschützt wurde?

Die Räuber hatten jetzt angehalten, etwa hundert Meter vor der Grenze der Ebene. Mugambi war herbeigeeilt, um sich seinen Kriegern anzuschließen. Er ging ein paar Meter vor ihnen und rief die Fremden mit lauter Stimme. Achmet Zek saß gerade im Sattel vor seinen Gefolgsleuten.

"Araber!", rief Mugambi. "Was wollt ihr hier?"

"Wir kommen in Frieden", rief Achmet Zek zurück.

"Dann kehrt um und geht in Frieden", erwiderte Mugambi. "Wir wollen euch hier nicht haben. Es kann keinen Frieden zwischen Arabern und Waziri geben."

Mugambi war zwar nicht in Waziri geboren, aber in den Stamm aufgenommen worden, und es gab jetzt kein Mitglied, das eifersüchtiger auf seine Traditionen und seine Tüchtigkeit war als er.

Achmet Zek zog sich an eine Seite seiner Horde zurück und sprach mit leiser Stimme zu seinen Männern. Einen Moment später, ohne Vorwarnung, ergoss sich eine vernichtende Schusssalve in die Reihen der Waziri. Ein paar Krieger fielen, die anderen beschlossen, die Angreifer anzugreifen; aber Mugambi war sowohl ein vorsichtiger als auch ein mutiger Anführer. Er wusste, wie sinnlos es war, mit Gewehren bewaffnete, berittene Männer anzugreifen. Er zog sich mit seiner Truppe hinter das Gebüsch des Gartens zurück. Einige schickte er zu verschiedenen anderen Teilen des Geländes, das den Bungalow umgab. Ein halbes Dutzend schickte er in den Bungalow selbst mit der Anweisung, ihre Herrin innerhalb der Türen zu halten und sie mit ihrem Leben zu schützen.

Indem er die Taktik der Wüstenkämpfer, denen er entsprungen war, übernahm, ließ Achmet Zek seine Gefolgsleute in einer langen, dünnen Linie galoppieren und bildete einen großen Kreis, der immer näher an die Verteidiger heranrückte.

An dem Teil des Kreises, der den Waziri am nächsten war, wurde eine ununterbrochene Gewehrsalve in das Gebüsch geschossen, hinter dem sich die schwarzen Krieger versteckt hatten. Letztere ihrerseits schossen mit ihren schlanken Pfeilen auf die nächstgelegenen Feinde.

Die Waziri, die zu Recht für ihre Bogenschießkünste berühmt sind, hatten an diesem Tag keinen Grund, sich für ihre Leistung zu schämen. Immer wieder warf ein dunkelhäutiger Reiter die Hände über den Kopf und stürzte aus dem Sattel, durchbohrt von einem tödlichen Pfeil; aber der Kampf war ungleich. Die Araber waren den Waziri zahlenmäßig überlegen; ihre Kugeln durchdrangen das Gebüsch und hinterließen Treffer, die die arabischen Schützen nicht einmal zu Gesicht bekamen; und dann kam Achmet Zek eine halbe Meile oberhalb des Bungalows angeritten, riss einen Teil des Zauns nieder und führte seine Plünderer ins Innere des Geländes.

Über die Felder stürmten sie in einem wahnsinnigen Lauf. Sie hielten nicht noch einmal inne, um Zäune zu beseitigen, sondern trieben ihre wilden Reittiere geradewegs darauf zu und überwanden die Hindernisse so leichtfüßig wie geflügelte Möwen.

Mugambi sah sie kommen und rief die verbliebenen Krieger herbei, die zum Bungalow und zur letzten Stellung rannten. Auf der Veranda stand Lady Greystoke, das Gewehr in der Hand. Mehr als ein einziger Angreifer hatten ihre ruhigen Nerven und ihr kühles Schießen für seine Gesetzlosigkeit zur Verantwortung gezogen; mehr als ein einziges Pony rannte reiterlos im Windschatten der angreifenden Horde.

Mugambi drängte seine Herrin zurück in die größere Sicherheit des Inneren und bereitete sich mit seiner dezimierten Truppe darauf vor, dem Feind ein letztes Gefecht zu liefern.

Da kamen die Araber, brüllten und schwenkten ihre langen Gewehre über ihre Köpfe. Sie stürmten an der Veranda vorbei und eröffneten ein tödliches Feuer auf die knienden Waziri, die ihre Pfeilsalven hinter ihren langen, ovalen Schilden abfeuerten - Schilde, die vielleicht gut geeignet waren, einen feindlichen Pfeil zu stoppen oder einen Speer abzuwehren, die aber gegen die bleiernen Geschosse der Gewehrschützen nichts nützten.

Unter den halb hochgezogenen Fensterläden des Bungalows verrichteten andere Bogenschützen in größerer Sicherheit wirksame Dienste, und nach dem ersten Angriff zog Mugambi seine gesamte Streitmacht ins Innere des Gebäudes zurück.

Wieder und wieder griffen die Araber an und bildeten schließlich einen stationären Kreis um die kleine Festung und außerhalb der effektiven Reichweite der Pfeile der Verteidiger. Von ihrer neuen Position aus feuerten sie nach Belieben auf die Fenster. Einer nach dem anderen fielen die Waziri. Immer weniger Pfeile antworteten auf die Gewehre der Angreifer, und endlich fühlte sich Achmet Zek sicher, einen Angriff anzuordnen.

Schießend rannte die blutrünstige Horde auf die Veranda zu. Ein Dutzend von ihnen fiel durch die Pfeile der Verteidiger, aber die Mehrheit erreichte die Tür. Schwere Gewehrkolben schlugen darauf ein. Das Krachen von gesplittertem Holz vermischte sich mit dem Knall eines Gewehrs, als Jane Clayton durch die Scheiben auf den unerbittlichen Feind feuerte.

Auf beiden Seiten der Tür fielen Männer; aber endlich gab die zerbrechliche Barriere den bösartigen Angriffen der wahnsinnigen Angreifer nach; sie stürzte nach innen und ein Dutzend dunkelhäutiger Mörder sprang in das Wohnzimmer. Am anderen Ende stand Jane Clayton, umgeben von den verbliebenen Getreuen, die sie beschützt hatten. Der Boden war mit den Leichen derer bedeckt, die bereits ihr Leben zu ihrer Verteidigung gelassen hatten. In der vordersten Reihe ihrer Beschützer stand der riesige Mugambi. Die Araber hoben ihre Gewehre, um die letzte Salve abzufeuern, die allen Widerstand beenden würde; aber Achmet Zek brüllte einen warnenden Befehl, der ihre Abzugsfinger stillstehen ließ.

"Schießt nicht auf die Frau!", rief er. "Wer ihr etwas antut, stirbt. Nehmt die Frau lebendig!"

Die Araber stürmten durch den Raum; die Waziri kamen ihnen mit ihren schweren Speeren entgegen. Schwerter blitzten, langläufige Pistolen brüllten ihr düsteres Todesurteil. Mugambi schleuderte seinen Speer mit einer Wucht auf den nächstbesten Feind, die den schweren Schaft vollständig durch den Körper des Arabers trieb, dann ergriff er von einem anderen eine Pistole, die er am Lauf festhielt, und erschoss alle, die zu nahe an seine Herrin herankamen.

Seinem Beispiel folgend kämpften die wenigen ihm verbliebenen Krieger, wie Dämonen, bis nur noch Mugambi übrig blieb, um das Leben und die Ehre der Gefährtin des Affenmanns zu verteidigen.

Von der anderen Seite des Raumes beobachtete Achmet Zek den ungleichen Kampf und trieb seine Untergebenen an. In seinen Händen hielt er eine juwelenbesetzte Muskete. Langsam hob er sie an seine Schulter und wartete, bis ein weiterer Handstreich Mugambi in seine Gewalt bringen würde, ohne das Leben der Frau oder eines seiner eigenen Anhänger zu gefährden.

Endlich war der Augenblick gekommen, und Achmet Zek drückte ab. Ohne einen Laut sank der tapfere Mugambi zu Füßen von Jane Clayton zu Boden.

Einen Augenblick später war sie umzingelt und entwaffnet. Ohne ein Wort zerrten sie Jane Clayton aus dem Bungalow. Ein riesiger Schwarzer hob sie auf den Sattelknauf, und während die Räuber den Bungalow und die Nebengebäude nach Beute durchsuchten, ritt er mit ihr hinter das Tor und wartete auf die Ankunft seines Herrn.

Jane Clayton sah, wie die Räuber die Pferde aus dem Korral führten und die Herden von den Feldern eintrieben. Sie sah, wie ihr Haus von allem geplündert wurde, was in den Augen der Araber einen Wert darstellte, und dann sah sie, wie die Fackel angesetzt wurde und die Flammen verzehrten, was übrig blieb.

Und endlich, als die Plünderer sich versammelten, nachdem sie ihre Wut und ihre Habgier gestillt hatten, und mit ihr nach Norden davon ritten, sah sie den Rauch und die Flammen weit in den Himmel steigen, bis die Windungen des Weges in die dichten Wälder den traurigen Anblick vor ihren Augen verbargen.

Während sich die Flammen in die Wohnräume fraßen und ihre gezackten Zungen ausstreckten, um die Leichen der Gefallenen zu verschlingen, richtete sich wieder einer aus der unheimlichen Gesellschaft auf, deren blutiges Treiben schon längst zum Stillstand gekommen war. Es war ein riesiger Schwarzer, der sich auf die Seite rollte und seine blutunterlaufenen, leidgeprüften Augen öffnete. Mugambi, den die Araber für tot gehalten hatten, lebte noch. Die heißen Flammen erreichten ihn fast, als er sich mühsam auf Hände und Knie erhob und langsam zur Tür kroch.

Immer wieder sank er schwach zu Boden; aber jedes Mal erhob er sich wieder und setzte seinen traurigen Weg in Richtung Sicherheit fort. Nach einer ihm endlos erscheinenden Zeit, in der die Flammen auf der anderen Seite des Raumes zu einem wahren Feuerofen aufloderten, gelang es dem großen Schwarzen, die Veranda zu erreichen, die Stufen hinunterzurollen und sich in die kühle Sicherheit eines nahen Gebüschs zu verkriechen.

Die ganze Nacht lag er dort, abwechselnd bewusstlos und schmerzhaft empfindungsfähig; und im letzteren Zustand beobachtete er mit wildem Hass die grellen Flammen, die immer noch aus dem brennenden Haus und dem Heuschober aufstiegen. Ein umherstreifender Löwe brüllte ganz in der Nähe; aber der schwarze Riese hatte keine Angst. In seinem wilden Gemüt war nur Platz für einen einzigen Gedanken - Rache, Rache, Rache!

VII. - Die Schatzkammer von Opar

Eine Zeit lang lag Tarzan dort, wo er gefallen war, auf dem Boden der Goldkammer unter den zerstörten Mauern von Opar. Er lag da, wie ein Toter, aber nicht tot. Endlich regte er sich. Seine Augen öffneten sich in der völligen Dunkelheit des Raumes. Er hob die Hand zu seinem Kopf und zog sie mit klebrigem, geronnenem Blut weg. Er schnupperte an seinen Fingern, wie ein wildes Tier an dem Lebenssaft einer verwundeten Pranke schnuppern würde.

Langsam erhob er sich in eine sitzende Stellung - und lauschte. Kein Laut drang bis in die Tiefen seines Grabes vor. Er taumelte auf die Füße und tastete sich zwischen den Reihen von Barren hindurch. Wer war er? Wo befand er sich? Sein Kopf schmerzte, aber sonst spürte er nichts von dem Schlag, der ihn niedergestreckt hatte. An den Unfall erinnerte er sich nicht, auch nicht an das, was ihm vorausgegangen war.

Er ließ seine Hände ungewohnt über seine Gliedmaßen, seinen Oberkörper und seinen Kopf wandern. Er fühlte den Köcher auf seinem Rücken, das Messer in seinem Lendenschurz. Etwas kämpfte in seinem Gehirn um Erinnerung. Ah! Er hatte es. Es fehlte etwas. Er kroch auf dem Boden herum und tastete mit den Händen nach dem Ding, von dem ihn der Instinkt warnte, dass es weg war. Endlich fand er es - den schweren Kriegsspeer, der in den vergangenen Jahren ein so wichtiger Bestandteil seines täglichen Lebens, ja fast seiner Existenz gewesen war, so untrennbar war er mit jeder seiner Handlungen verbunden gewesen seit dem längst vergangenen Tag, an dem er seinen ersten Speer dem Körper eines schwarzen Opfers seiner wilden Kampfkunst entrissen hatte.

Tarzan war sich sicher, dass es eine andere und schönere Welt gab als die, die sich auf die Dunkelheit der vier Steinmauern um ihn herum beschränkte. Er setzte seine Suche fort und fand schließlich den Eingang, der unter der Stadt und dem Tempel hindurchführte. Diesem folgte er, höchst unvorsichtig. Er kam zu den steinernen Stufen, die auf die höhere Ebene führten. Er stieg sie hinauf und ging weiter in Richtung des Brunnens. Nichts regte sein verletztes Gedächtnis zu einer Erinnerung an die frühere Vertrautheit mit dieser Umgebung an. Er stolperte weiter durch die Dunkelheit, als ob er eine offene Ebene im Glanz der Mittagssonne durchquerte, und plötzlich geschah das, was unter den Umständen seines überstürzten Vorstoßes geschehen musste.

Er erreichte den Rand des Brunnens, trat in den Raum hinaus, stürzte nach vorn und schoss in die dunkle Tiefe hinab. Immer noch seinen Speer umklammernd, schlug er auf dem Wasser auf, sank unter die Oberfläche und lotete die Tiefen aus.

Der Sturz hatte ihn nicht verletzt, und als er an die Oberfläche kam, schüttelte er das Wasser aus seinen Augen und stellte fest, dass er sehen konnte. Das Tageslicht drang durch die Öffnung weit über seinem Kopf in den Brunnen ein. Es beleuchtete schwach die Innenwände. Tarzan blickte um sich. Auf der Höhe der Wasseroberfläche sah er eine große Öffnung in der dunklen, glitschigen Wand. Er schwamm dorthin und zog sich heraus auf den nassen Boden eines Tunnels.

Diesen durchquerte er; doch nun ging er vorsichtig, denn Tarzan der Affen war lernfähig. Die unerwartete Grube hatte ihn gelehrt, beim Durchqueren von dunklen Gängen vorsichtig zu sein - er brauchte keine zweite Lektion.

Über eine lange Strecke verlief der Gang pfeilgerade. Der Boden war glitschig, als ob das steigende Wasser des Brunnens ihn manchmal überflutete. Das verlangsamte Tarzans Tempo, denn er hatte Mühe, sich auf dem Boden zu halten.

Der Fuß einer Treppe schloss den Gang ab. Auf dieser bahnte er sich seinen Weg. Der Gang drehte sich viele Male hin und her und brachte ihn schließlich in eine kleine, kreisförmige Kammer, deren Düsternis durch ein schwaches Licht aufgelockert wurde, das durch einen röhrenförmigen Schacht mit einem Durchmesser von mehreren Metern eindrang, der von der Mitte der Decke des Raumes bis zu einer Entfernung von mehr als hundert Metern hinaufführte, wo er in einem Steingitter endete, durch das Tarzan einen blauen, sonnenbeschienenen Himmel sehen konnte.

Die Neugierde veranlasste den Affenmann, seine Umgebung zu untersuchen. Mehrere metallgefasste, kupferbeschlagene Truhen bildeten das einzige Mobiliar des runden Raumes. Tarzan ließ seine Hände über diese gleiten. Er befühlte die kupfernen Nieten, zog an den Scharnieren und klappte schließlich zufällig den Deckel der Kiste auf.

Ein Ausruf des Entzückens entrang sich seinen Lippen beim Anblick des hübschen Inhalts. Im gedämpften Licht der Kammer schimmerte und glitzerte ein großes Tablett voller glänzender Steine. Tarzan, der durch seinen Unfall zum Primitiven zurückgekehrt war, hatte keine Vorstellung von dem fabelhaften Wert seines Fundes. Für ihn waren es nur hübsche Kieselsteine. Er tauchte seine Hände in sie und ließ die unbezahlbaren Edelsteine durch seine Finger rinnen. Er ging zu anderen Kisten, nur um noch weitere Vorräte an Edelsteinen zu finden. Fast alle waren geschliffen, und von diesen nahm er eine Handvoll und füllte den Beutel, der an seiner Seite baumelte - die ungeschliffenen Steine warf er zurück in die Kisten.

Unwissentlich war der Affenmann auf den vergessenen Edelsteinraum von Opar gestoßen. Seit Ewigkeiten lag dieser unter dem Tempel des Flammengottes begraben, mitten in einem der vielen dunklen Gänge, die die abergläubischen Nachfahren der alten Sonnenanbeter entweder nicht zu erforschen wagten oder nicht erforschen wollten.

Endlich dieses Ablenkungsmanövers überdrüssig, nahm Tarzan seinen Weg durch den Korridor wieder auf, der vom Edelsteinraum über eine steile Rampe nach oben führte. In Windungen und Kurven, aber immer nach oben gerichtet, führte ihn der Tunnel immer näher an die Oberfläche und endete schließlich in einem Raum mit niedriger Decke, der heller war als alle anderen, die er bisher entdeckt hatte.

Über ihm gab eine Öffnung in der Decke am oberen Ende einer gemauerten Treppe den Blick auf eine strahlende, sonnenbeschienene Szene frei. Tarzan betrachtete die mit Weinreben bewachsenen Säulen mit leichtem Erstaunen. Er zog die Stirn in Falten und versuchte, sich an ähnliche Dinge zu erinnern. Er war sich seiner Sache nicht sicher. Es hatte eine quälende Ahnung im Hinterkopf, dass ihm etwas entging - dass er viele Dinge wissen sollte, die er nicht wusste.

Sein ernsthaftes Nachdenken wurde durch ein donnerndes Gebrüll aus der Öffnung über ihm unsanft unterbrochen. Dem Gebrüll folgten die Schreie und das Weinen von Männern und Frauen. Tarzan umklammerte seinen Speer fester und stieg die Stufen hinauf. Ein seltsamer Anblick bot sich seinen Augen, als er aus dem Halbdunkel des Untergeschosses in das helle Licht des Tempels trat.

Die Kreaturen, die er vor sich sah, erkannte er als das, was sie waren - Männer und Frauen und ein riesiger Löwe. Die Männer und Frauen flüchteten sich in die Sicherheit der Ausgänge. Der Löwe stand auf dem Körper eines Menschen, der weniger Glück gehabt hatte als die anderen. Er lag in der Mitte des Tempels. Unmittelbar vor Tarzan stand eine Frau neben einem Steinblock. Auf der Spitze des Steins lag ausgestreckt ein Mann, und als der Affenmann die Szene beobachtete, sah er, wie der Löwe die beiden im Tempel verbliebenen Menschen, schaurig anfunkelte. Ein weiteres donnerndes Brüllen brach aus der wilden Kehle hervor, die Frau schrie und fiel in Ohnmacht über den Körper des Mannes, der ausgestreckt vor ihr auf dem Steinaltar lag. Der Löwe trat ein paar Schritte vor und ging in die Hocke. Die Spitze seines gewundenen Schwanzes zuckte nervös. Er wollte gerade zum Angriff übergehen, als sein Blick auf den Affenmann gelenkt wurde.

Werper, der hilflos auf dem Altar saß, sah, wie sich das große Raubtier auf ihn stürzen wollte. Er sah die plötzliche Veränderung im Ausdruck des Tieres, als seine Augen zu etwas jenseits des Altars und außerhalb des Blickfelds des Belgiers wanderten. Er sah, wie sich die gewaltige Kreatur aufrichtete. Eine Gestalt huschte an Werper vorbei. Er sah einen mächtigen Arm erhoben und einen stämmigen Speer auf den Löwen zuschießen, um sich in dessen breiter Brust zu vergraben.

Er sah, wie der Löwe nach dem Schaft der Waffe schnappte und zerrte, und er sah, welch Wunder, den nackten Riesen, der das Geschoss geschleudert hatte, auf das große Tier zustürmen, nur ein langes Messer in der Hand, um die grausamen Reißzähne und Krallen zu treffen.

Der Löwe bäumte sich auf, um sich seinem neuen Feind zu stellen. Das Tier knurrte fürchterlich, und dann ertönte in den erschrockenen Ohren des Belgiers ein ähnlich wildes Knurren von den Lippen des Mannes, der sich auf das Tier stürzte.

Mit einem schnellen Schritt zur Seite wich Tarzan dem ersten schwungvollen Griff der Löwenpranken aus. Er sprang auf die Seite des Tieres und auf den gelbbraunen Rücken. Seine Arme umschlangen den mähnigen Hals, seine Zähne bohrten sich tief in das Fleisch des Tieres. Brüllend, springend, sich wälzend und kämpfend versuchte die Riesenkatze, diesen wilden Feind zu vertreiben, und die ganze Zeit trieb eine große, braune Faust eine lange, scharfe Klinge wiederholt in die Seite des Tieres.

Während des Kampfes erlangte La das Bewusstsein wieder. Gebannt stand sie über ihrem Opfer und beobachtete das Spektakel. Es schien unglaublich, dass ein Mensch den König der Tiere in einer persönlichen Begegnung besiegen könnte, und doch spielte sich vor ihren Augen genau diese Unwahrscheinlichkeit ab.

Endlich fand Tarzans Messer das große Herz, und mit einem letzten, krampfhaften Aufbäumen rollte sich der Löwe tot auf dem Marmorboden zusammen. Der Sieger sprang auf, stellte einen Fuß auf den Kadaver seiner Beute, hob sein Gesicht zum Himmel und stieß einen so grässlichen Schrei aus, dass La und Werper erzitterten, als dieser durch den Tempel hallte.

Dann drehte sich der Affenmann um, und Werper erkannte ihn als den Mann, den er in der Schatzkammer für tot gehalten hatte.

VIII. - Die Flucht aus Opar

Werper war verblüfft. Konnte diese Kreatur derselbe würdevolle Engländer sein, der ihn in seinem luxuriösen afrikanischen Heim so liebenswürdig bewirtet hatte? Konnte dieses wilde Tier mit den flammenden Augen und dem blutigen Antlitz gleichzeitig ein Mensch sein? Konnte der schreckliche Victory-Schrei, den er gerade gehört hatte, aus menschlicher Kehle stammen?

Tarzan beäugte den Mann und die Frau mit einem verwirrten Ausdruck in den Augen, aber da war nicht der geringste Anflug von Wiedererkennen. Es war, als hätte er eine neue Art von Lebewesen entdeckt und würde sich über seinen Fund wundern.

La studierte die Gesichtszüge des Affenmannes. Langsam öffneten sich ihre großen Augen ganz weit.

"Tarzan!", rief sie aus, und dann, in der Sprache der großen Affen, die durch die ständige Verbindung mit den Menschenaffen zur gemeinsamen Sprache der Oparianer geworden war: "Du bist zu mir zurückgekommen! La hat die Gebote ihrer Religion ignoriert und gewartet und wartet auf Tarzan - auf ihren Tarzan. Sie hat sich keinen Gefährten genommen, denn auf der ganzen Welt gab es nur Einen, mit dem La sich paaren wollte. Und jetzt bist du zurückgekommen! Sag mir, oh Tarzan, dass du meinetwegen zurückgekehrt bist."

Werper hörte dem unverständlichen Kauderwelsch zu. Er blickte von La zu Tarzan. Würde Letzterer diese fremde Sprache verstehen? Zur Überraschung des Belgiers antwortete der Engländer in einer Sprache, die offensichtlich mit der ihren identisch war.

"Tarzan", wiederholte der Angesprochene nachdenklich. "Tarzan. Der Name kommt mir bekannt vor."

"Es ist dein Name - du bist Tarzan", rief La.

"Ich bin Tarzan?" Der Affenmann zuckte mit den Schultern. "Nun, es ist ein guter Name - ich kenne keinen anderen, also werde ich ihn behalten; aber ich kenne dich nicht. Ich bin nicht deinetwegen hierher gekommen. Warum ich gekommen bin, weiß ich gar nicht, und ich weiß auch nicht, woher ich gekommen bin. Kannst du es mir sagen?"

La schüttelte den Kopf. "Ich weiß es nicht", antwortete sie.

Tarzan wandte sich an Werper und stellte ihm die gleiche Frage; allerdings in der Sprache der großen Affen. Der Belgier schüttelte den Kopf.

"Ich verstehe diese Sprache nicht", sagte er auf Französisch.

Ohne sich anzustrengen und offenbar ohne zu merken, dass er den Wechsel vollzogen hatte, wiederholte Tarzan seine Frage auf Französisch. Werper wurde sich plötzlich des Ausmaßes der Verletzung bewusst, der Tarzan zum Opfer gefallen war. Der Mann hatte sein Gedächtnis verloren - er konnte sich nicht mehr an vergangene Ereignisse erinnern. Der Belgier wollte ihn gerade aufklären, als ihm plötzlich einfiel, dass es möglich sein würde, das Unglück des Affenmanns zu seinem eigenen Vorteil zu nutzen, indem er Tarzan zumindest für eine gewisse Zeit über seine wahre Identität im Unklaren ließ.

"Ich kann dir nicht sagen, woher du kommst", antwortete er, "aber eines kann ich dir sagen: Wenn wir nicht von diesem schrecklichen Ort wegkommen, werden wir beide auf diesem blutigen Altar ermordet werden. Die Frau war im Begriff, ihr Messer in mein Herz zu stoßen, als der Löwe das teuflische Ritual unterbrach. Schnell! Bevor sie sich von ihrem Schrecken erholen und sich wieder versammeln, lass uns einen Weg aus ihrem verdammten Tempel finden."

Tarzan wandte sich wieder an La.

"Warum", fragte er, " wolltest du diesen Mann töten? Bist du hungrig?"

Die Hohepriesterin schrie angewidert auf.

"Hat er versucht, dich zu töten?", fuhr Tarzan fort.

Die Frau schüttelte den Kopf.

"Warum hättest du ihn dann töten wollen?" Tarzan war entschlossen, der Sache auf den Grund zu gehen.

La hob ihren schlanken Arm und zeigte auf die Sonne.

"Wir wollten seine Seele dem Flammenden Gott als Geschenk darbringen", sprach sie.

Tarzan schaute verwirrt. Er war wieder ein Affe, und Affen verstehen solche Dinge wie Seelen und Flammengötter nicht.

"Willst du sterben?", fragte er Werper.

Der Belgier versicherte ihm mit Tränen in den Augen, dass er nicht zu sterben wünschte.

"Nun gut, dann sollst du nicht sterben", stellte Tarzan fest. "Komm! Wir werden gehen. Diese Frau würde dich umbringen und mich für sich behalten. Es ist sowieso kein Ort für einen Mangani. Ich würde bald sterben, eingesperrt hinter diesen Steinmauern."

Er wandte sich an La. "Wir werden jetzt gehen."

Die Frau stürzte vor und nahm die Hände des Affenmanns in die ihren.

"Verlass mich nicht!", rief sie. "Bleib, und du sollst der Hohepriester sein. La liebt dich. Ganz Opar soll dein sein. Sklaven sollen dir dienen. Bleib, Tarzan der Affen, und die Liebe soll dich belohnen."

Der Affenmann schob die kniende Frau zur Seite. "Tarzan begehrt dich nicht", sagte er schlicht, trat an Werpers Seite, schnitt die Fesseln des Belgiers durch und bedeutete ihm zu folgen.

Keuchend - das Gesicht vor Wut verkrampft - sprang La auf die Füße.

41

"Du sollst bleiben!", schrie sie. "La wird dich kriegen - wenn sie dich nicht lebendig kriegen kann, wird sie dich tot kriegen", und sie hob ihr Gesicht in die Sonne und stieß denselben grässlichen Schrei aus, den Werper schon einmal und Tarzan schon oft gehört hatte.

Als Antwort auf ihren Schrei brach ein Stimmengewirr aus den umliegenden Kammern und Gängen.

"Kommt, ihr Wächterpriester!", rief sie. "Die Ungläubigen haben das Heiligste der Heiligtümer entweiht. Kommt! Schlagt Schrecken in ihre Herzen; verteidigt La und ihren Altar; wascht den Tempel mit dem Blut der Schänder rein."

Tarzan verstand, aber Werper nicht. Ersterer blickte den Belgier an und sah, dass er unbewaffnet war. Schnell trat der Affenmann an Las Seite und nahm sie in seine starken Arme, und obwohl sie mit der ganzen verrückten Wildheit eines Dämons kämpfte, entwaffnete er sie und reichte Werper ihr langes Opfermesser.

"Das wirst du brauchen", merkte er an, und dann strömte aus jeder Türöffnung eine Horde der monströsen, kleinen Männer von Opar in den Tempel.

Sie waren mit Knüppeln und Messern bewaffnet und in ihrem Mut durch fanatischen Hass und Raserei gestärkt. Werper war entsetzt. Tarzan stand da und beäugte den Feind in stolzer Verachtung. Langsam ging er auf den Ausgang zu, den er für seinen Weg aus dem Tempel gewählt hatte. Ein stämmiger Priester versperrte ihm den Weg. Hinter dem ersten stand eine ganze Reihe anderer. Tarzan schwang seinen schweren Speer wie eine Keule auf den Schädel des Priesters herab. Der Mann brach mit zerschmettertem Kopf zusammen.

Wieder und wieder fiel die Waffe, während Tarzan sich langsam auf den Ausgang zubewegte. Werper drängte sich dicht hinter ihm und warf immer wieder Blicke in Richtung der kreischenden, tanzenden Meute, die sie von hinten bedrohte. Er hielt das Opfermesser bereit, um auf jeden zu stechen, der in seine Reichweite kam; aber es kam keiner. Eine Zeit lang wunderte er sich, dass sie so tapfer mit dem riesigen Affenmann kämpften, aber zögerten, sich auf ihn zu stürzen, der relativ schwach war. Hätten sie das getan, so wusste er, dass er beim ersten Angriff hätte fallen müssen. Tarzan hatte den Eingang über die Leichen jener erreicht, die sich ihm in den Weg gestellt hatten, bevor Werper den Grund für seine Immunität erriet. Die Priester fürchteten das Opfermesser! Bereitwillig würden sie dem Tod ins Auge sehen und ihn begrüßen, wenn er käme, während sie ihre Hohepriesterin und ihren Altar verteidigten; aber offensichtlich gab es Tote über Tote. Irgendein seltsamer Aberglaube muss diese polierte Klinge umgeben, dass kein Oparianer einen Todesstoß mit ihr riskieren wollte, und doch eilte er gerne zur Schlachtbank des Affenmannes, dessen Speer sich blutig schlug.

Außerhalb des Tempelhofs angekommen, teilte Werper seine Entdeckung Tarzan mit. Der Affenmann grinste und ließ Werper mit der juwelenbesetzten und heiligen Waffe vor sich hergehen. Wie Blätter vor einem Sturm zerstreuten sich die Oparianer in alle Richtungen und Tarzan und der Belgier fanden einen freien Durchgang durch die Gänge und Kammern des alten Tempels.

Die Augen des Belgiers weiteten sich, als sie den Raum der sieben Säulen aus massivem Gold durchschritten. Mit unverhohlener Gier betrachtete er die uralten, goldenen Tafeln, die in den Wänden fast aller Räume und an den Seiten vieler Korridore eingelassen waren. Für den Affenmann schien all dieser Reichtum nichts zu bedeuten.

Die beiden gingen weiter, der Zufall führte sie zu der breiten Allee, die zwischen den stattlichen Pfählen der halb zerstörten Gebäude und der inneren Stadtmauer lag. Große Affen lästerten über sie und bedrohten sie; aber Tarzan antwortete ihnen nach ihrer Art und gab Spott auf Spott, Beleidigung auf Beleidigung, Herausforderung auf Herausforderung zurück.

Werper sah, wie sich ein haariger Bulle von einer zerbrochenen Säule herabschwang und mit steifen Beinen und struppigen Zähnen auf den nackten Riesen zuging. Die gelben Reißzähne waren entblößt, wütendes Knurren und Bellen grollte bedrohlich durch die dicken, hängenden Lippen.

Der Belgier beobachtete seinen Begleiter. Zu seinem Entsetzen sah er, wie der Mann sich bückte, bis seine geschlossenen Knöchel auf dem Boden ruhten wie die des Anthropoiden. Er sah ihn, wie er mit steifen Beinen um den sich drehenden Affen kreiste. Er hörte das gleiche bestialische Bellen und Knurren aus der menschlichen Kehle, das aus dem Mund des Tieres kam. Hätte er die Augen geschlossen, hätte er nur erkennen können, dass sich zwei riesige Affen zum Kampf rüsteten.

Aber es kam nicht zum Kampf. Es endete, wie die meisten solcher Dschungelbegegnungen enden - einer der Angeber verliert die Nerven und interessiert sich plötzlich für ein wehendes Blatt, einen Käfer oder die Läuse auf seinem haarigen Bauch.

In diesem Fall war es der Anthropoide, der sich in steifer Würde zurückzog, um eine unglückliche Raupe zu inspizieren, die er sogleich verschlang. Einen Moment lang schien Tarzan geneigt zu sein, den Streit fortzusetzen. Er schwankte unruhig, streckte die Brust heraus, brüllte und rückte näher an den Bullen heran. Nur mit Mühe konnte Werper ihn schließlich überreden, es gut sein zu lassen und den Weg aus der alten Stadt der Sonnenanbeter fortzusetzen.

Die beiden suchten fast eine Stunde lang, bevor sie den schmalen Ausgang durch die innere Mauer fanden. Von dort aus führte sie der gut ausgetretene Pfad über die äußere Befestigung hinaus in das trostlose Tal von Opar.

Tarzan hatte, soweit Werper erkennen konnte, keine Ahnung, wo er war oder woher er kam. Er irrte ziellos umher, suchte nach Nahrung, die er unter kleinen Felsen entdeckte, oder versteckte sich im Schatten des spärlichen Gestrüpps, das den Boden übersäte.

Der Belgier war entsetzt über den grässlichen Speiseplan seines Begleiters. Käfer, Nagetiere und Raupen wurden mit scheinbarem Vergnügen verschlungen. Tarzan war tatsächlich wieder ein Affe.

Endlich gelang es Werper, seinen Begleiter zu den fernen Hügeln zu führen, die die nordwestliche Begrenzung des Tals markierten, und gemeinsam setzten sie sich in Richtung des Greystoke-Bungalows in Bewegung.

Welchen Zweck der Belgier damit verfolgte, das Opfer seines Verrats und seiner Habgier zurück in seine frühere Heimat zu führen, ist schwer zu erraten, es sei denn, es ging darum, dass es ohne Tarzan kein Lösegeld für Tarzans Frau geben konnte.

In dieser Nacht schlugen sie ihr Lager im Tal jenseits der Hügel auf, und während sie vor einem kleinen Feuer saßen, an dem ein Wildschwein briet, das Tarzan zum Opfer gefallen war, saß dieser gedankenverloren da. Er schien ständig zu versuchen, irgendein geistiges Bild zu erfassen, das sich ihm ebenso ständig entzog.

Schließlich öffnete er den ledernen Beutel, der an seiner Seite hing. Daraus schüttete er eine Menge funkelnder Edelsteine in seine Handfläche. Das Licht des Feuers, das darauf fiel, zauberte eine Vielzahl flackernder Strahlen hervor, und als die großen Augen des Belgiers ihn fasziniert ansahen, bestätigte der Gesichtsausdruck des Mannes endlich eine konkrete Absicht, die Gesellschaft des Affenmannes zu hofieren.

IX. - Der Diebstahl der Edelsteine

Zwei Tage lang suchte Werper nach der Gruppe, die ihn vom Lager zu den Barriereklippen begleitet hatte; aber erst am späten Nachmittag des zweiten Tages fand er einen Hinweis auf ihren Verbleib, und zwar in so grausiger Form, dass ihn der Anblick völlig entnervte.

Auf einer offenen Lichtung stieß er auf die Leichen von drei der Schwarzen, schrecklich verstümmelt, und es bedurfte keiner großen Schlussfolgerung, ihre Ermordung zu erklären. Von der kleinen Gruppe waren nur diese drei keine Sklaven gewesen. Die anderen hatten, offenbar in der Hoffnung auf Freiheit von ihrem grausamen arabischen Herrn, die Entfernung vom Hauptlager ausgenutzt, um die drei Vertreter der verhassten Herrschaft, die sie in Sklaverei hielt, zu töten und im Dschungel zu verschwinden.

Kalter Schweiß stand Werper auf der Stirn, als er über das Schicksal nachdachte, dem der Zufall ihn hatte entkommen lassen, denn wäre er dabei gewesen, als die Verschwörung Früchte trug, hätte auch er zu den Ermordeten gehören können.

Tarzan zeigte nicht die geringste Überraschung oder das geringste Interesse an dieser Entdeckung. Ihm war eine gefühllose Vertrautheit mit dem gewaltsamen Tod angeboren. Von den Feinheiten seiner jüngsten Zivilisation, die durch das traurige Unglück ausgelöscht worden waren, blieben nur die primitiven Empfindungen übrig, die die Erziehung in seiner Kindheit unauslöschlich in seinen Geist eingeprägt hatte.

Die Erziehung von Kala, die Beispiele und Gebote von Kerchak, Tublat und Terkoz bildeten nun die Grundlage für sein Denken und Handeln. Er behielt eine mechanische Kenntnis der französischen und englischen Sprache. Werper hatte zu ihm auf Französisch gesprochen, und Tarzan hatte in derselben Sprache geantwortet, ohne sich bewusst zu machen, dass er von der anthropoiden Sprache abgewichen war, in der er zu La gesprochen hatte. Hätte Werper Englisch gesprochen, wäre das Ergebnis dasselbe gewesen.

Auch an diesem Abend, als die beiden vor ihrem Lagerfeuer saßen, spielte Tarzan mit seinen funkelnden Glitzersteinchen. Werper fragte ihn, was sie seien und wo er sie gefunden habe. Der Affenmann antwortete, es seien bunte Steine, aus denen er eine Halskette machen wolle, und er habe sie weit unter dem Opferplatz des Tempels vom Flammengott gefunden.

Werper war erleichtert, dass Tarzan keine Vorstellung von dem Wert der Edelsteine hatte. Das würde es dem Belgier leichter machen, in ihren Besitz zu gelangen. Möglicherweise würde der Mann sie ihm für einen Obolus geben. Werper streckte seine Hand nach dem kleinen Haufen aus, den Tarzan auf einem flachen Holzstück vor ihm aufgeschichtet hatte.

"Zeig sie mir", bat der Belgier.

Tarzan legte eine große Handfläche über seinen Schatz. Er entblößte seine Kampfzähne und knurrte. Werper zog seine Hand schneller zurück, als er sie vorgeschoben hatte. Tarzan nahm sein Spiel mit den Edelsteinen und sein Gespräch mit Werper wieder auf, als ob nichts Ungewöhnliches geschehen wäre. Er hatte nur den eifersüchtigen Beschützerinstinkt des Tieres für einen Besitz zur Schau gestellt. Wenn er tötete, teilte er das Fleisch mit Werper; aber hätte Werper jemals aus Versehen Hand an Tarzans Anteil gelegt, hätte die gleiche wilde und verärgerte Warnung ausgelöst.

Von diesem Vorfall datiert der Beginn einer großen Angst in der Brust des Belgiers wegen seines wilden Gefährten. Er hatte die Verwandlung, die der Schlag auf den Kopf in Tarzan hervorgerufen hatte, nie verstanden, außer dass er sie auf eine Form von Amnesie zurückführte. Dass Tarzan in Wahrheit einmal ein wildes Tier aus dem Dschungel gewesen war, hatte Werper nicht gewusst, und so konnte er natürlich auch nicht ahnen, dass der Mann in den Zustand zurückgefallen war, in dem er seine Kindheit und Jugend verbracht hatte.

Jetzt sah Werper in dem Engländer einen gefährlichen Wahnsinnigen, den der geringste Vorfall mit reißenden Reißzähnen auf ihn hetzen konnte. Nicht einen Augenblick versuchte Werper, sich vorzumachen, er könne sich gegen einen Angriff des Affenmanns erfolgreich verteidigen. Seine einzige Hoffnung bestand darin, ihm zu entkommen und so schnell wie möglich das weit entfernte Lager von Achmet Zek zu erreichen; aber nur mit dem Opfermesser bewaffnet, scheute Werper davor zurück, die Reise durch den Dschungel zu wagen. Tarzan bot einen Schutz, der selbst gegenüber den größeren Raubtieren keineswegs zu verachten war, wie Werper aus den Beweisen, die er im oparischen Tempel gesehen hatte, zu erkennen glaubte.

Auch Werper hatte seine begehrliche Seele auf den Beutel mit den Edelsteinen gesetzt, und so war er hin- und hergerissen zwischen den verschiedenen Gefühlen von Habgier und Angst. Aber die Habgier war es, die am stärksten in seiner Brust brannte, sodass er lieber die Gefahren wagte und die Schrecken des ständigen Umgangs mit dem, den er für einen Verrückten hielt, ertrug, als die Hoffnung aufzugeben, in den Besitz des Vermögens zu gelangen, das der Inhalt des Säckchens darstellte.

Achmet Zek sollte nichts davon wissen - das wäre allein für Werper, und sobald er seinen Plan in die Tat umsetzen konnte, würde er die Küste zu erreichen versuchen und die Überfahrt nach Amerika antreten, wo er sich unter dem Deckmantel einer neuen Identität verbergen und in gewissem Maße die Früchte seines Diebstahls genießen konnte. Er hatte alles geplant, so wie Leutnant Albert Werper, und lebte in Vorfreude das luxuriöse Leben der müßigen Reichen. Er bedauerte sogar, dass Amerika so provinziell war und dass es nirgendwo in der neuen Welt eine Stadt gab, die sich mit seinem geliebten Brüssel vergleichen ließ.

Es war am dritten Tag ihrer Wanderung von Opar, als Tarzans scharfe Ohren ein Geräusch von Menschen hinter sich auffing. Werper hörte nichts außer dem Summen der Dschungelinsekten und dem schnatternden Leben der kleinen Affen und Vögel.

Eine Zeit lang stand Tarzan in statuenhafter Stille und lauschte, wobei sich seine empfindlichen Nasenlöcher bei jedem vorbeiziehenden Windhauch weiteten. Dann zog er Werper in den Schutz des dichten Gebüschs zurück und wartete. Plötzlich kam auf der Wildfährte, der Werper und Tarzan gefolgt waren, ein schlanker, schwarzer Krieger in Sicht, der aufmerksam und wachsam wirkte.

Im Gänsemarsch hinter ihm folgten, einer nach dem anderen, fast fünfzig andere, jeder mit zwei mattgelben Barren auf dem Rücken. Werper erkannte die Gruppe sofort als die, die Tarzan auf seiner Reise nach Opar begleitet hatte. Er warf einen Blick auf den Affenmann, aber in den wilden, wachsamen Augen fand er keine Spur des Erkennens von Basuli und den anderen treuen Waziri.

Als alle gegangen waren, erhob sich Tarzan und trat aus seinem Versteck hervor. Er schaute den Pfad hinunter in die Richtung, in die die Gruppe gegangen war. Dann wandte er sich an Werper.

"Wir werden ihnen folgen und sie erschlagen", erwähnte er.

"Warum?", wunderte sich der Belgier.

"Sie sind schwarz", erklärte Tarzan. "Es war ein Schwarzer, der Kala getötet hat. Sie sind die Feinde der Manganis."

Werper gefiel der Gedanke nicht, sich auf einen Kampf mit Basuli und seinen wilden Kämpfern einzulassen. Allerdings begrüßte er den Umstand, dass sie zum Greystoke-Bungalow zurückkehrten, denn er zweifelte daran, dass er in der Lage sein würde, seine eigenen Schritte ins Waziri-Land zurückzuverfolgen. Tarzan, das wusste er, hatte nicht die geringste Ahnung, wohin sie gingen. Wenn sie in einem sicheren Abstand hinter den beladenen Kriegern blieben, würden sie keine Schwierigkeiten haben, ihnen nach Hause zu folgen. Am Bungalow angekommen, kannte Werper den Weg zum Lager von Achmet Zek. Es gab noch einen weiteren Grund, warum er sich nicht mit den Waziri einlassen wollte - sie trugen die große Last des Schatzes in die Richtung, in die er sie tragen wollte. Je weiter sie den Schatz trugen, desto kürzer war die Strecke, die er und Achmet Zek zu transportieren hatten.

Er argumentierte daher mit dem Affenmann gegen dessen Wunsch, die Schwarzen auszurotten, und schließlich überredete er Tarzan, ihnen in Frieden zu folgen, indem er sagte, er sei sicher, dass die Schwarzen sie aus dem Wald in ein reiches Land führen würden, in dem es von Wild wimmelte.

Es waren viele Märsche von Opar bis zum Waziri-Land, aber endlich kam die Stunde, in der Tarzan und der Belgier, die der Spur der Krieger folgten, die letzte Anhöhe erklommen und vor sich die weite Waziri-Ebene, den gewundenen Fluss und die fernen Wälder im Norden und Westen sahen.

Eine Meile oder mehr vor ihnen kroch die Reihe der Krieger wie eine riesige Raupe durch die hohen Gräser der Ebene. Dahinter zogen grasende Zebra-, Kuhantilopen- und Topi-Herden durch die ebene Landschaft, während näher am Fluss ein Büffelbulle, dessen Kopf und Schultern aus dem Schilf ragten, die vorrückenden Schwarzen einen Moment lang beobachtete, um sich dann umzudrehen und in die Sicherheit seines feuchten und düsteren Rückzugsortes zu verschwinden.

Tarzan blickte auf den vertrauten Ausblick, ohne den geringsten Schimmer des Erkennens in seinen Augen. Er sah die Wildtiere, und ihm lief das Wasser im Mund zusammen, aber er blickte nicht in die Richtung seines Bungalows. Werper jedoch tat es. Ein verwirrter Ausdruck trat in die Augen des Belgiers. Er beschattete die Augen mit seinen Handflächen und blickte lange und ernsthaft auf die Stelle, wo der Bungalow gestanden hatte. Er konnte dem Zeugnis seiner Augen kaum glauben - es gab keinen Bungalow,

47

keine Scheunen, keine Nebengebäude. Die Ställe, die Heuhaufen - alles war verschwunden. Was konnte das bedeuten?

Und dann sickerte langsam eine Erklärung für die Verwüstung in Werpers Bewusstsein, die in diesem friedlichen Tal angerichtet worden war, seit seine Augen das letzte Mal darauf geruht hatten - Achmet Zek war dort gewesen!

Basuli und seine Krieger hatten die Verwüstung sofort bemerkt, als sie in Sichtweite des Hofes gekommen waren. Nun eilten sie darauf zu und unterhielten sich angeregt über die Ursache und Bedeutung der Katastrophe.

Als sie endlich den zertrampelten Garten durchquerten und vor den verkohlten Ruinen des Bungalows ihres Herrn standen, wurden ihre größten Befürchtungen im Licht der Beweise um sie herum zu Überzeugungen.

Die Überreste menschlicher Toter, halb verschlungen von umherstreifenden Hyänen und anderen Raubtieren, die die Gegend heimsuchten, lagen verrottend auf dem Boden, und unter den Leichen blieben genügend Reste ihrer Kleidung und ihres Schmucks, um Basuli die schreckliche Geschichte des Unglücks zu verdeutlichen, das das Haus seines Herrn heimgesucht hatte.

"Die Araber", sagte der Basuli, während sich seine Männer um ihn scharten.

Die Waziri blickten mehrere Minuten lang stumm umher. Überall stießen sie nur auf weitere Beweise für die Unbarmherzigkeit des grausamen Feindes, der während der Abwesenheit des Großen Bwana gekommen war und seinen Besitz verwüstet hatte.

"Was haben sie mit 'Lady' gemacht?", fragte einer der Schwarzen.

Sie hatten Lady Greystoke immer so genannt.

"Sie haben die Frauen mitgenommen", erklärte Basuli. "Unsere Frauen und seine."

Ein riesiger Schwarzer hob seinen Speer über seinen Kopf und stieß einen wilden Schrei der Wut und des Hasses aus. Die anderen folgten seinem Beispiel. Basuli brachte sie mit einer Geste zum Schweigen.

"Dies ist nicht die Zeit für unnützes Gezeter", sagte er. "Der Große Bwana hat uns gelehrt, dass es die Taten sind, durch die Dinge erledigt werden, nicht die Worte. Lasst uns unseren Atem sparen - wir werden ihn brauchen, um die Araber zu verfolgen und zu töten. Wenn 'Lady' und unsere Frauen leben, ist Eile geboten, und Krieger können mit leeren Lungen nicht schnell reisen."

Aus dem Schutz des Schilfs entlang des Flusses beobachteten Werper und Tarzan die Schwarzen. Sie sahen, wie sie mit ihren Messern und Fingern einen Graben aushoben. Sie sahen, wie sie ihre gelben Lasten hineinlegten und die umgestürzte Erde wieder über die Oberseiten der Barren schaufelten.

Tarzan schien wenig interessiert, nachdem Werper ihm versichert hatte, dass das, was sie vergruben, nicht zum Essen taugte; aber Werper war intensiv interessiert. Er hätte viel dafür gegeben, wenn er seine eigenen Anhänger bei sich gehabt hätte, damit er den Schatz mitnehmen könnte, sobald die Schwarzen weggingen, denn er war sich sicher, dass sie diesen Ort der Verwüstung und des Todes so schnell wie möglich verlassen würden.

Nachdem der Schatz vergraben war, entfernten sich die Schwarzen ein kurzes Stück gegen den Wind, weg von den stinkenden Leichen, wo sie ihr Lager aufschlugen, um sich auszuruhen, bevor sie die Verfolgung der Araber aufnahmen. Es war bereits dämmrig. Werper und Tarzan saßen und verschlangen einige Fleischstücke, die sie von ihrem letzten Lager mitgebracht hatten. Der Belgier war mit seinen Plänen für die unmittelbare Zukunft beschäftigt. Er war sich sicher, dass die Waziri Achmet Zek verfolgen würden, denn er wusste genug über die wilde Kriegsführung und die Eigenschaften der Araber und ihrer menschenunwürdigen Anhänger, um zu erraten, dass sie die Frauen der Waziri in die Sklaverei verschleppten. Das allein würde die sofortige Verfolgung durch ein so kriegerisches Volk wie die Waziri sicherstellen.

Werper fühlte, dass er die Mittel und die Gelegenheit finden müsste, weiter vorzudringen, um Achmet Zek über das Kommen von Basuli zu warnen und auch über den Ort des vergrabenen Schatzes zu informieren. Was der Araber nun mit Lady Greystoke angesichts des seelischen Leidens ihres Mannes machen würde, wusste Werper nicht und es war ihm auch egal. Es genügte, dass der Goldschatz, der an der Stelle des abgebrannten Bungalows vergraben lag, unendlich viel wertvoller war als jedes Lösegeld, das selbst dem geizigen Geist des Arabers in den Sinn gekommen wäre, und wenn Werper den Räuber überreden könnte, auch nur einen Teil davon mit ihm zu teilen, wäre er wohl zufrieden.

Aber der bei Weitem wichtigste Gedanke, zumindest für Werper, war der unschätzbar wertvolle Schatz in dem kleinen ledernen Beutel an Tarzans Seite. Wenn er diesen nur in seinen Besitz bringen könnte! Er muss! Er will!

Seine Augen wanderten zu dem Objekt seiner Begierde. Sie maßen Tarzans riesige Gestalt und ruhten auf den runden Muskeln seiner Arme. Es war hoffnungslos. Was konnte er, Werper, anderes erreichen als seinen eigenen Tod, wenn er versuchte, die Edelsteine ihrem wilden Besitzer zu entreißen?

Trostlos warf sich Werper auf die Seite. Sein Kopf lag auf einem Arm, der andere ruhte so über seinem Gesicht, dass seine Augen vor dem Affenmann verborgen blieben, obwohl ein Auge unter dem Schatten des Unterarms auf ihm ruhte. Eine Zeit lang lag er so da, starrte Tarzan an und schmiedete Pläne, wie er ihm seinen Schatz abjagen könnte - Pläne, die so schnell wie sie entstanden waren, als sinnlos verworfen wurden.

Bald ließ Tarzan seine Augen auf Werper ruhen. Der Belgier sah, dass er beobachtet wurde, und lag ganz still. Nach ein paar Augenblicken simulierte er das regelmäßige Atmen eines tiefen Schlummers.

Tarzan hatte nachgedacht. Er hatte gesehen, wie die Waziri ihre Habseligkeiten vergruben. Werper hatte ihm erzählt, dass sie diese versteckten, damit niemand sie fand und mitnahm. Dies schien Tarzan ein hervorragender Plan zur Sicherung von Wertgegenständen zu sein. Seit Werper den Wunsch geäußert hatte, seine glitzernden Kieselsteine zu besitzen, bewachte Tarzan mit dem Argwohn eines Wilden die Edelsteine, deren Wert er nicht kannte, so eifrig, als ob sie für ihn Leben oder Tod bedeuteten.

Lange Zeit saß der Affenmann da und beobachtete seinen Gefährten. Endlich, überzeugt davon, dass er schlief, zog Tarzan sein Jagdmesser und begann, ein Loch in den Boden vor sich zu graben. Mit der Klinge lockerte er die Erde auf, und mit den Händen schaufelte er sie heraus, bis er einen kleinen Hohlraum von ein paar Zoll Durchmesser und fünf oder sechs Zoll Tiefe ausgehoben hatte. Da hinein legte er den Beutel mit den Edelsteinen. Werper vergaß fast, wie ein Schläfer zu atmen, als er sah, was der Affenmann tat - er konnte einen Ausruf der Genugtuung kaum unterdrücken.

Tarzan wurde plötzlich starr, als seine scharfen Ohren das Aufhören der regelmäßigen Ein- und Ausatmungen seines Gefährten bemerkten. Seine zusammengekniffenen Augen bohrten sich direkt in das Gesicht des Belgiers. Werper fühlte, dass er verloren war - er musste alles auf seine Fähigkeit setzen, die Täuschung fortzusetzen. Er seufzte, warf beide Arme nach außen und drehte sich auf den Rücken, wobei er murmelte, als sei er von einem schlechten Traum geplagt. Einen Moment später nahm er das regelmäßige Atmen wieder auf.

Jetzt konnte er Tarzan nicht mehr beobachten, aber er war sich sicher, dass der Mann lange Zeit dasaß und ihn betrachtete. Dann hörte Werper leise, wie die Hände des anderen über den Boden kratzten und diesen später abtupften. Da wusste er, dass die Juwelen vergraben worden waren.

Es dauerte eine Stunde, bis sich Werper wieder bewegte, dann wälzte er sich gegenüber Tarzan und öffnete die Augen. Der Affenmann schlief. Indem er seine Hand ausstreckte, konnte Werper die Stelle berühren, an der der Beutel vergraben war.

Lange Zeit lag er da und beobachtete und lauschte. Er bewegte sich und machte mehr Lärm als nötig, doch Tarzan erwachte nicht. Er zog das Opfermesser aus seinem Gürtel und stieß es in den Boden. Tarzan bewegte sich nicht. Vorsichtig schob der Belgier die Klinge durch die lockere Erde oberhalb des Beutels nach unten. Er spürte, wie die Spitze den weichen, zähen Stoff des Leders berührte. Dann drückte er den Griff nach unten. Langsam hob und senkte sich der kleine Haufen loser Erde. Einen Augenblick später kam eine Ecke des Beutels zum Vorschein. Werper zog ihn aus dem Versteck und steckte ihn unter sein Hemd. Dann füllte er das Loch wieder auf und drückte die Erde vorsichtig an, so wie sie vorher gewesen war.

Die Habgier hatte ihn zu einer Tat veranlasst, deren Entdeckung durch seinen Gefährten nur zu den schrecklichsten Folgen für Werper führen konnte. Schon konnte er fast spüren, wie sich die starken, weißen Reißzähne in seinen Hals gruben. Er erschauderte. Weit draußen in der Ebene schrie ein Leopard, und im dichten Schilf hinter ihm bewegte sich ein großes Tier auf gepolsterten Füßen.

Werper fürchtete diese Eindringlinge der Nacht; aber noch viel mehr fürchtete er den gerechten Zorn des menschlichen Tieres, das an seiner Seite schlief. Mit äußerster Vorsicht erhob sich der Belgier. Tarzan bewegte sich nicht. Werper machte ein paar Schritte in Richtung der Ebene und des fernen Waldes im Nordwesten, dann hielt er inne und befingerte den Griff des langen Messers in seinem Gürtel. Er drehte sich um und blickte auf den Schläfer hinunter.

"Warum nicht?", überlegte er. "Dann sollte ich in Sicherheit sein."

Er kehrte zurück und beugte sich über den Affenmann. Fest umklammert in seiner Hand lag das Opfermesser der Hohepriesterin des Flammengottes!

X. - Tarzan wird wieder zum Tier

Einen Moment lang hatte Werper über dem schlafenden Affenmann gestanden, das mörderische Messer zum tödlichen Stich bereit; aber die Angst ließ ihn nicht los. Was, wenn der erste Hieb die Spitze nicht in das Herz seines Opfers treiben würde? Werper schauderte bei dem Gedanken an die katastrophalen Folgen für sich. Erwacht und selbst mit nur noch wenigen Augenblicken zu leben, konnte der Riese seinen Angreifer buchstäblich in Stücke reißen, wenn er wollte, und der Belgier hatte keinen Zweifel daran, dass Tarzan sich so entscheiden würde.

Wieder ertönte das leise Geräusch von Schritten im Schilf - dieses Mal näher. Werper gab seinen Plan auf. Vor ihm erstreckten sich die weite Ebene und die Flucht. Die Edelsteine waren in seinem Besitz. Länger zu bleiben bedeutete, den Tod durch Tarzans Hand zu riskieren oder durch die immer näherkommenden Zähne von Tarzan gerissen zu werden. Er drehte sich um und schlich durch die Nacht, in Richtung des fernen Waldes.

****

Tarzan schlief weiter. Wo waren die unheimlichen, schützenden Kräfte, die ihn früher gegen die Gefahren der Überraschung immun gemacht hatten? Konnte das der wachsame, empfindsame Tarzan von einst sein, dieser dumpfe Schläfer?

Vielleicht hatten der Schlag und die Verletzung an seinem Kopf seine Sinne vorübergehend betäubt - wer kann das sagen? Näher schlich eine verstohlene Kreatur durch das Schilf. Der raschelnde Vorhang der Vegetation öffnete sich ein paar Schritte von der Stelle, wo der Schläfer lag, und der massige Kopf eines Löwen erschien. Das Tier musterte den Affenmann einen Moment lang aufmerksam, dann kauerte es sich zusammen, die Hinterfüße weit unter sich gezogen, den Schwanz hin und her schlagend.

Es war das Schlagen des Schwanzes des Tieres gegen das Schilf, das Tarzan aufweckte. Dschungelbewohner erwachen nicht langsam - schlagartig kehren das volle Bewusstsein und die volle Beherrschung aller ihrer Fähigkeiten aus der Tiefe des tiefen Schlummers zu ihnen zurück.

Noch als Tarzan die Augen öffnete, war er auf den Beinen, den Speer fest in der Hand und bereit zum Angriff. Wieder war er Tarzan der Affen, empfindungsfähig, wachsam, bereit.

Keine zwei Löwen haben identische Eigenschaften, noch verhält sich ein und derselbe Löwe unter gleichen Umständen immer ähnlich. Ob es nun Überraschung, Angst oder Vorsicht ist, die den kauernden Löwen dazu veranlassen, sich auf einen Menschen zu stürzen, ist unerheblich - Tatsache ist, dass er seinen ursprünglichen Plan nicht ausführte, er stürzte sich gar nicht auf den Menschen, sondern drehte sich um und sprang zurück ins Schilf, als Tarzan sich erhob und ihm gegenüberstand.

Der Affenmann zuckte mit den breiten Schultern und sah sich nach seinem Begleiter um. Werper war nirgends zu sehen. Zuerst vermutete Tarzan, dass der Mann von einem anderen Löwen gepackt und weggeschleppt worden war, aber als er den Boden untersuchte, stellte er bald fest, dass der Belgier allein in die Ebene hinausgegangen war.

Einen Moment lang war er verwirrt, kam aber bald zu dem Schluss, dass die Annäherung des Löwen Werper erschreckt und er sich in Angst davongeschlichen hatte. Ein Spott kam über Tarzans Lippen, als er über die Tat des Mannes nachdachte - das Verlassen eines Kameraden in Zeiten der Gefahr und ohne Vorwarnung. Wenn Werper so ein Mensch war, wollte Tarzan nichts mehr von ihm wissen. Er war weg, und was den Affenmann betraf, konnte er wegbleiben - Tarzan würde nicht nach ihm suchen.

Hundert Meter von seinem Standort entfernt wuchs ein großer Baum, der allein am Rande des schilfgesäumten Dschungels stand. Tarzan machte sich auf den Weg dorthin, kletterte hinauf und fand einen bequemen Platz zwischen den Ästen, wo er bis zum Morgen ungestört schlafen konnte.

Und als der Morgen kam, schlief Tarzan noch lange nach Sonnenaufgang weiter. Sein primitives Gemüt war frei von ernsthafteren Verpflichtungen als denen, für seinen Lebensunterhalt zu sorgen und sein Leben zu schützen. Daher gab es nichts, wofür er erwachen musste, bis Gefahr drohte oder der Hunger ihn überfiel. Es war das Letztere, das ihn schließlich weckte. Er öffnete die Augen, streckte seine riesigen Gliedmaßen, gähnte, erhob sich und blickte durch das Laub seines Rückzugsortes um sich. Über die verwüsteten Wiesen und Felder von John Clayton, Lord Greystoke, blickte Tarzan der Affen wie ein Fremder auf die sich bewegenden Gestalten von Basuli und seinen Kriegern, die ihr Morgenmahl zubereiteten und sich bereit machten, zu der Expedition aufzubrechen, die Basuli geplant hatte, nachdem er die Verwüstung und das Unglück entdeckt hatte, das über das Anwesen seines toten Herrn hereingebrochen war.

Der Affenmann beäugte die Schwarzen mit Neugierde. In seinem Hinterkopf schwebte ein flüchtiges Gefühl der Vertrautheit mit allem, was er sah, und doch konnte er keine der verschiedenen Erscheinungsformen ob belebt oder unbelebt, die in sein Blickfeld geraten waren, seit er aus der Dunkelheit der Höhlen von Opar aufgetaucht war, mit irgendeinem bestimmten Ereignis der Vergangenheit in Verbindung bringen.

Verschwommen erinnerte er sich an eine grimmige und abscheuliche Gestalt, haarig, grausam. Eine vage Zärtlichkeit beherrschte seine wilden Gefühle, als dieses Erinnerungsphantom um Wiedererkennung kämpfte. Es war die Gestalt der riesigen Menschenäffin Kala, die er sah, aber nur halb erkannte. Er sah auch andere groteske, menschenähnliche Gestalten. Es waren Terkoz, Tublat, Kerchak und eine kleinere, weniger wilde Gestalt, die Neeta war, die kleine Spielkameradin aus seiner Kindheit.

Langsam, ganz langsam, als diese Visionen der Vergangenheit sein lethargisches Gedächtnis belebten, erkannte er sie. Sie nahmen konkrete Gestalt und Form an und passten sich den verschiedenen Ereignissen seines Lebens an, mit denen sie eng verbunden gewesen waren. Seine Kindheit unter den Affen breitete sich in einem langsamen Panorama vor ihm aus, und während es sich entfaltete, weckte es in ihm eine mächtige Sehnsucht nach der Gesellschaft der zotteligen, niedrig-brüstigen Rohlinge seiner Vergangenheit.

Er sah zu, wie die Schwarzen ihr Kochfeuer zertraten und sich entfernten; aber obwohl das Gesicht eines jeden von ihnen ihm noch vor Kurzem so vertraut gewesen war, wie sein eigenes, weckten sie in ihm keinerlei Erinnerungen.

Als die Visionen gegangen waren, stieg er vom Baum herab und suchte nach Nahrung. Draußen auf der Ebene weideten zahlreiche Herden wilder Wiederkäuer. Er schlich sich an eine schlanke, fette Zebraherde heran. Kein komplizierter Denkprozess veranlasste ihn, weite Kreise zu ziehen, bis er sich in Windeseile seiner Beute näherte - er handelte instinktiv. Er nutzte jede Form der Deckung, während er auf allen Vieren und oft auch flach auf dem Bauch auf die Tiere zukroch.

Eine mollige junge Stute und ein fetter Hengst grasten am nächsten zu ihm, als er sich der Herde näherte. Wieder war es der Instinkt, der Erstere für sein Fleisch auswählte. Ein niedriger Busch wuchs nur ein paar Meter von den beiden Ahnungslosen entfernt. Der Affenmann erreichte seinen Schutz. Er nahm seinen Speer fest in die Hand. Vorsichtig zog er seine Füße unter sich. Mit einer einzigen schnellen Bewegung erhob er sich und warf seine schwere Waffe auf die Seite der Stute. Er wartete auch nicht, um die Wirkung seines Angriffs zu beobachten, sondern sprang katzenartig hinter seinem Speer her, das Jagdmesser in der Hand.

Einen Augenblick lang standen die beiden Tiere regungslos. Das Reißen des grausamen Widerhakens in ihre Seite ließ die Stute einen plötzlichen Schmerzens- und Schreckensschrei ausstoßen, und dann drehten sich beide und flüchteten in Sicherheit; aber Tarzan der Affen konnte es auf einer Entfernung von wenigen Metern mit der Geschwindigkeit selbst dieser Tiere aufnehmen, und schon beim ersten Schritt der Stute wurde sie überholt, und ein wildes Tier sprang auf ihre Schulter. Sie drehte sich um, biss und trat nach ihrem Feind. Ihr Gefährte zögerte einen Augenblick, als wolle er ihr zu Hilfe eilen; aber ein Blick nach hinten verriet ihm die fliegenden Fersen des Restes der Herde, und mit einem Schnauben und Kopfschütteln drehte er sich um und raste davon.

Mit einer Hand an der kurzen Mähne seiner Beute hängend, stach Tarzan immer wieder mit seinem Messer auf das ungeschützte Herz ein. Das Ergebnis war von Anfang an unvermeidlich gewesen. Die Stute kämpfte tapfer, aber hoffnungslos, und sank bald mit durchbohrtem Herzen zu Boden. Der Affenmann setzte einen Fuß auf ihren Kadaver und erhob seine Stimme zum Victory-Ruf der Mangani. In der Ferne hielt Basuli inne, als die schwachen Töne des abscheulichen Schreis an seine Ohren drangen.

"Die großen Affen", verkündete er seinen Gefährten. "Es ist lange her, dass ich sie im Land der Waziri gehört habe. Was könnte sie zurückgebracht haben?"

Tarzan ergriff seine Beute und schleppte sie in die teilweise Abgeschiedenheit des Busches, der seine eigene Annäherung verborgen hatte, und dort hockte er sich auf sie, schnitt ein riesiges Stück Fleisch aus der Lende und fuhr fort, seinen Hunger mit dem warmen und triefenden Fleisch zu stillen.

Angelockt durch die schrillen Schreie der Stute schlich sich in diesem Moment ein Hyänenpaar in Sichtweite. Sie trabten bis zu einer Stelle, die nur wenige Meter von dem fressenden Affenmann entfernt war, und blieben stehen. Tarzan blickte auf, entblößte seine Kampfzähne und knurrte. Die Hyänen erwiderten das Kompliment und zogen sich ein paar Schritte zurück. Sie machten keine Anstalten, anzugreifen, sondern blieben in respektvollem Abstand sitzen, bis Tarzan seine Mahlzeit beendet hatte. Nachdem der Affenmann ein paar Streifen aus dem Kadaver geschnitten hatte, um diese mitzunehmen, ging er langsam in Richtung des Flusses, um seinen Durst zu stillen. Sein Weg führte direkt auf die Hyänen zu, und er änderte seinen Kurs auch nicht wegen ihnen.

Mit der ganzen herrschaftlichen Majestät von Numa, dem Löwen, schritt er geradewegs auf die knurrenden Tiere zu. Einen Moment lang verharrten sie sträubend und trotzig, aber nur einen Moment lang, und dann schlichen sie zur Seite, während der gleichgültige Affenmann auf seinem herrschaftlichen Weg an ihnen vorbeiging. Einen Augenblick später rissen sie an den Überresten des Zebras.

Tarzan ging zurück zum Schilf und durch das Schilf zum Fluss. Eine Büffelherde, aufgeschreckt infolge seiner Annäherung, erhob sich, bereit zum Angriff oder zur Flucht. Ein großer Bulle stampfte mit den Pranken auf den Boden und brüllte, als seine blutunterlaufenen Augen den Eindringling entdeckten; aber der Affenmann ging an ihnen vorbei, als wüsste er nichts von ihrer Existenz. Das Brüllen des Bullen verstummte zu einem leisen Grollen, er drehte sich um und kratzte sich mit der Schnauze eine Horde Fliegen von der Seite, warf einen letzten Blick auf den Affenmann und nahm seine Fresstätigkeit wieder auf. Seine zahlreiche Familie folgte entweder seinem Beispiel oder blickte Tarzan mit milden Augen neugierig hinterher, bis das gegenüberliegende Schilf ihn aus dem Blickfeld verschluckte.

Am Fluss trank Tarzan sich satt und badete. Während der Hitze des Tages legte er sich in den Schatten eines Baumes in der Nähe der Ruinen seiner abgebrannten Scheunen. Sein Blick schweifte über die Ebene hinaus zum Wald, und eine Sehnsucht nach den Freuden seiner geheimnisvollen Tiefen beherrschte seine Gedanken für eine geraume Zeit. Mit der nächsten Sonne würde er die offene Fläche überqueren und den Wald betreten! Er hatte es nicht eilig - vor ihm lag ein endloser Ausblick auf den morgigen Tag, den er nur mit der Befriedigung der Begierden und Launen des Augenblicks füllen konnte.

Das Gemüt des Affenmanns wurde nicht durch Bedauern über die Vergangenheit oder durch das Streben nach der Zukunft gestört. Er konnte in voller Länge auf einem schwankenden Ast liegen, seine riesigen Gliedmaßen ausstrecken und in der gesegneten Ruhe völliger Gedankenlosigkeit schwelgen, ohne dass eine Befürchtung oder eine Sorge seine nervöse Energie aufzehrte und ihm seinen Seelenfrieden raubte. Der Affenmann erinnerte sich nur schemenhaft an eine andere Existenz und war glücklich. Lord Greystoke hatte aufgehört zu existieren.

Mehrere Stunden lang räkelte sich Tarzan auf seiner schwankenden, belaubten Liege, bis wieder einmal Hunger und Durst einen Ausflug nahelegten. Faul ausgestreckt ließ er sich auf den Boden fallen und bewegte sich langsam in Richtung des Flusses. Der Wildpfad, den er entlangging, war durch den jahrelangen Gebrauch zu einem tiefen, schmalen Graben geworden, dessen Wände auf beiden Seiten von undurchdringlichem Dickicht und dicht wachsenden Bäumen gekrönt wurden, eng verwoben mit dickstämmigen Schlingpflanzen und kleineren Lianen und unauflöslich verfilzt zu zwei robusten Wällen aus Vegetation. Tarzan hatte fast die Stelle erreicht, an der der Pfad auf den offenen Flussgrund mündete, als er eine Löwenfamilie sah, die sich dem Pfad aus Richtung des Flusses näherte. Der Affenmann zählte sieben - ein Männchen und zwei Löwinnen, ausgewachsen, und vier junge Löwen, die genauso groß und gewaltig waren wie ihre Eltern. Tarzan blieb knurrend stehen, und die Löwen hielten inne, wobei das große Männchen an der Spitze seine Reißzähne entblößte und ein warnendes Brüllen ausstieß. In der Hand hielt der Affenmann seinen schweren Speer; aber er hatte nicht die Absicht, seine mickrige Waffe gegen sieben Löwen einzusetzen; dennoch stand er knurrend und brüllend da, und die Löwen taten es ihm gleich. Es war eine reine Zurschaustellung von Dschungel-Bluff. Jeder versuchte, den anderen zu verscheuchen. Keiner von beiden wollte umkehren und nachgeben, noch wollte einer von beiden zunächst eine Begegnung überstürzen. Die Löwen hatten genug gefressen, um nicht von Hungergefühlen geplagt zu werden, und Tarzan aß nur selten das Fleisch der Fleischfresser; aber es ging um eine ethische Frage, und keine Seite wollte nachgeben. So standen sie sich also gegenüber und machten alle möglichen abscheulichen Geräusche, während sie Dschungel-Schimpfwörter hin und her schleuderten. Wie lange dieses unblutige Duell angedauert hätte, ist schwer zu sagen, aber irgendwann wäre Tarzan gezwungen gewesen, der Übermacht nachzugeben.

Es kam jedoch eine Unterbrechung, die dem Stillstand ein Ende bereitete, und sie kam aus der Richtung von Tarzans Rücken. Er und die Löwen hatten so viel Lärm gemacht, dass keiner von beiden etwas über ihr gemeinsames Getöse hinaus hören konnte, und so kam es, dass Tarzan die große Masse, die sich von hinten auf ihn stürzte, erst einen Augenblick, bevor sie auf ihn zukam, hörte. Und doch waren Geist und Muskeln in diesem unverdorbenen, primitiven Menschen so perfekt aufeinander abgestimmt, dass er sich fast gleichzeitig mit der Wahrnehmung der drohenden Gefahr drehte und seinen Speer auf Butos Brust schleuderte. Es war ein schwerer, mit Eisen beschlagener Speer, hinter dem die riesigen Muskeln des Affenmannes standen, während ihm das enorme Gewicht Butos und die Wucht seines schnellen Ansturms entgegenkamen. Alles, was in dem Augenblick geschah, in dem Tarzan sich umdrehte, um dem Angriff des jähzornigen Nashorns zu begegnen, könnte lange erzählt werden und hätte doch die schnellste Foto-Linse beansprucht, um es festzuhalten. Als der Speer seine Hand verließ, blickte der Affenmann auf das mächtige Horn hinunter, das sich zu ihm herabsenkte, so nah war Buto an ihm dran. Der Speer drang in den Hals des Nashorns an der Verbindung zur linken Schulter ein und ging fast vollständig durch den Körper des Tieres, und in dem Moment, als er ihn abwarf, sprang Tarzan direkt in die Luft und landete auf Butos Rücken, entkam dabei aber dem mächtigen Horn.

Dann erspähte Buto die Löwen und stürzte sich wütend auf sie, während Tarzan der Affen flink in die verworrenen Schlingpflanzen an einer Seite des Weges sprang. Der erste Löwe wurde von Butos Angriff getroffen und wurde hoch über den Rücken des wahnsinnigen Tieres geschleudert, zerfetzt und sterbend, und dann stürzten sich die sechs verbleibenden Löwen auf das Nashorn, zerrissen und zerfleischten es, während umgekehrt die Löwen durchbohrt oder zertrampelt wurden. Von seinem sicheren Sitzplatz aus verfolgte Tarzan den königlichen Kampf mit größtem Interesse, denn die intelligenteren unter den Dschungelbewohnern sind an solchen Ereignissen interessiert. Sie sind für sie das, was für uns die Rennbahn, der Preisring, das Theater oder das Kino sind. Sie sehen diese Begegnungen oft, aber sie genießen sie immer, denn keine gleicht der anderen.

Eine Zeit lang sah es für Tarzan so aus, als würde Buto, das Nashorn, den blutigen Kampf für sich entscheiden. Er hatte bereits vier der sieben Löwen erledigt und die drei verbliebenen schwer verwundet, als er in einer kurzen Pause des Kampfes schlaff auf die Knie sank und sich auf die Seite rollte. Tarzans Speer hatte seine Arbeit getan. Es war die von Menschenhand geschaffene Waffe, die das große Tier tötete, das den Angriff von sieben mächtigen Löwen leicht hätte überleben können, denn Tarzans Speer hatte die große Lunge durchbohrt, und Buto, der den Sieg schon fast vor Augen hatte, erlag einem inneren Blutsturz.

Dann kam Tarzan von seinem Hochsitz herunter, und während sich die verwundeten Löwen knurrend davonschleppten, schnitt der Affenmann seinen Speer aus dem Körper von Buto, trennte ein Steak ab und verschwand im Dschungel. Die Episode war vorbei. Es war alles ein Tageswerk gewesen - etwas, über das Sie und ich vielleicht ein Leben lang reden würden -, das Tarzan in dem Moment, in dem die Szene aus seinem Blickfeld verschwand, aus seinen Gedanken tilgte.

XI. - Achmet Zek entdeckt die Edelsteine

Mugambi, geschwächt und verletzt, hatte sich mühsam auf der Spur der sich zurückziehenden Räuber entlang geschleppt. Er konnte sich nur langsam bewegen und musste sich oft ausruhen; aber wilder Hass und ein ebenso wilder Wunsch nach Rache hielten ihn bei seiner Aufgabe. Im Laufe der Tage heilten seine Wunden, und seine Kräfte kehrten zurück, bis sein hünenhafter Körper endlich wieder alle seine früheren mächtigen Kräfte erlangt hatte. Jetzt kam er schneller voran; aber die berittenen Araber hatten eine große Strecke zurückgelegt, während der verwundete Schwarze mühsam hinter ihnen herkroch.

Die Räuber hatten ihr befestigtes Lager erreicht, und dort wartete Achmet Zek auf die Rückkehr seines Leutnants, Albert Werper. Während der langen, rauen Reise hatte Jane Clayton mehr unter der Vorahnung ihres bevorstehenden Schicksals gelitten als unter den Strapazen des Weges.

Achmet Zek hatte sich nicht herabgelassen, sie über seine Absichten bezüglich ihrer Zukunft zu informieren. Sie betete, dass sie in der Hoffnung auf ein Lösegeld gefangen genommen worden war, denn wenn das der Fall sein sollte, würde ihr in den Händen der Araber kein großes Leid widerfahren; aber es bestand die Möglichkeit, die schreckliche Möglichkeit, dass ein anderes Schicksal auf sie wartete. Sie hatte von vielen Frauen gehört, unter denen sich auch weiße Frauen befanden, die von Gesetzlosen wie Achmet Zek in die Sklaverei schwarzer Harems verkauft oder noch weiter nördlich in das fast ebenso abscheuliche Dasein eines türkischen Serails verschleppt worden waren.

Jane Clayton war aus härterem Stoff als der, der sich in rückgratloser Angst vor der Gefahr beugt. Solange sich die Hoffnung nicht als aussichtslos erwies, würde sie diese nicht aufgeben, und sie dachte auch nicht an Selbstmord als letzten Ausweg aus der Entehrung. Solange Tarzan lebte, gab es allen Grund, Hilfe zu erwarten. Kein Mensch und kein Tier, das den wilden Kontinent durchstreifte, konnte sich mit der Gerissenheit und den Kräften ihres Lords und Meisters rühmen. Für sie war er fast allmächtig in seiner Welt, der Welt der wilden Tiere und der wilden Menschen. Tarzan würde kommen, und sie würde gerettet und gerächt werden, dessen war sie sich sicher. Sie zählte die Tage, die vergehen mussten, bis er von Opar zurückkehren und herausfinden würde, was während seiner Abwesenheit geschehen war. Danach würde es nur noch eine kurze Zeit dauern, bis er die arabische Festung eingenommen und die bunte Truppe von Übeltätern, die sie bewohnte, bestraft haben würde.

Dass er sie finden würde, daran hatte sie nicht den geringsten Zweifel. Keine noch so schwache Spur konnte sich der scharfen Wachsamkeit seiner Sinne entziehen. Für ihn würde die Spur der Räuber so klar sein wie die gedruckte Seite eines offenen Buches für sie.

Und während sie noch hoffte, kam ein anderer durch den dunklen Dschungel. Verängstigt bei Nacht und bei Tag, kam Albert Werper. Ein Dutzend Mal war er den Klauen und Reißzähnen der riesigen Fleischfresser nur durch ein ihm wie ein Wunder erscheinendes Glück entkommen. Mit nichts anderem bewaffnet als dem Messer, das er aus Opar mitgebracht hatte, war er durch das wildeste Land gezogen, das es auf der Welt je gab.

Nachts hatte er in Bäumen geschlafen. Tagsüber war er ängstlich umhergestolpert und hatte sich oft unter die Äste geflüchtet, wenn ihn der Anblick oder das Geräusch einer großen Katze vor der Gefahr warnte. Doch endlich kam er in Sichtweite der Palisade, hinter der sich seine wilden Gefährten verschanzten.

Fast zur gleichen Zeit kam Mugambi aus dem Dschungel vor dem befestigten Dorf heraus. Als er im Schatten eines großen Baumes stand und sich umschaute, sah er einen zerlumpten und zerzausten Mann fast in seiner Nähe aus dem Dschungel auftauchen. Sofort erkannte er den Neuankömmling als denjenigen, der bei seinem Herrn zu Gast gewesen war, bevor dieser nach Opar abreiste.

Der Schwarze wollte gerade den Belgier rufen, als ihn etwas zurückhielt. Er sah, wie der Weiße selbstbewusst über die Lichtung auf das Tor des Dorfes zuging. Kein vernünftiger Mensch würde sich in diesem Teil Afrikas einem Dorf auf diese Weise nähern, wenn er sich nicht eines freundlichen Empfangs sicher wäre. Mugambi wartete. Sein Misstrauen war geweckt.

Er hörte Werper Hallo rufen; er sah, wie sich das Tor öffnete, und er wurde Zeuge des überraschten und freundlichen Empfangs, der dem einstigen Gast von Lord und Lady Greystoke zuteilwurde. Da ging dem Mugambi ein Licht auf. Dieser weiße Mann war ein Verräter und ein Spion gewesen. Ihm hatten sie den Überfall während der Abwesenheit des Großen Bwana zu verdanken. Zu seinem Hass auf die Araber fügte Mugambi einen noch größeren Hass auf den weißen Spion hinzu.

Innerhalb des Dorfes ging Werper eilig auf das seidene Zelt von Achmet Zek zu. Der Araber erhob sich, als sein Leutnant eintrat. Sein Gesicht zeigte Überraschung, als er die zerrissene Kleidung des Belgiers betrachtete.

"Was ist geschehen?", fragte er.

Werper erzählte alles, bis auf die Kleinigkeit des Beutels mit den Edelsteinen, der jetzt fest um seine Taille geschnallt war, unter seiner Kleidung. Die Augen des Arabers verengten sich gierig, als sein Gefolgsmann den Schatz beschrieb, den die Waziri neben den Ruinen des Greystoke-Bungalows vergraben hatten.

"Es wird jetzt eine einfache Sache sein, zurückzukehren und das Gold zu holen", erklärte Achmet Zek. "Zuerst werden wir die Ankunft der unbesonnenen Waziri abwarten, und nachdem wir sie erschlagen haben, können wir uns mit dem Schatz Zeit lassen - niemand wird ihn dort finden, wo er liegt, denn wir werden keinen am Leben lassen, der von seiner Existenz weiß.

"Und die Frau?", fragte Werper.

"Ich werde sie im Norden verkaufen", antwortete der Räuber. "Das ist jetzt die einzige Möglichkeit. Sie sollte einen guten Preis bringen."

Der Belgier nickte. Er dachte schnell nach. Wenn er Achmet Zek überreden konnte, ihn als Commander der Gruppe zu schicken, die Lady Greystoke nach Norden bringen sollte, würde ihm das die ersehnte Gelegenheit geben, seinem Anführer zu entkommen. Er würde auf einen Teil des Goldes verzichten, wenn er nur mit den Juwelen ungeschoren davon käme.

Er kannte Achmet Zek inzwischen gut genug, um zu wissen, dass kein Mitglied seiner Bande jemals freiwillig aus dem Dienst von Achmet Zek entlassen wurde. Die meisten der wenigen, die desertierten, wurden wieder eingefangen. Mehr als einmal hatte Werper ihre gequälten Schreie gehört, als sie gefoltert wurden, bevor man sie tötete. Der Belgier wollte nicht das geringste Risiko einer Wiederergreifung eingehen.

"Wer wird mit der Frau nach Norden gehen", fragte er, "während wir nach dem Gold suchen, das der Waziri beim Bungalow des Engländers vergraben hat?"

Achmet Zek dachte einen Moment lang nach. Das vergrabene Gold war von viel größerem Wert als der Preis, den die Frau bringen würde. Es war notwendig, sie so schnell wie möglich loszuwerden, und es war auch gut, das Gold mit der geringstmöglichen Verzögerung zu erhalten. Von all seinen Gefolgsleuten war der Belgier der logischste Leutnant, den man mit dem Kommando über eine der Parteien betrauen konnte. Ein Araber, der mit den Pfaden und Stämmen so vertraut war wie Achmet Zek selbst, konnte den Preis der Frau einstreichen und seine Flucht in den hohen Norden fortsetzen. Werper hingegen konnte kaum allein durch ein den Europäern feindlich gesinntes Land fliehen, während die Männer, die er mit dem Belgier schicken würde, sorgfältig ausgewählt werden konnten, um zu verhindern, dass Werper einen beträchtlichen Teil seines Trupps überreden könnte, ihn zu begleiten, sollte er die Desertion von seinem Anführer in Erwägung ziehen.

Endlich ergriff der Araber das Wort: "Es ist nicht notwendig, dass wir beide wegen des Goldes zum Schatz zurückkehren. Du sollst mit der Frau nach Norden gehen und einen Brief an einen Freund von mir mitnehmen, der immer in Kontakt mit den besten Märkten für solche Waren steht, während ich losziehe, um das Gold zu holen. Wir können uns hier wieder treffen, wenn unser jeweiliges Geschäft abgeschlossen ist."

Werper konnte die Freude, mit der er diese willkommene Entscheidung entgegennahm, kaum verbergen. Und dass er sie vor den scharfen und misstrauischen Augen von Achmet Zek gänzlich verbarg, steht außer Frage. Wie dem auch sei, die Entscheidung war gefallen, und der Araber und sein Leutnant besprachen noch eine kurze Zeit die Einzelheiten ihrer bevorstehenden Unternehmungen, als Werper sich entschuldigte und in sein eigenes Zelt zurückkehrte, um sich den Komfort und Luxus eines lang ersehnten Bades und einer Rasur zu gönnen.

Nachdem er gebadet hatte, band der Belgier einen kleinen Handspiegel an eine Schnur, die an der Rückwand seines Zeltes befestigt war, stellte einen groben Stuhl neben einen ebenso groben Tisch, der neben dem Spiegel stand, und machte sich daran, die groben Stoppeln aus seinem Gesicht zu entfernen.

Im Katalog der männlichen Vergnügungen gibt es kaum eine, die ein größeres Gefühl des Wohlbefindens und der Erfrischung vermittelt als eine saubere Rasur, und nun, da die Müdigkeit vorübergehend vertrieben war, räkelte sich Albert Werper auf seinem klapprigen Stuhl, um eine letzte Zigarette zu genießen, bevor er sich zurückzog. Seine Daumen, die in seinem Gürtel steckten, um das Gewicht seiner Arme zu stützen, berührten den Gürtel, der das Juwelenetui um seine Taille hielt. Er kribbelte vor Aufregung, als er sich den Wert des Schatzes vorstellte, der, für alle außer ihm selbst verborgen, unter seiner Kleidung lag.

Was würde Achmet Zek sagen, wenn er es wüsste? Werper grinste. Wie würden dem alten Halunken die Augen aufgehen, wenn er nur einen Blick auf diese schillernden Schönheiten erhielte! Werper hatte noch nie die Gelegenheit gehabt, sich lange an ihnen zu ergötzen. Er hatte sie nicht einmal gezählt - nur grob hatte er ihren Wert erraten.

Er löste den Gürtel und holte den Beutel aus seinem Versteck. Er war allein. Der Rest des Lagers, außer den Wachen, hatte sich zurückgezogen - niemand würde das Zelt des Belgiers betreten. Er betastete den Beutel, fühlte die Formen und Größen der kostbaren, kleinen Knötchen darin. Er hob den Beutel erst in die eine, dann in die andere Hand, und schließlich drehte er seinen Stuhl langsam vor dem Tisch herum und ließ im Schein seiner kleinen Lampe die glitzernden Edelsteine auf dem rauen Holz ausrollen.

Die leuchtenden Strahlen verwandelten das Innere der schmutzigen und schäbigen Leinwand in den Augen des Träumenden in die Pracht eines Palastes. Er sah die vergoldeten Säle des Vergnügens, die ihre Pforten für den Besitzer des Reichtums öffnen würden, der auf dieser fleckigen und verbeulten Tischplatte verstreut lag. Er träumte von Freuden und Luxus und Macht, die ihm immer unerreichbar gewesen waren, und während er träumte, hob sich sein Blick vom Tisch, wie es der Blick eines Träumers tut, zu einem weit entfernten Ziel über dem gewöhnlichen Horizont der irdischen Alltäglichkeit.

Unbeobachtet ruhten seine Augen auf dem Rasierspiegel, der noch immer an der Zeltwand über dem Tisch hing; aber sein Blick war weit darüber hinaus gerichtet. Und dann bewegte sich eine Reflexion in der polierten Oberfläche des winzigen Glases, die Augen des Mannes schossen aus dem Raum zurück auf das Gesicht des Spiegels, und darin sah er die grimmige Visage von Achmet Zek, eingerahmt von den Klappen der Zelteingangstür hinter ihm.

Werper unterdrückte ein Keuchen des Entsetzens. Mit seltener Selbstbeherrschung ließ er seinen Blick sinken, ohne dass er auf dem Spiegel stehen geblieben zu sein schien, bis er wieder auf den Edelsteinen ruhte. Ohne Eile steckte er sie wieder in den Beutel, steckte diesen in sein Hemd, nahm eine Zigarette aus seinem Etui, zündete sie an und erhob sich. Gähnend und die

Arme über den Kopf gestreckt, wandte er sich langsam dem gegenüberliegenden Ende des Zeltes zu. Das Gesicht von Achmet Zek war aus der Öffnung verschwunden.

Zu sagen, dass Albert Werper erschrocken war, wäre gelinde ausgedrückt. Ihm wurde klar, dass er nicht nur seinen Schatz geopfert hatte, sondern auch sein Leben. Achmet Zek würde niemals zulassen, dass ihm der Reichtum, den er entdeckt hatte, durch die Lappen ging, noch würde er die Doppelzüngigkeit eines Leutnants verzeihen, der in den Besitz eines solchen Schatzes gelangt war, ohne anzubieten, ihn mit seinem Chef zu teilen.

Langsam bereitete sich der Belgier auf das Bett vor. Ob er beobachtet wurde, konnte er nicht wissen; aber wenn dem so war, sah der Beobachter keinen Hinweis auf die nervöse Aufregung, die der Europäer zu verbergen suchte. Als er seine Decken zurechtgelegt hatte, ging der Mann zu dem kleinen Tisch und löschte das Licht.

Es war zwei Stunden später, als sich die Klappen an der Vorderseite des Zeltes lautlos öffneten und einer dunkel gekleideten Gestalt Einlass gewährten, die geräuschlos von der Dunkelheit draußen zur Dunkelheit drinnen überging. Vorsichtig durchquerte der Eindringling das Innere. In einer Hand hielt er ein langes Messer. Schließlich kam er zu einem Stapel von Decken, die auf mehreren Teppichen nahe einer der Zeltwände ausgebreitet waren.

Vorsichtig suchten und fanden seine Finger die Masse unter den Decken - die Masse, die Albert Werper sein sollte. Sie zeichneten die Gestalt eines Mannes nach, und dann schoss ein Arm nach oben, hob sich für einen Augenblick und senkte sich wieder. Wieder und wieder hob und senkte er sich, und jedes Mal vergrub sich die lange Klinge des Messers in dem Ding unter den Decken. Aber da war eine anfängliche Leblosigkeit in der stummen Masse, die den Meuchelmörder für einen Moment in Erstaunen versetzte. Fieberhaft warf er die Decken zurück und suchte mit nervösen Händen nach dem Beutel mit den Juwelen, die er am Körper seines Opfers verborgen zu finden glaubte.

Einen Augenblick später erhob er sich mit einem Fluch auf den Lippen. Es war Achmet Zek, und er fluchte, weil er unter den Decken seines Leutnants nur einen Haufen weggeworfener Kleider entdeckt hatte, die in der Form und dem Anschein eines schlafenden Mannes angeordnet waren - Albert Werper war geflohen.

Der Anführer rannte hinaus ins Dorf und rief in wütenden Tönen den schläfrigen Arabern zu, die als Antwort auf seine Stimme aus ihren Zelten purzelten. Aber obwohl sie das Dorf wieder und wieder durchsuchten, fanden sie keine Spur des Belgiers. Wutentbrannt rief Achmet Zek seine Gefolgsleute zu Pferd, und obwohl die Nacht stockdunkel war, setzten sie sich in Bewegung, um den angrenzenden Wald nach ihrer Beute zu durchsuchen.

Als sie aus den offenen Toren galoppierten, schlüpfte Mugambi, der sich in einem nahen Busch versteckt hatte, ungesehen in das Innere der Palisade. Eine Schar von Schwarzen drängte sich um den Eingang, um die Suchenden abreisen zu sehen, und als der Letzte von ihnen das Dorf verließ, packten die Schwarzen die Tore und zogen sie zu, und Mugambi half bei der Arbeit, als hätte er sein ganzes Leben unter den Räubern verbracht.

In der Dunkelheit ging er unangefochten als einer von ihnen durch, und als sie von den Toren zu ihren jeweiligen Zelten und Hütten zurückkehrten, verschmolz Mugambi mit den Schatten und verschwand.

Eine Stunde lang schlich er hinter den verschiedenen Hütten und Zelten umher, um dasjenige ausfindig zu machen, in dem die Gefährtin seines Herrn gefangen gehalten wurde. Es gab eine, bei der er einigermaßen sicher sein konnte, dass sie sich darin befand, denn es war die einzige Hütte, vor deren Tür man eine Wache postiert hatte. Mugambi hockte gerade im Schatten dieses Baues, gleich um die Ecke neben der ahnungslosen Wache, als sich ein anderer näherte, um seinen Kameraden abzulösen.

"Ist die Gefangene drinnen sicher?", fragte der Neuankömmling.

"Das ist sie", antwortete der Andere, "denn niemand hat diesen Eingang passiert, seit ich gekommen bin."

Der neue Wächter hockte sich neben die Tür, während der, den er abgelöst hatte, sich auf den Weg zu seiner eigenen Hütte machte. Mugambi schlich sich näher an die Ecke des Gebäudes. In einer seiner kräftigen Hände umklammerte er einen schweren Knaufstock. Kein Anzeichen von Begeisterung störte seine phlegmatische Ruhe, und doch war er innerlich voller Freude über den Beweis, den er soeben gehört hatte, dass "Lady" wirklich im Haus war.

Der Wächter stand mit dem Rücken zur Hüttenecke, die den schwarzen Riesen verbarg. Der Bursche sah nicht die riesige Gestalt, die sich lautlos hinter ihm erhob. Der Knaufstock schwang in einer Kurve nach oben und wieder nach unten. Ein dumpfer Schlag ertönte, das Zerbrechen schwerer Knochen, und der Wächter sackte zu einem stummen, leblosen Klumpen zusammen.

Einen Moment später durchsuchte Mugambi das Innere der Hütte. Zuerst langsam, indem er leise flüsternd "Lady!" rief, und schließlich mit fast hektischer Eile, bis ihm die Wahrheit dämmerte - die Hütte war leer!

XII. - Die Hohepriesterin La will sich rächen

In einem weiten Bogen durch den Dschungel zurückschwingend, kam der Affenmann an einer anderen Stelle an den Fluss, trank und setzte sich wieder auf die Bäume, und während er jagte, ganz ahnungslos hinsichtlich seiner Vergangenheit und unbekümmert gegenüber seiner Zukunft, kam durch den dunklen Dschungel und die offenen, parkähnlichen Gegenden und über die weiten Wiesen, auf denen die zahllosen Pflanzenfresser des geheimnisvollen Kontinents grasten, eine unheimliche und schreckliche Karawane auf der Suche nach diesem Mann. Es waren fünfzig furchterregende Männer mit haarigen Körpern und knorrigen und krummen Beinen. Sie waren mit Messern und großen Knüppeln bewaffnet, und an ihrer Spitze marschierte eine fast nackte Frau, unvergleichlich schön. Es war La von Opar, die Hohepriesterin des Flammengottes und fünfzig ihrer grausamen Priester, die nach dem Dieb des heiligen Opfermessers suchten.

Nie zuvor war La über die bröckelnden Außenmauern von Opar hinausgekommen; aber nie zuvor war die Not so groß gewesen. Das heilige Messer war weg! Über unzählige Zeitalter hinweg hatte man es ihr als Erbe und Insignie ihres religiösen Amtes und ihrer königlichen Autorität von einem längst verstorbenen Stammvater aus dem verlorenen und vergessenen Atlantis weitergereicht. Der Verlust der Kronjuwelen oder des Großen Siegels von England hätte keinen britischen König in größere Bestürzung versetzen können, als es der Diebstahl des heiligen Messers für La war, die Oparianerin, Königin und Hohepriesterin der heruntergekommenen Überreste der ältesten Zivilisation der Erde. Als Atlantis mit all seinen mächtigen Städten und seinen kultivierten Feldern und seinem großen Handel und seiner Kultur und seinen Reichtümern vor langen Zeitaltern im Meer versank, nahm es alle bis auf eine Handvoll seiner Kolonisten mit, die in den riesigen Goldminen von Zentralafrika arbeiteten. Von diesen und ihren erniedrigten Sklaven und einer späteren Vermischung mit dem Blut der Anthropoiden stammten die knorrigen Männer von Opar; aber durch eine seltsame Laune des Schicksals, unterstützt durch natürliche Auslese, war der alte atlantische Stamm rein und unverdorben in den Frauen erhalten geblieben, die von einer einzigen Prinzessin des Königshauses von Atlantis abstammten, welche zur Zeit der großen Katastrophe in Opar weilte. Das waren die La-Priesterinnen.

Die Hohepriesterin brannte vor weißglühender Wut, ihr Herz war eine brodelnde, geschmolzene Masse aus Hass auf Tarzan der Affen. Der Eifer der religiösen Fanatikerin, deren Altar geschändet wurde, verstärkte sich durch die Wut einer verschmähten Frau noch dreifach. Zweimal hatte sie dem gottgleichen Affenmann ihr Herz zu Füßen gelegt, und zweimal war sie zurückgewiesen worden. La wusste, dass sie schön war - und sie war schön, nicht nur nach den Maßstäben des prähistorischen Atlantis, sondern auch nach denen der modernen Zeit. La war körperlich ein Geschöpf der Vollkommenheit. Bevor Tarzan das erste Mal nach Opar kam, hatte La noch nie einen menschlichen Mann gesehen, außer die grotesken und verkrüppelten Männer ihres Clans. Mit einem von ihnen musste sie sich früher oder später paaren, damit die direkte Linie der Hohepriesterinnen nicht unterbrochen würde, es sei denn, das Schicksal würde andere Männer nach Opar bringen.

Bevor Tarzan zu seinem ersten Besuch kam, hatte La nicht daran gedacht, dass es solche Männer wie ihn geben würde, denn sie kannte nur ihre hässlichen kleinen Priester und die Bullen des Stammes der großen Anthropoiden, die von jeher in und um Opar gelebt hatten, bis sie von den Oparianern fast als gleichberechtigte Wesen angesehen wurden. Unter den Legenden von Opar gab es Geschichten von gottgleichen Männern aus alter Zeit und von schwarzen Männern, die in jüngerer Zeit gekommen waren; aber diese Letzteren waren Feinde, die töteten und raubten. Und auch diese Legenden enthielten immer die Hoffnung, dass der versunkene Kontinent, dem ihre Spezies entsprang, sich eines Tages wieder aus dem Meer erheben und mit Sklaven an Bord seine geschnitzten, goldbestückten Galeeren aussenden würde, um den lange verschollenen Kolonisten beizustehen.

Die Ankunft Tarzans hatte in Las Brust die wilde Hoffnung geweckt, dass endlich die Erfüllung dieser alten Prophezeiung nahte; aber noch stärker hatte sie die heißen Feuer der Liebe in einem Herzen entfacht, das sonst nie die Bedeutung dieser alles verzehrenden Leidenschaft gekannt hätte, denn ein so wundersames Geschöpf wie La hätte niemals Liebe für einen der abstoßenden Priester von Opar empfinden können. Sitte, Pflicht und religiöser Eifer hätten die Gemeinschaft vielleicht befehlen können; aber es hätte keine Liebe vonseiten Las entstehen können. Sie war zu einer jungen Frau herangewachsen, ein kaltes und herzloses Geschöpf, Tochter von tausend anderen kalten, herzlosen, schönen Frauen, die nie Liebe erfahren hatten. Und so setzte die Liebe, als sie zu ihr kam, alle aufgestauten Leidenschaften von tausend Generationen frei und verwandelte La in einen pulsierenden, pochenden Vulkan der Begierde, und als die Begierde gebremst wurde, verwandelte sich diese große Kraft der Liebe und Sanftmut und Aufopferung durch ihr eigenes Feuer in eine des Hasses und der Rache.

In einem durch diese Bedingungen hervorgerufenen Gemütszustand führte La ihre schnatternde Gesellschaft hinaus, um das heilige Emblem ihres hohen Amtes zurückzuholen und Rache an dem Verursacher ihres Unglücks zu üben. An Werper verschwendete sie keinen Gedanken. Die Tatsache, dass das Messer in seiner Hand gewesen war, als sie Opar verließ, brachte sie nicht auf die Idee, sich an ihm zu rächen. Natürlich sollte er erschlagen werden, wenn er gefangen genommen würde; aber sein Tod würde La keine Freude bereiten - die suchte sie in den geplanten Todesqualen für Tarzan. Er sollte gefoltert werden. Er sollte einen langsamen und furchtbaren Tod sterben. Seine Strafe sollte der Ungeheuerlichkeit seines Verbrechens angemessen sein. Er hatte La das heilige Messer geraubt; er hatte die Hände der Hohepriesterin des Flammenden Gottes entweiht; er hatte den Altar und den Tempel geschändet. Für diese Dinge sollte er sterben; aber er hatte die Liebe von La, der Frau, verschmäht, und dafür sollte er schrecklich und mit großen Qualen sterben.

Der Marsch von La und ihren Priestern war nicht ohne Abenteuer. Sie waren an die Wege des Dschungels nicht gewöhnt, denn nur selten wagte sich jemand aus den verfallenen Mauern von Opar heraus, doch ihre große Zahl schützte sie, und so kamen sie ohne Todesopfer weit auf die Spur von Tarzan und Werper. Drei große Affen begleiteten sie, und diesen wurde die Aufgabe übertragen, die Beute aufzuspüren, ein Kunststück, das die Sinne der Oparianer überstieg. La kommandierte. Sie ordnete die Marschordnung, sie wählte die Lager aus, sie setze die Stunde für den Halt und die Stunde für die Weiterwanderung fest, und obwohl sie in solchen Dingen unerfahren war, war ihre einheimische Intelligenz so weit über der der Menschen oder der Affen, dass sie es besser machte, als diese es hätten tun können. Sie war auch eine harte Lehrmeisterin, denn sie blickte mit Abscheu und Verachtung auf die missgestalteten Kreaturen herab, unter die das grausame Schicksal sie geworfen hatte, und ließ in gewissem Maße ihre Unzufriedenheit und ihre enttäuschte Liebe an ihnen aus. Sie zwang sie, ihr jede Nacht einen starken Schutz und Unterschlupf zu bauen und von der Abenddämmerung bis zum Morgengrauen ein großes Feuer vor ihr brennen zu lassen. Wenn sie des Gehens müde war, wurden sie gezwungen, sie auf einer improvisierten Sänfte zu tragen, und niemand wagte es, ihre Autorität oder ihr Recht auf solche Dienste infrage zu stellen. In der Tat stellten sie beides nicht infrage. Für sie war sie eine Göttin, und jeder liebte sie, und jeder hoffte, dass er als ihr Gefährte auserwählt würde, also schufteten sie für sie und ertrugen die brennende Geißel ihres Missfallens und die gewöhnlich hochmütige Verachtung ihrer Art, ohne zu murren.

Viele Tage lang marschierten sie, wobei die Affen der Spur leicht folgten und dem Hauptteil der Karawane ein wenig vorausgingen, um die anderen vor drohenden Gefahren warnen zu können. Während einer Mittagspause, als alle nach einem anstrengenden Marsch ruhten, erhob sich plötzlich einer der Affen und schnupperte am Wind. Mit einem tiefen Kehlkopflaut ermahnte er die anderen zur Ruhe und schwang sich einen Augenblick später leise in den Dschungel. La und die Priester versammelten sich schweigend, während die hässlichen kleinen Männer mit ihren Messern und Knüppeln hantierten und auf die Rückkehr des zotteligen Anthropoiden warteten.

Sie mussten auch nicht lange warten, bis sie ihn aus einem Blätterdickicht hervortreten und sich ihnen nähern sahen. Er kam direkt auf La zu und sprach sie in der Sprache der großen Affen an, die auch die Sprache des dekadenten Opar war.

"Der große Tarmangani liegt dort schlafend", verkündete er und deutete in die Richtung, aus der er gerade gekommen war. "Komm und wir können ihn töten."

"Tötet ihn nicht", befahl La in kaltem Ton. "Bringt den großen Tarmangani lebendig und unverletzt zu mir. Die Rache ist La's. Geht, aber gebt kei-

66

nen Laut von euch", und sie winkte mit den Händen, um alle ihre Gefolgsleute einzuschließen.

Vorsichtig schlich die unheimliche Gruppe im Gefolge des großen Affen durch den Dschungel, bis er sie schließlich mit erhobener Hand anhielt und nach oben und ein Stück vorauswies. Dort sahen sie die riesige Gestalt des Affenmanns auf einem niedrigen Ast ausgestreckt, und selbst im Schlaf umklammerte eine Hand einen dicken Ast und ein starkes, braunes Bein streckte sich aus und überlappte ein anderes. Tarzan der Affen lag ruhig, schlief schwer mit vollem Magen und träumte von Numa, dem Löwen und Horta, dem Wildschwein und anderen Kreaturen des Dschungels. Keine Andeutung von Gefahr überfiel die schlafenden Sinne des Affenmanns - er sah weder die kauernden haarigen Gestalten auf dem Boden unter sich noch die drei Affen, die sich leise in den Baum neben ihm schwangen.

Das erste Anzeichen von Gefahr, das Tarzan zu spüren bekam, war der Aufprall dreier Körper, als die drei Affen auf ihn sprangen und ihn zu Boden schleuderten, wo er halb betäubt unter ihrem kombinierten Gewicht zu Boden ging und sofort von den fünfzig haarigen Männern oder so vielen von ihnen, wie sich auf seinen Körper stürzen konnten, gepackt wurde. Sofort wurde der Affenmann zum Mittelpunkt eines wirbelnden, schlagenden, beißenden Mahlstroms des Grauens. Er kämpfte tapfer, aber die Chancen gegen ihn waren zu groß. Langsam überwanden sie ihn, obwohl es kaum einen von ihnen gab, der nicht die Wucht seiner mächtigen Faust oder den Biss seiner Reißzähne spürte.

XIII. - Zu Folter und Tod verurteilt

La war ihren Begleitern gefolgt, und als sie sah, wie sie sich an Tarzan festkrallten und bissen, erhob sie ihre Stimme und warnte sie, ihn nicht zu töten. Sie sah, dass er schwächer wurde und dass die größere Zahl bald über ihn siegen würde, und sie musste nicht lange warten, bis das mächtige Dschungelwesen hilflos und gefesselt zu ihren Füßen lag.

"Bringt ihn zu der Stelle, an der wir Rast gemacht haben", befahl sie, und sie trugen Tarzan zurück zu der kleinen Lichtung und warfen ihn unter einem Baum nieder.

"Baut mir einen Unterschlupf!", befahl La. "Wir werden heute Nacht hier rasten, und morgen wird La im Angesicht des Flammenden Gottes das Herz dieses Schänders des Tempels opfern. Wo ist das heilige Messer? Wer hat es ihm abgenommen?"

Aber niemand hatte es gesehen, und jeder war sich sicher, dass die Opferwaffe nicht bei Tarzan gewesen war, als sie ihn gefangen nahmen. Der Affenmann blickte auf die bedrohlichen Gestalten, die ihn umgaben, und knurrte trotzig. Er blickte auf La und lächelte. Im Angesicht des Todes hatte er keine Angst.

"Wo ist das Messer?", fragte ihn La.

"Ich weiß es nicht", antwortete Tarzan. "Der Mann hat es mitgenommen, als er sich in der Nacht davonschlich. Da du es so sehr zurückhaben willst, würde ich ihn suchen und es für dich zurückholen, wenn du mich nicht gefangen hieltest; aber jetzt, wo ich sterben muss, kann ich es nicht zurückholen. Wozu war dein Messer überhaupt gut? Du kannst dir ein anderes machen. Bist du uns den ganzen Weg nur wegen eines Messers gefolgt? Lasst mich gehen und ihn suchen, und ich werde es euch zurückbringen."

La lachte ein bitteres Lachen, denn in ihrem Herzen wusste sie, dass Tarzans Sünde größer war als der Diebstahl des Opfermessers von Opar; doch als sie ihn gefesselt und hilflos vor sich liegen sah, stiegen ihr die Tränen in die Augen, so dass sie sich abwenden musste, um sie zu verbergen; aber sie blieb unbeugsam in ihrer Entschlossenheit, ihn mit furchtbaren Leiden und schließlich mit dem Tod dafür bezahlen zu lassen, dass er es gewagt hatte, die Liebe von La zu verschmähen.

Als die Unterkunft fertig war, ließ La Tarzan dorthin bringen. "Die ganze Nacht werde ich ihn foltern", murmelte sie zu ihren Priestern, "und beim ersten Anflug von Morgengrauen könnt ihr den flammenden Altar vorbereiten, auf dem sein Herz dem Flammenden Gott geopfert werden soll. Sammelt Holz, das gut mit Harz getränkt ist, und legt es in der Form und Größe des Altars in Opar in die Mitte der Lichtung, damit der Flammende Gott auf unser Werk herabschauen und sich freuen kann."

Den Rest des Tages waren die Priester von Opar damit beschäftigt, einen Altar in der Mitte der Lichtung zu errichten, und während sie arbeiteten, sangen sie seltsame Hymnen in der alten Sprache dieses verlorenen Kontinents, der auf dem Grund des Atlantiks liegt. Sie kannten nicht die Bedeutung der Worte, die sie aussprachen; sie wiederholten nur das Ritual, das seit jenem längst vergangenen Tag, als die Vorfahren des Piltdown-Menschen noch an ihren Schwänzen in jenen feuchten Dschungeln baumelten, die jetzt England bilden, von einem Lehrmeister an einen Neophyten weitergegeben worden war.

Im Schutz der Hütte schritt La neben dem stoischen Affenmann auf und ab. Tarzan fügte sich in sein Schicksal. Keine Hoffnung auf Rettung schimmerte durch die Schwärze des Todesurteils, das über ihm hing. Er wusste, dass seine riesigen Muskeln die vielen Stränge, die seine Hand- und Fußgelenke fesselten, nicht durchtrennen konnten, denn er hatte oft, aber erfolglos um Befreiung gerungen. Er hatte keine Hoffnung auf Hilfe von außen, nur Feinde umgaben ihn innerhalb des Lagers, und doch lächelte er La zu, die nervös in der Länge des Unterstandes hin und her schritt.

Und La? Sie fingerte an ihrem Messer und blickte auf ihren Gefangenen herab. Sie blickte und murmelte, aber sie schlug nicht zu. "Heute Nacht!", dachte sie. "Heute Nacht, wenn es dunkel ist, werde ich ihn foltern." Sie betrachtete seine vollkommene, gottgleiche Gestalt und sein schönes, lächelndes Gesicht, und dann stählte sie ihr Herz wieder durch Gedanken an ihre verschmähte Liebe; durch religiöse Gedanken, die den Ungläubigen verdammten, der das Allerheiligste entweiht hatte; der vom blutbefleckten Altar von Opar die Opfergabe für den Flammengott genommen hatte - und das nicht einmal, sondern dreimal. Dreimal hatte Tarzan den Gott ihrer Väter betrogen. Bei diesem Gedanken hielt La inne und kniete sich an seine Seite. In ihrer Hand hielt sie ein scharfes Messer. Sie setzte die Spitze an die Seite des Affenmannes und drückte auf den Griff, aber Tarzan lächelte nur und zuckte mit den Schultern.

Wie schön er doch war! La beugte sich tief über ihn und sah ihm in die Augen. Wie perfekt war seine Figur. Sie verglich sie mit denen der verkrüppelten und verknöcherten Männer, aus denen sie einen Gefährten wählen musste, und La schauderte bei dem Gedanken. Die Dämmerung kam, und nach der Dämmerung kam die Nacht. Ein großes Feuer loderte in dem kleinen Dornengehege um das Lager. Die Flammen spielten auf dem neuen Altar, der in der Mitte der Lichtung errichtet worden war, und erweckten im Geist der Hohepriesterin des Flammengottes ein Bild des Ereignisses der kommenden Morgendämmerung. Sie sah diese riesige und vollkommene Gestalt, die sich inmitten der Flammen des brennenden Scheiterhaufens wand. Sie sah diese lächelnden Lippen, verbrannt und geschwärzt, die von den starken, weißen Zähnen abfallen. Sie sah, wie der schwarze Haarschopf auf Tarzans wohlgeformtem Kopf in einem Flammenwirbel verschwand. Sie sah diese und viele andere schreckliche Bilder, während sie mit geschlossenen Augen und geballten Fäusten über dem Objekt ihres Hasses stand - ach! War es Hass, den La von Opar fühlte?

Die Dunkelheit der Dschungelnacht hatte sich über das Lager gelegt und wurde nur durch das unregelmäßige Flackern des Feuers, das zur Warnung der Menschenfresser aufrechterhalten wurde, unterbrochen. Tarzan lag ruhig in seinen Fesseln. Er litt unter dem Durst und dem Schneiden der engen Stricke um seine Hand- und Fußgelenke, aber er klagte nicht. Tarzan war ein Dschungelwesen mit dem Stoizismus des Tieres und der Intelligenz des Menschen. Er wusste, dass sein Schicksal besiegelt war - dass kein Flehen die Schwere seines Endes mildern würde, und so verschwendete er keinen Atem mit Bitten; sondern wartete geduldig in der festen Überzeugung, dass seine Leiden nicht ewig andauern konnten.

In der Dunkelheit beugte sich La über ihn. In ihrer Hand befand sich ein scharfes Messer und in ihrem Geist die Entschlossenheit, seine Folter ohne weiteren Aufschub einzuleiten. Das Messer war an seine Seite gepresst und Las Gesicht war nahe an seinem, als eine plötzliche Flamme von neuen Zweigen, die auf das Feuer draußen geworfen wurden, das Innere des Unterstandes erhellte. Dicht unter ihren Lippen sah La die vollkommenen Züge des Waldgottes, und in ihrem Frauenherz quoll all die große Liebe, die sie für Tarzan empfunden hatte, seit sie ihn zum ersten Mal gesehen hatte, und all die aufgestaute Leidenschaft der Jahre, in denen sie von ihm geträumt hatte.

Mit dem Dolch in der Hand erhob sich La, die Hohepriesterin, über die hilflose Kreatur, die es gewagt hatte, das Heiligtum ihrer Gottheit zu verletzen. Es sollte keine Folter geben - es sollte den sofortigen Tod geben. Nicht länger sollte der Schänder des Tempels den Anblick des allmächtigen Gottes beschmutzen. Ein einziger Hieb der schweren Klinge und dann der Leichnam auf den flammenden Scheiterhaufen hinaus. Der Messerarm versteifte sich, bereit für den Sturz nach unten, und dann brach La, die Frau, schwach über dem Körper des Mannes zusammen, den sie liebte.

Sie ließ ihre Hände in stummer Liebkosung über sein nacktes Fleisch gleiten; sie bedeckte seine Stirn, seine Augen, seine Lippen mit heißen Küssen; sie bedeckte ihn mit ihrem Körper, als wollte sie ihn vor dem grässlichen Schicksal schützen, das sie für ihn bestimmt hatte, und in zitternden, kläglichen Tönen flehte sie ihn um seine Liebe an. Stundenlang beherrschte die Raserei ihrer Leidenschaft die feurige Jungfrau des flammenden Gottes, bis endlich der Schlaf sie übermannte und sie neben dem Mann, den sie geschworen hatte zu quälen und zu töten, in Bewusstlosigkeit versank. Und Tarzan, unbehelligt von Gedanken an die Zukunft, schlief friedlich in der Umarmung von La.

Mit dem ersten Anzeichen der Morgendämmerung weckte der Gesang der Priester von Opar Tarzan auf. Der Gesang, der in leisen und gedämpften Tönen begann, steigerte sich bald zum offenen Ausbruch der barbarischen Blutlust. La regte sich. Ihr perfekter Arm drückte Tarzan enger an sich - ein Lächeln umspielte ihre Lippen, dann erwachte sie, und langsam verblasste das Lächeln, und ihre Augen weiteten sich vor Entsetzen, als die Bedeutung des Todesgesangs in ihr Bewusstsein drang.

"Liebe mich, Tarzan!", rief sie. "Liebe mich, und du wirst gerettet werden."

Tarzans Fesseln taten ihm weh. Er litt unter den Qualen eines lange eingeschränkten Kreislaufs. Mit einem wütenden Knurren wälzte er sich mit dem Rücken zu La. Das war ihre Antwort! Die Hohepriesterin sprang auf ihre Füße. Eine heiße Schamesröte überzog ihre Wangen, dann wurde sie kreidebleich und schritt zum Eingang der Unterkunft.

"Kommt, Priester des Flammenden Gottes!", rief sie, "und bereitet das Opfer vor."

Die verkrüppelten Wesen traten vor und betraten den Unterschlupf. Sie legten Tarzan die Hände auf und trugen ihn hinaus, und während sie sangen, wiegten sie sich mit ihren krummen Körpern im Rhythmus ihres Liedes von Blut und Tod hin und her. Hinter ihnen folgte La, der sich ebenfalls wiegte, aber nicht im Gleichklang mit der gesungenen Kadenz. Weiß und gezeichnet war das Gesicht der Hohepriesterin - weiß und gezeichnet von unerwiderter Liebe und abscheulicher Angst vor den kommenden Momenten. Und doch war La fest entschlossen. Der Ungläubige sollte sterben! Der Verächter ihrer Liebe sollte den Preis auf dem feurigen Altar zahlen. Sie sah, wie sie den perfekten Körper auf die rauen Zweige legten. Sie sah, wie der Hohepriester, derjenige, mit dem die Tradition sie vereinen würde - gebeugt, krumm, knorrig, verkrüppelt, abscheulich -, mit der brennenden Fackel herankam und auf ihren Befehl wartete, um sie auf die Stämme zu legen, die den Opferscheiterhaufen umgaben. Sein haariges, bestialisches Gesicht war durch ein gelbzahniges Grinsen der Vorfreude verzerrt. Seine Hände hielten sich bereit, um das Lebensblut des Opfers aufzufangen - den roten Nektar, der bei Opar die goldenen Opferkelche gefüllt hätte.

La näherte sich mit erhobenem Messer, ihr Gesicht der aufgehenden Sonne zugewandt und auf ihren Lippen ein Gebet an die brennende Gottheit ihres Volkes. Der Hohepriester blickte fragend zu ihr hin - das Opferfeuer brannte in seiner Hand und die Holzscheite lagen verlockend nahe.

Tarzan schloss seine Augen und wartete auf das Ende. Er wusste, dass er leiden würde, denn er erinnerte sich an die schwachen Szenen der vergangenen Verbrennungen. Er wusste, dass er leiden und sterben würde; aber er zuckte nicht zurück. Der Tod ist kein großes Abenteuer für die Menschen des Dschungels, die tagsüber Hand in Hand mit dem grimmigen Gespenst gehen und sich nachts an seiner Seite niederlegen, und das alle Jahre ihres Lebens. Es ist zweifelhaft, dass der Affenmann überhaupt darüber spekulierte, was nach dem Tod käme. In der Tat, als sein Ende nahte, war sein Geist mit Gedanken an die hübschen Edelsteine, die er verloren hatte, beschäftigt, aber seine ganze Aufmerksamkeit war immer noch offen für das, was um ihn herum passierte.

Er fühlte, wie La sich über ihn beugte, und er öffnete seine Augen. Er sah ihr weißes, gezeichnetes Gesicht und er sah, dass Tränen ihre Augen blendeten. "Tarzan, mein Tarzan", stöhnte sie, "sag mir, dass du mich liebst, dass du mit mir nach Opar zurückkehren wirst, und du wirst leben. Selbst im Angesicht des Zorns meines Volkes werde ich dich retten. Diese letzte Chance gebe ich dir. Wie lautet deine Antwort?"

Im letzten Moment hatte die Frau in La über die Hohepriesterin eines grausamen Kultes triumphiert. Sie sah auf dem Altar das einzige Wesen, das jemals das Feuer der Liebe in ihrer jungfräulichen Brust geweckt hatte; sie sah den tiergesichtigen Fanatiker mit der brennenden Fackel, der eines Tages ihr Gefährte sein würde, es sei denn, sie fände einen anderen weniger abstoßenden. Der Fanatiker stand bereit, den Scheiterhaufen zu entzünden; und La würde trotz all ihrer wahnsinnigen Leidenschaft für den Menschenaffenmann das Wort geben, den Scheiterhaufen zu entzünden, wenn Tarzans letzte Antwort sie nicht zufriedenstellte. Mit hebendem Busen beugte sie sich dicht über ihn. "Ja oder nein?", flüsterte sie.

Durch den Dschungel, aus der Ferne, kam ein schwaches Geräusch, das ein plötzliches Licht der Hoffnung in Tarzans Augen brachte. Er erhob seine Stimme zu einem unheimlichen Schrei, der La ein oder zwei Schritte von ihm zurückwarf. Der ungeduldige Priester brummte und wechselte die Fackel von einer Hand in die andere, während er sie gleichzeitig näher an den Zunder am Fuß des Scheiterhaufens hielt.

"Deine Antwort!", beharrte La. "Was ist deine Antwort auf die Liebe von La von Opar?"

Näher kam das Geräusch, das Tarzans Aufmerksamkeit erregt hatte, und nun hörten es auch die anderen - das schrille Trompeten eines Elefanten. Als La mit großen Augen in Tarzans Gesicht blickte, um dort ihr Schicksal zu lesen, ob es ihr Glück oder Herzschmerz bringen würde, sah sie einen Ausdruck der Besorgnis seine Züge überschatten. Jetzt erahnte sie zum ersten Mal die Bedeutung von Tarzans schrillem Schrei - er hatte Tantor, den Elefanten, zu seiner Rettung herbeigerufen! Las Brauen zogen sich zu einem wilden finsteren Blick zusammen. "Du weigerst dich, das zu tun, was La wünscht!", rief sie. "Dann stirb! Die Fackel!", befahl sie und wandte sich dem Priester zu.

Tarzan blickte ihr ins Gesicht. "Tantor wird kommen", sagte er. "Ich dachte, er würde mich retten; aber jetzt weiß ich aus seiner Stimme, dass er mich und dich und alle, die sich ihm in den Weg stellen, töten wird und dass er mit der List von Sheeta, dem Panther, alle ausfindig machen wird, die sich vor ihm verstecken wollen, denn Tantor ist verrückt vor Liebeswahn."

La kannte nur zu gut die wahnsinnige Wildheit eines Elefantenbullen im Liebesrausch. Sie wusste, dass Tarzan nicht übertrieben hatte. Sie wusste, dass der Teufel im schlauen, grausamen Gehirn des großen Tieres es hin und her schicken konnte, um im Wald nach denen zu jagen, die seinem ersten Angriff entkommen waren, oder das Tier konnte weiterziehen, ohne zurückzukehren - niemand konnte erraten, was davon der Fall sein würde.

"Ich kann dich nicht lieben, La", sagte Tarzan mit leiser Stimme. "Ich weiß nicht, warum, denn du bist sehr schön. Ich könnte nicht zurückgehen und in Opar leben - ich, der ich den ganzen weiten Dschungel für meinen Lebensbereich habe. Nein, ich kann dich nicht lieben, aber ich kann nicht zusehen, wie du unter den aufspießenden Hauern des verrückten Tantor stirbst. Schneide meine Fesseln durch, bevor es zu spät ist. Er ist schon fast bei uns. Schneide sie durch und ich kann dich noch retten."

Eine kleine Spirale aus kräuselndem Rauch stieg aus einer Ecke des Scheiterhaufens auf - die Flammen leckten knisternd nach oben. La stand da wie eine schöne Statue der Verzweiflung und starrte auf Tarzan und auf die sich ausbreitenden Flammen. In wenigen Augenblicken würden sie nach ihm greifen und ihn erfassen. Aus dem Urwaldgewirr ertönte das Geräusch von knackenden Gliedmaßen und krachenden Stämmen - Tantor kam auf sie zu, ein riesiger Moloch des Dschungels. Die Priester wurden unruhig. Sie warfen besorgte Blicke in die Richtung des sich nähernden Elefanten und dann wieder zu La.

"Flieht!", befahl sie ihnen, dann bückte sie sich und schnitt die Fesseln durch, mit denen die Füße und Hände ihres Gefangenen gefesselt waren. Im Nu war Tarzan auf dem Boden. Die Priester schrien ihre Wut und Enttäuschung heraus. Der Priester mit der Fackel machte einen bedrohlichen Schritt auf La und den Affenmann zu. "Verräterin!" Er kreischte die Frau an. "Dafür sollst auch du sterben!" Er hob seinen Knüppel und stürzte sich auf die Hohepriesterin, aber Tarzan war schneller. Der Affenmann sprang in den Nahkampf und riss dem rasenden Fanatiker die erhobene Waffe aus den Händen, woraufhin der Priester ihn mit Zähnen und Klauen attackierte. Tarzan packte den gedrungenen, verkümmerten Körper mit seinen mächtigen Händen, hob die Kreatur hoch über seinen Kopf und schleuderte sie auf seine Kameraden, die sich nun versammelt hatten, um sich auf ihren ehemaligen Gefangenen zu stürzen. La stand stolz mit bereitem Messer hinter dem Affenmann. Kein Anzeichen von Furcht zeichnete ihre makellose Stirn - nur hochmütige Verachtung für ihre Priester und Bewunderung für den Mann, den sie so hoffnungslos liebte, erfüllten ihre Gedanken.

Plötzlich brach der verrückte Bulle in diese Szene ein - riesige Stoßzähne, und kleine Augen, von wahnsinniger Wut entflammt. Die Priester standen einen Moment lang wie gelähmt vor Schreck, aber Tarzan drehte sich um und nahm La in seine Arme und rannte auf den nächsten Baum zu. Tantor stürzte sich trompetend auf sie. La klammerte sich mit beiden nackten Armen um den Hals des Affenmannes. Sie spürte, wie er in die Luft sprang, und staunte über seine Kraft und Beweglichkeit, als er sich, mit ihrem Gewicht belastet, flink auf die unteren Äste eines großen Baumes schwang und sie schnell nach oben trug, außer Reichweite des sich windenden Rüssels des Dickhäuters.

Der riesige Elefant drehte sich und stürzte sich auf die unglücklichen Priester, die nun in alle Richtungen auseinander stieben. Den Nächstbesten durchbohrte er und warf ihn hoch zwischen die Äste eines Baumes. Einen packte er mit seinem Rüssel und zerschmetterte ihn an einem riesigen Baumstamm, ließ den zerfetzten Brei fallen und stürmte trompetend auf den nächsten zu. Zwei zertrampelte er unter seinen mächtigen Füßen, und dann waren die anderen schon im Dschungel verschwunden. Nun wandte Tantor seine Aufmerksamkeit wieder Tarzan zu, denn eines der Symptome des Wahnsinns von Elefantenbullen ist die Ablehnung von Zuneigung - Objekte gesunder Liebe werden zu Objekten wahnsinnigen Hasses. Eine Besonderheit in den ungeschriebenen Annalen des Dschungels war die sprichwörtliche Liebe, die zwischen dem Affenmann und dem Elefantenvolk von Tantor bestanden hatte. Kein Elefant im ganzen Dschungel würde dem Tarmangani - dem weißen Affen - etwas zuleide tun; aber in seinem Wahn versuchte der große Bulle, seinen langjährigen Spielgefährten zu vernichten. Der Elefant Tantor kam zu dem Baum zurück, auf dem La und Tarzan hockten. Er bäumte sich mit seinen Vorderfüßen gegen den Baumstamm auf und griff mit seinem langen Rüssel hoch nach ihnen; aber Tarzan hatte dies vorausgesehen und kletterte über die äußerste Reichweite des Bullen hinaus. Das Scheitern machte die wütende Kreatur nur noch wütender. Er brüllte und trompetete und schrie, bis die Erde unter dem gewaltigen Volumen seines Lärms bebte. Er stemmte seinen Kopf gegen den Baumstamm und drückte, und der Baum beugte sich unter seiner gewaltigen Kraft, dennoch hielt er stand.

Die Handlungen von Tarzan waren in höchstem Maße eigenartig. Hätte Numa oder Sabor oder Sheeta oder irgendein anderes Tier des Dschungels versucht, ihn zu vernichten, hätte der Affenmann herumgetanzt und seinem Angreifer Wurfgeschosse und Schmähungen entgegengeschleudert. Er hätte sie beleidigt und verspottet und im Dschungel die ihm wohlbekannten Schimpfwörter benutzt; aber jetzt saß er schweigend außerhalb von Tantors Reichweite, und auf seinem schönen Gesicht lag ein Ausdruck von tiefem Kummer und Mitleid, denn von allen Dschungelbewohnern liebte Tarzan Tantor am meisten. Hätte er ihn erschlagen können, hätte er nicht im Traum daran gedacht, dies zu tun. Sein einziger Gedanke war, zu fliehen, denn er wusste, dass Tantor mit dem Vorübergehen des Liebeswahns wieder zurechnungsfähig sein würde und dass er sich noch einmal in voller Länge auf diesen mächtigen Rücken strecken und törichte Reden in diese großen, flatternden Ohren halten könnte.

Als er feststellte, dass der Baum nicht auf sein Drängen hin fallen würde, wurde Tantor nur noch wütender. Er schaute zu den beiden hoch über ihm auf, seine rot geränderten Augen loderten vor wahnsinnigem Hass, und dann schlang er seinen Rüssel um den Stamm des Baumes, spreizte seine riesigen Füße weit auseinander und zerrte daran, um den Dschungelriesen zu entwurzeln. Tantor war eine riesige Kreatur, ein gewaltiger Bulle in der vollen Blüte seiner ungeheuren Kraft. Mächtig zerrte er, bis der große Baum zu Tarzans Entsetzen langsam an den Wurzeln nachgab. Der Boden hob sich in kleinen Hügeln und Graten an der Basis des Stammes, der Baum kippte - in nächsten Moment würde er entwurzelt werden und umfallen.

Der Affenmann nahm La auf seinen Rücken, und gerade als sich der Baum nach seiner anfänglichen Bewegung langsam aus der Senkrechten neigte, schwang er sich gerade noch vor dem plötzlichen Krachen des endgültigen Sturzes auf die Äste eines kleineren Nachbarn. Es war ein langer und gefahrvoller Sprung. La schloss die Augen und erschauderte; aber als sie diese wieder öffnete, fand sie sich in Sicherheit und Tarzan schwang sich weiter durch den Wald. Hinter ihnen krachte der entwurzelte Baum schwer auf den Boden und riss die kleineren Bäume mit sich, die sich ihm in den Weg stellten, und als Tantor merkte, dass seine Beute ihm entkommen war, stieß er erneut sein grässliches Trompeten aus und verfolgte ihre Spur mit einem schnellen Vorstoß.

XIV. - Eine Priesterin und doch eine Frau

Zuerst schloss La die Augen und klammerte sich voller Schrecken an Tarzan, obwohl sie nicht aufschrie; aber bald gewann sie genügend Mut, um sich umzusehen, auf den Boden unter sich zu blicken und sogar die Augen während der weiten, gefährlichen Schwünge von Baum zu Baum offen zu halten, und dann überkam sie ein Gefühl der Sicherheit aufgrund ihres Vertrauens in das vollkommene Naturwesen, in dessen Kraft und Nerven und Beweglichkeit ihr Schicksal lag. Einmal hob sie die Augen zur brennenden Sonne und murmelte ein Dankgebet zu ihrem heidnischen Gott, dass es ihr nicht erlaubt worden war, diesen gottgleichen Mann zu vernichten, und ihre langen Wimpern waren nass vor Tränen. Eine seltsame Anomalie war La von Opar - ein Geschöpf der Umstände, zerrissen von widersprüchlichen Gefühlen. Mal die grausame und blutrünstige Verkörperung eines herzlosen Gottes und dann wieder eine schmelzende Frau, erfüllt von Mitgefühl und Zärtlichkeit. Manchmal die Inkarnation von Eifersucht und Rache und manchmal eine schluchzende junge Frau, großzügig und vergebend; gleichzeitig eine Jungfrau und eine Wollüstige; aber immer eine Frau. So war La.

Sie drückte ihre Wange dicht an Tarzans Schulter. Langsam drehte sie ihren Kopf, bis ihre heißen Lippen an sein Fleisch gepresst waren. Sie liebte ihn und wäre gern für ihn gestorben; und doch war sie vor einer Stunde bereit gewesen, ihm ein Messer ins Herz zu stoßen, und würde es in der nächsten Stunde wieder tun.

Ein unglücklicher Priester, der im Dschungel Schutz suchte, zeigte sich zufällig dem wütenden Tantor. Das große Tier drehte sich zur Seite, stürzte sich auf den krummen, kleinen Mann, erschlug ihn und stürmte dann, von seinem Kurs abgelenkt, in Richtung Süden davon. Nach wenigen Minuten war sogar das Geräusch seines Trompetens in der Ferne zu hören.

Tarzan ließ sich zu Boden fallen und La rutschte von seinem Rücken auf die Füße. "Ruf deine Leute zusammen", sagte Tarzan.

"Sie werden mich töten", antwortete La.

"Sie werden dich nicht töten", widersprach der Affenmensch. "Keiner wird dich töten, solange Tarzan der Affen hier ist. Ruf sie, und wir werden mit ihnen reden."

La erhob ihre Stimme zu einem seltsamen, flötenden Ruf, der weit in den Dschungel auf allen Seiten getragen wurde. Von nah und fern kamen

Antwortrufe in den bellenden Tönen der oparischen Priester: "Wir kommen! Wir kommen!" Wieder und wieder wiederholte La ihre Rufe, bis sich der größte Teil ihres Gefolges einzeln und paarweise der Hohepriesterin und ihrem Retter näherte und in geringer Entfernung stehen blieb. Sie kamen mit finsterer und drohender Miene. Als alle gekommen waren, sprach Tarzan zu ihnen.

"Eure La ist in Sicherheit", fing der Affenmann an. "Hätte sie mich getötet, wäre sie jetzt selbst tot und noch viele andere von euch; aber sie hat mich verschont, damit ich sie retten konnte. Geht mit ihr zurück nach Opar, und Tarzan wird seinen Weg in den Dschungel gehen. Es soll immer Frieden herrschen zwischen Tarzan und La. Wie lautet eure Antwort?"

Die Priester brummten und schüttelten den Kopf. Sie sprachen miteinander, und La und Tarzan konnten sehen, dass sie dem Vorschlag nicht wohlgesonnen waren. Sie wollten La nicht zurücknehmen, und sie wollten die Opferung von Tarzan an den Flammengott vollenden. Schließlich wurde der Affenmann ungeduldig.

"Ihr werdet den Befehlen eurer Königin gehorchen", sagte er, "und mit ihr nach Opar zurückkehren, oder Tarzan der Affen wird die anderen Kreaturen des Dschungels zusammenrufen und euch alle erschlagen. La hat mich gerettet, damit ich euch und sie retten kann. Ich habe euch lebendig besser gedient, als ich es tot hätte tun können. Wenn ihr nicht allesamt Narren seid, lasst ihr mich in Frieden gehen und kehrt mit La nach Opar zurück. Ich weiß nicht, wo das heilige Messer ist, aber Ihr könnt ein anderes anfertigen. Hätte ich es La nicht abgenommen, hättet Ihr mich erschlagen, und jetzt muss Euer Gott froh sein, dass ich es genommen habe, denn ich habe seine Priesterin vor dem liebestollen Tantor gerettet. Wollt ihr mit La nach Opar zurückkehren und ihr versprechen, dass ihr kein Leid widerfährt?"

Die Priester schlossen sich zu einem kleinen Kreis zusammen und stritten und diskutierten. Sie schlugen sich mit den Fäusten auf die Brust, hoben ihre Hände und Augen zu ihrem feurigen Gott, knurrten und bellten untereinander, bis Tarzan klar wurde, dass einer von ihnen die Annahme seines Vorschlags verhinderte. Es war der Hohepriester, dessen Herz von eifersüchtiger Wut erfüllt war, weil La sich offen zu ihrer Liebe zu dem Fremden bekannte, obwohl sie nach den weltlichen Gebräuchen ihres Kultes ihm hätte gehören müssen. Es schien keine Lösung des Problems zu geben, bis ein anderer Priester hervortrat und, die Hand erhebend, La ansprach.

"Cadj, der Hohepriester", verkündete er, "würde euch beide dem Flammengott opfern; aber wir alle außer Cadj würden gerne mit unserer Königin nach Opar zurückkehren."

"Ihr seid viele gegen einen", meldete sich Tarzan zu Wort. "Warum solltet ihr nicht euren Willen haben? Geht mit La nach Opar, und wenn Cadj sich einmischt, tötet ihn."

Die Priester von Opar begrüßten diesen Vorschlag mit lauten Rufen der Zustimmung. Es erschien ihnen wie eine göttliche Eingebung. Der Einfluss von Jahrhunderten des bedingungslosen Gehorsams gegenüber den Hohepriestern hatte es ihnen unmöglich gemacht, seine Autorität infrage zu stellen; aber als sie erkannten, dass sie ihn zu ihrem Willen zwingen konnten, waren sie so glücklich wie Kinder mit neuem Spielzeug.

Sie stürmten vor und ergriffen Cadj. Sie sprachen in lauten, bedrohlichen Tönen in sein Ohr. Sie bedrohten ihn mit Knüppel und Messer, bis er sich schließlich, wenn auch mürrisch, ihren Forderungen fügte, und dann trat Tarzan dicht vor Cadj.

"Priester", sagte er, "La geht zurück in ihren Tempel unter dem Schutz ihrer Priester und der Drohung von Tarzan der Affen, dass jeder, der ihr etwas antut, sterben wird. Tarzan wird vor dem nächsten Regen wieder nach Opar kommen, und wenn La etwas zustößt, dann wehe Cadj, dem Hohepriester."

Mürrisch versprach Cadj, seiner Königin nichts anzutun.

"Beschützt sie", rief Tarzan den anderen Oparianern zu. "Beschützt sie, damit Tarzan, wenn er wiederkommt, La vorfindet, um sie zu begrüßen."

"La wird da sein, um dich zu begrüßen", rief die Hohepriesterin, "und La wird warten, sehnsüchtig, immer sehnsüchtig, bis du wiederkommst. Oh, sag mir, dass du kommen wirst!"

"Wer weiß?", fragte der Affenmann, während er sich schnell in die Bäume schwang und in Richtung Osten davonraste.

Einen Moment lang stand La da und schaute ihm nach, dann ließ sie den Kopf hängen, ein Seufzer entkam ihren Lippen und wie eine alte Frau nahm sie den Marsch in Richtung des fernen Opar auf.

Tarzan der Affen raste durch die Bäume, bis sich die Dunkelheit der Nacht über den Dschungel gelegt hatte, dann legte er sich hin und schlief, ohne einen Gedanken an den nächsten Tag zu verschwenden, und selbst La war nur noch der Schatten einer Erinnerung in seinem Bewusstsein.

Aber ein paar Märsche weiter nördlich freute sich Lady Greystoke auf den Tag, an dem ihr mächtiger Herr und Meister das Verbrechen von Achmet Zek entdecken und zur Rettung und Rache eilen würde, und während sie sich das Kommen von John Clayton vorstellte, hockte das Objekt ihrer Gedanken fast nackt und weit entfernt von ihr neben einem umgestürzten Baumstamm, unter dem er mit schmutzigen Fingern nach einem zufälligen Käfer oder einem üppigen Futter suchte.

Nach dem Diebstahl der Edelsteine verstrichen zwei Tage, bevor Tarzan einen Gedanken an diese verschwenden konnte. Dann, als sie ihm zufällig in den Sinn kamen, verspürte er den Wunsch, wieder mit ihnen zu spielen, und da er nichts Besseres zu tun hatte, als die erste Laune zu befriedigen, die ihn überkam, erhob er sich und machte sich auf den Weg über die Ebene zu dem Wald, in dem er den vorangegangenen Tag verbracht hatte.

Obwohl es keine Hinweise darauf gab, wo die Edelsteine vergraben worden waren, und obwohl der Ort dem Ende einer mehrere Meilen langen, durchgehenden Strecke glich, wo das Schilf am Rande der Ebene endete, bewegte sich der Affenmann mit untrüglicher Präzision direkt zu der Stelle, wo er seinen Schatz versteckt hatte.

Mit seinem Jagdmesser wühlte er die lockere Erde auf, unter der sich der Beutel befinden sollte; aber obwohl er bis zu einer größeren Entfernung als der Tiefe des ursprünglichen Lochs grub, gab es keine Spur von Beutel oder Edelsteinen. Tarzans Stirn trübte sich, als er entdeckte, dass er beraubt worden war. Es bedurfte keiner großen Überlegungen, um ihn von der Identität des Schuldigen zu überzeugen, und mit der gleichen Schnelligkeit, mit der er sich entschlossen hatte, die Edelsteine auszugraben, setzte er sich auf die Spur des Diebes.

Obwohl die Spur zwei Tage alt und an vielen Stellen praktisch verwischt war, folgte Tarzan ihr mit relativer Leichtigkeit. Ein weißer Mann hätte ihr zwölf Stunden nach ihrer Entstehung keine zwanzig Schritte folgen können, ein schwarzer Mann hätte sie innerhalb der ersten Meile verloren; aber Tarzan der Affen war in seiner Kindheit gezwungen gewesen, Sinne zu entwickeln, die ein gewöhnlicher Sterblicher kaum je benutzt.

Wir mögen den Knoblauch und den Whisky im Atem eines Mitläufers bemerken, oder das billige Parfüm, das von der Person einer wundervollen Dame ausgeht, die vor uns sitzt, und bedauern die Anfälligkeit unserer empfindlichen Nasen; aber in Wirklichkeit können wir überhaupt nicht richtig riechen, unsere Geruchsorgane sind praktisch verkümmert, verglichen mit der Entwicklung des Sinns bei den Tieren der Wildnis.

Wo ein Fuß aufgesetzt wird, bleibt für eine beträchtliche Zeit ein Duftstoff zurück. Es liegt jenseits der Reichweite unseres Empfindens; aber für ein Geschöpf der niederen Ordnung, besonders für die Jäger und Gejagten, ist es so interessant und oft anschaulicher als für uns die gedruckte Zeitung.

Auch war Tarzan nicht allein auf seinen Geruchssinn angewiesen. Seh- und Hörvermögen waren durch die Notwendigkeiten seines frühen Lebens, in dem das Überleben fast täglich von der Ausübung höchster Wachsamkeit und dem ständigen Gebrauch aller seiner Fähigkeiten abhing, auf einen erstaunlichen Entwicklungsstand gebracht worden.

Und so folgte er der alten Spur des Belgiers durch den Wald und in Richtung Norden; aber wegen des Alters der Spur war er zu einem keineswegs schnellen Voranschreiten gezwungen. Der Mann, dem er folgte, war ihm zwei Tage voraus, als Tarzan die Verfolgung aufnahm, und jeden Tag gewann er an Vorsprung vor dem Affenmann. Dieser jedoch hegte nicht den geringsten Zweifel am Ausgang. Eines Tages würde er seine Beute überwältigen - er konnte in Ruhe abwarten, bis dieser Tag anbrach. Hartnäckig verfolgte er die schwache Spur, hielt tagsüber nur inne, um zu töten und zu essen, und nachts nur, um zu schlafen und sich zu erfrischen.

Gelegentlich kam er an Gruppen von wilden Kriegern vorbei, aber um diese machte er einen großen Bogen, denn er jagte mit einem Ziel, das nicht durch die kleinen Unfälle des Weges abgelenkt werden sollte.

Diese Gruppen gehörten zu den versammelten Horden der Waziri und ihrer Verbündeten, zu denen Basuli seine Boten geschickt hatte, um sie zu rufen. Sie marschierten zu einem gemeinsamen Treffpunkt, um einen Angriff auf die Festung von Achmet Zek vorzubereiten; aber für Tarzan waren sie Feinde - er hatte keine bewusste Erinnerung an irgendeine Freundschaft zu den schwarzen Männern.

Es war Nacht, als er vor dem Palisadendorf des arabischen Räubers Halt machte. In den Ästen eines großen Baumes sitzend, blickte er auf das Leben innerhalb der Umzäunung hinunter. Zu diesem Ort hatte ihn die Fährte geführt. Sein Opfer musste dort sein; aber wie sollte er es zwischen so vielen Hütten finden? Tarzan war sich zwar seiner mächtigen Kräfte bewusst, aber er erkannte auch seine Grenzen. Er wusste, dass er in einem offenen Kampf nicht mit einer großen Zahl von Menschen fertig werden konnte. Er musste auf die List und Tücke des wilden Tieres zurückgreifen, wenn er Erfolg haben wollte.

In der Sicherheit seines Baumes sitzend und an einem Beinknochen von Horta, dem Wildschwein, knabbernd, wartete Tarzan auf eine günstige Gelegenheit, das Dorf zu betreten. Eine Weile nagte er an den wulstigen, runden Enden des großen Knochens, wobei er kleine Stücke zwischen seinen kräftigen Kiefern zersplitterte und das köstliche Mark darin aussaugte; aber die ganze Zeit über warf er immer wieder Blicke in das Dorf. Er sah weiß gekleidete Gestalten und halbnackte Schwarze, aber nicht ein einziges Mal sah er jemanden, der dem Dieb der Edelsteine ähnelte.

Geduldig wartete er, bis die Dorfstraßen mit Ausnahme der Wachen an den Toren menschenleer waren, dann ließ er sich leicht zu Boden fallen, kreiste auf der gegenüberliegenden Seite des Dorfes und näherte sich der Palisade.

An seiner Seite hing ein langes Seil aus Rohhaut - eine natürliche und verlässlichere Weiterentwicklung des Grasseils aus seiner Kindheit. Er lockerte es, breitete das Seil auf dem Boden hinter sich aus und warf die Schlinge mit einer schnellen Bewegung aus dem Handgelenk über einen der spitzen Vorsprünge auf dem oberen Teil der Palisade.

Er zog die Schlinge straff und prüfte die Festigkeit ihres Halts. Zufrieden rannte der Affenmann flink die senkrechte Wand hinauf, unterstützt von dem Seil, das er mit beiden Händen umklammerte. Oben angekommen, brauchte er nur einen Augenblick, um das baumelnde Seil wieder in seine Hände zu bekommen, es an seiner Taille zu befestigen, einen kurzen Blick nach unten in die Palisade zu werfen und sich zu vergewissern, dass niemand direkt unter ihm lauerte, um dann sanft auf den Boden zu fallen.

Nun befand er sich im Inneren des Dorfes. Vor ihm erstreckte sich eine Reihe von Zelten und Eingeborenenhütten. Jede von ihnen zu erforschen, würde mit Gefahren verbunden sein; aber die Gefahr war nur ein natürlicher Faktor des täglichen Lebens - sie erschreckte Tarzan nie. Die Chancen reizten ihn - die Chancen auf Leben und Tod, wobei seine Fähigkeiten und sein Können gegen die eines würdigen Gegners antraten.

Es war nicht notwendig, dass er jede Behausung betrat - seine Nase verriet ihm durch eine Tür, ein Fenster oder einen offenen Spalt, ob seine Beute darin lag oder nicht. Eine Zeit lang folgte eine Enttäuschung der anderen in schneller Folge. Von dem Belgier war keine Spur zu sehen. Doch schließlich kam er zu einem Zelt, in dem es stark nach dem Dieb roch. Tarzan lauschte, sein Ohr dicht an der Zeltplane auf der Rückseite, aber kein Geräusch drang aus dem Inneren.

Schließlich schnitt er eines der Spannseile durch, hob den Boden der Plane an und drang mit dem Kopf in das Innere ein. Alles war still und dunkel. Tarzan kroch vorsichtig hinein - der Geruch des Belgiers war stark, aber es war kein lebendiger Geruch. Noch bevor er das Innere eingehend untersucht hatte, wusste Tarzan, dass sich niemand darin befand.

In einer Ecke fand er einen Haufen verstreuter Decken und Kleidung, aber keinen Beutel mit hübschen Steinchen. Eine sorgfältige Untersuchung des übrigen Zeltes ergab nichts weiter, zumindest nichts, was auf das Vorhandensein der Edelsteine hinwies; aber an der Seite, wo die Decken und Kleider lagen, entdeckte der Affenmann, dass die Zeltwand am Boden gelockert worden war, und er ahnte, dass der Belgier vor Kurzem auf diesem Weg das Zelt verlassen hatte.

Tarzan brauchte nicht lange, um dem Weg zu folgen, auf dem seine Beute geflohen war. Die Spur führte immer im Schatten und hinter den Hütten und Zelten des Dorfes entlang - für Tarzan war es ganz offensichtlich, dass der Belgier allein und heimlich auf seine Mission gegangen war. Offensichtlich fürchtete er sich vor den Bewohnern des Dorfes, oder zumindest war seine Vorgehensweise so beschaffen, dass er es nicht wagte, eine Entdeckung zu riskieren.

An der Rückseite einer Eingeborenenhütte führte die Spur durch ein kleines Loch, das kürzlich in die Buschwand geschnitten worden war, in das dunkle Innere dahinter. Furchtlos folgte Tarzan der Spur. Auf Händen und Knien kroch er durch die kleine Öffnung. Im Inneren der Hütte wurden seine Nasenlöcher von vielen Gerüchen bestürmt; aber klar und deutlich unter ihnen war einer, der teilweise eine latente Erinnerung an die Vergangenheit weckte - es war der schwache und zarte Geruch einer Frau. Mit seiner Wahrnehmung stieg in der Brust des Affenmannes ein seltsames Unbehagen auf - das Ergebnis einer unwiderstehlichen Kraft, die er von Neuem kennenlernen sollte - der Instinkt, der das Männchen zu seiner Gefährtin zieht.

In derselben Hütte befand sich auch die Duftspur des Belgiers, und als beides in die Nasenlöcher des Affenmanns drang und sich miteinander vermischte, stieg eine eifersüchtige Wut in ihm auf und brannte, obwohl sein Gedächtnis vor dem Spiegel der Erinnerung kein Bild der Frau enthielt, an die er sein Begehren geknüpft hatte.

Wie das Zelt, das er untersucht hatte, war auch die Hütte leer, und nachdem er sich vergewissert hatte, dass sein gestohlener Beutel nirgends darin versteckt war, verließ er die Hütte, wie er sie betreten hatte, durch das Loch in der Rückwand.

Hier nahm er die Spur des Belgiers auf, folgte ihr über die Lichtung, über die Palisade und hinaus in die dahinter liegenden dunklen Dschungel.

XV. - Werpers Flucht

Nachdem Werper die Puppe in seinem Bett arrangiert und sich in die Dunkelheit des Dorfes unter der Rückwand seines Zeltes hinausgeschlichen hatte, war er direkt zu der Hütte gegangen, in der Jane Clayton gefangen gehalten wurde.

Vor der Tür hockte ein schwarzer Wachposten. Werper ging mutig auf ihn zu, sprach ihm ein paar Worte ins Ohr, reichte ihm ein Paket Tabak und ging in die Hütte. Der Schwarze grinste und zwinkerte, als der Europäer in der Dunkelheit des Inneren verschwand.

Da der Belgier einer von Achmet Zeks wichtigsten Leuten war, konnte er natürlich innerhalb und außerhalb des Dorfes gehen, wohin er wollte, und so hatte der Wächter sein Recht, in die Hütte mit der weißen, weiblichen Gefangenen zu gehen, nicht infrage gestellt.

Drinnen rief Werper auf Französisch und in einem leisen Flüsterton: "Lady Greystoke! Ich bin es, M. Frecoult. Wo sind Sie?" Aber es gab keine Antwort. Hastig tastete der Mann im Inneren herum, tastete mit ausgestreckten Händen blindlings durch die Dunkelheit. Da war niemand drin!

Werpers Erstaunen übertraf alle Worte. Er wollte gerade hinausgehen, um den Wachposten zu befragen, als seine Augen, die sich an die Dunkelheit gewöhnt hatten, in der Nähe des Fußes der Rückwand der Hütte einen Fleck von geringerer Schwärze entdeckten. Die Untersuchung ergab, dass es sich bei dem Fleck um eine in die Wand geschnittene Öffnung handelte. Sie war groß genug, um den Durchlass eines Körpers zu ermöglichen, und er schlussfolgerte, dass Lady Greystoke durch diese Öffnung kroch, um aus dem Dorf zu fliehen. So verlor er keine Zeit, um den gleichen Weg zu nutzen; und er verlor auch keine Zeit mit einer fruchtlosen Suche nach Jane Clayton.

Sein eigenes Leben hing von der Chance ab, Achmet Zek zu entkommen oder ihn zu überlisten, wenn dieser seine Flucht entdeckt haben sollte. Sein ursprünglicher Plan hatte die Mitwirkung an der Flucht von Lady Greystoke vorgesehen, und zwar aus zwei sehr guten und ausreichenden Gründen. Der erste war, dass er durch ihre Rettung die Dankbarkeit der Engländer gewinnen und so die Chance seiner Auslieferung verringern würde, sollte er wegen seiner Identität und seines Verbrechens gegen seinen vorgesetzten Offizier angeklagt werden.

Der zweite Grund beruhte auf der Tatsache, dass ihm nur eine Richtung der Flucht sicher offen stand. Nach Westen konnte er wegen der belgischen Besitzungen, die zwischen ihm und dem Atlantik lagen, nicht reisen. Der Süden blieb ihm durch die gefürchtete Anwesenheit des wilden Affenmannes, den er beraubt hatte, verschlossen. Im Norden lagen die Freunde und Verbündeten von Achmet Zek. Nur nach Osten, durch Britisch-Ostafrika, gab es eine halbwegs sichere Aussicht auf Freiheit.

In Begleitung einer Engländerin, die er vor einem schrecklichen Schicksal gerettet hatte, und in der Gewissheit, dass es sich bei ihm um einen Franzosen namens Frecoult handelte, hatte er nicht ohne Grund auf die aktive Unterstützung der Briten gehofft, sobald er mit ihrem ersten Außenposten in Berührung kommen würde.

Aber jetzt, da Lady Greystoke verschwunden war, und obwohl er immer noch nach Osten blickte, um Hoffnung zu schöpfen, waren seine Chancen geringer geworden, und ein anderer, untergeordneter Plan wurde völlig zunichtegemacht. Seit er Jane Clayton zum ersten Mal gesehen hatte, hegte er eine heimliche Leidenschaft für die schöne englische Lady, und seit der Entdeckung der Edelsteine durch Achmet Zek, die ihn zur Flucht gezwungen hatte, träumte der Belgier von einer Zukunft, in der er Lady Greystoke vom Tod ihres Mannes überzeugen und ihre Dankbarkeit ausnutzen könnte, um sie für sich zu gewinnen.

In dem Teil des Dorfes, welcher sich am weitesten entfernt von den Toren befand, entdeckte Werper, dass zwei oder drei lange Stangen, von einem naheliegenden Haufen, der für den Bau von Hütten zusammengetragen wurde, gegen die Oberkante der Palisade lehnten und einen unsicheren, aber nicht unmöglichen Fluchtweg bildeten.

Er schloss daraus, dass Lady Greystoke auf diese Weise die Mauer erklimmen konnte, und verschwendete keine Zeit, ihrem Beispiel zu folgen. Im Dschungel angekommen, schlug er den direkten Weg nach Osten ein.

Ein paar Meilen südlich von ihm lag Jane Clayton keuchend zwischen den Ästen eines Baumes, auf den sie sich vor einer umherstreifenden und hungrigen Löwin geflüchtet hatte.

Ihre Flucht aus dem Dorf war viel einfacher gewesen, als sie erwartet hatte. Das Messer, mit dem sie sich durch die Gestrüppwand der Hütte in die Freiheit geschnitten hatte, hatte sie in der Wand ihres Gefängnisses steckend gefunden, zweifellos zufällig dort zurückgelassen von einem früheren Mieter der Räumlichkeiten.

Den hinteren Teil des Dorfes zu durchqueren, wobei sie sich immer im dichtesten Schatten aufhielt, hatte nur wenige Augenblicke in Anspruch genommen, und der glückliche Umstand der Entdeckung der Stangen für die Hütte, die so nahe an der Palisade lagen, hatte für sie das Problem der Überwindung der hohen Wand gelöst.

Eine Stunde lang war sie dem alten Wildpfad in Richtung Süden gefolgt, bis ihr geschultes Gehör das verstohlene Schleichen eines sich anschleichenden Tieres hinter sich wahrnahm. Der nächstgelegene Baum bot ihr sofortigen Schutz, denn sie war zu sehr mit den Gepflogenheiten des Dschungels bewandert, um ihre Sicherheit auch nur einen Moment lang zu riskieren, nachdem sie entdeckt hatte, dass sie gejagt wurde.

Werper wanderte mit gutem Erfolg langsam weiter bis zum Morgengrauen, als er zu seinem Leidwesen einen berittenen Araber auf seiner Spur entdeckte. Es war einer von Achmet Zeks Gefolgsleuten, von denen viele in alle Richtungen durch den Wald streiften, um nach dem flüchtigen Belgier zu suchen.

Jane Claytons Flucht war noch nicht entdeckt worden, als Achmet Zek und seine Sucher sich aufmachten, um Werper einzuholen. Der einzige Mann, der den Belgier nach seinem Aufbruch von seinem Zelt gesehen hatte, war der schwarze Wachposten vor der Tür von Lady Greystokes Gefängnishütte, und er war durch die Entdeckung der Leiche des Mannes, der ihn abgelöst hatte, zum Schweigen gebracht worden, nämlich des von Mugambi erledigten Wachpostens.

Der Bestechungsempfänger schloss natürlich daraus, dass Werper seinen Kameraden erschlagen hatte, und wagte nicht zuzugeben, dass er ihm erlaubt hatte, die Hütte zu betreten, da er den Zorn von Achmet Zek fürchtete. Da es also der Zufall wollte, dass er derjenige war, der die Leiche des Wächters entdeckte, nachdem Achmet Zek durch seine Entdeckung, dass Werper ihm zuvorgekommen war, den ersten Alarm schlug, schleppte er die Leiche in das Innere eines nahegelegenen Zeltes und nahm selbst seinen Platz vor der Tür der Hütte ein, in der er die Frau noch immer vermutete.

Mit der Erkenntnis, dass der Araber dicht hinter ihm sein könnte, versteckte sich der Belgier im Blattwerk eines Busches. Hier verlief die Fährte eine beträchtliche Strecke geradeaus, und in der schattigen Waldschneise, unter den überragenden Ästen der Bäume, ritt die weiß gewandete Gestalt des Verfolgers.

Näher und näher kam er. Werper kauerte sich hinter den Blättern seines Verstecks näher an den Boden. Auf der anderen Seite des Weges bewegte sich eine Ranke. Werpers Augen richteten sich augenblicklich auf die Stelle.

Es gab keinen Wind, der das Laub in den Tiefen des Dschungels bewegen könnte. Wieder bewegte sich die Ranke. In der Vorstellung des Belgiers konnte das Phänomen nur durch die Anwesenheit einer unheimlichen und bösartigen Kraft erklärt werden.

Die Augen des Mannes bohrten sich unablässig in den Blätterwald auf der gegenüberliegenden Seite des Weges. Allmählich nahm dahinter eine Gestalt Konturen an - eine gelbbraune Erscheinung, grimmig und schrecklich, mit gelbgrünen Augen, die furchterregend über den schmalen Pfad direkt in die seinen blickten.

Werper hätte vor Schreck schreien können, aber den Pfad hinauf kam der Bote eines anderen Todes, ebenso sicher und nicht weniger schrecklich. Er blieb stumm, fast gelähmt vor Angst. Der Araber näherte sich. Auf der anderen Seite des Weges kauerte der Löwe vor Werper, als plötzlich seine Aufmerksamkeit auf den Reiter gelenkt wurde.

Der Belgier sah, wie sich der massige Kopf in Richtung des Räubers drehte, und sein Herz hörte fast auf zu schlagen, als er das Resultat dieser Unterbrechung erwartete. Im Schritt näherte sich der Reiter. Würde das nervöse Tier, das dieser ritt, bei dem Geruch des Raubtieres erschrecken und Werper durch sein Davonstürmen immer noch von der Gnade des Königs der Tiere abhängen?

Aber das Pferd schien sich der nahen Anwesenheit der großen Katze nicht bewusst zu sein. Es kam weiter, den Hals gewölbt, zwischen den Zähnen auf das Gebiss kauend. Der Belgier richtete seine Augen wieder auf den Löwen. Die ganze Aufmerksamkeit des Tieres schien nun auf den Reiter gerichtet zu sein. Reiter und Pferd befanden sich jetzt neben dem Löwen, und noch immer sprang das Tier nicht. Wollte der Löwe vielleicht nur warten, bis sie vorbeigezogen waren, bevor er sich wieder seiner ursprünglichen Beute zuwandte? Werper erschauderte und erhob sich halb. Im selben Augenblick sprang der Löwe aus seinem Versteck und stürzte sich auf den berittenen Mann. Das Pferd wich mit einem schrillen Schreckenswiehern nahezu auf die Seite des Belgiers aus, der Löwe zerrte den hilflosen Araber aus dem Sattel, und das Pferd sprang zurück auf den Weg und floh in Richtung Westen davon.

Doch es floh nicht allein. Als das verängstigte Tier auf ihn zustürmte, zögerte Werper nicht, den leeren Sattel und die damit verbundene Gelegenheit zu nutzen. Kaum hatte der Löwe den Araber von der einen Seite heruntergezerrt, da sprang der Belgier, den Sattelknauf und die Mähne des Pferdes ergreifend, von der andern Seite auf den Rücken des Pferdes.

****

Eine halbe Stunde später schwang sich ein nackter Riese leichtfüßig durch die niederen Äste der Bäume, hielt inne und schnupperte mit erhobenem Kopf und geweiteten Nasenlöchern die Morgenluft. Der Geruch von

Blut drang ihm in seine Nase, und mit ihm mischte sich der Geruch von Numa, dem Löwen. Der Riese legte seinen Kopf auf eine Seite und lauschte.

Aus einer kurzen Entfernung vom Pfad kamen die unverwechselbaren Fressgeräusche eines gierigen Löwen. Das Knirschen von Knochen, das Verschlingen großer Stücke, das zufriedene Knurren, all das zeugte von der Nähe des Königs bei Tisch.

Tarzan näherte sich der Stelle, immer noch in den Zweigen der Bäume bleibend. Er machte keine Anstalten, seine Annäherung zu verbergen, und schon bald hatte er den Beweis, dass Numa ihn gehört hatte, durch die unheilvolle, rumpelnde Warnung, die aus einem Dickicht neben dem Pfad drang.

Tarzan blieb auf einem tiefhängenden Ast direkt über dem Löwen sitzen und blickte auf die grausige Szene herab. Könnte dieses unerkennbare Gebilde der Mann sein, den er verfolgt hatte? Der Affenmann fragte sich das. Von Zeit zu Zeit war er zur Fährte hinabgestiegen und hatte sich anhand seines Geruchs vergewissert, dass der Belgier dieser Wildfährte in Richtung Osten gefolgt war.

Nun bewegte er sich jenseits des Löwen und seines Festmahls, stieg erneut hinab und untersuchte den Boden mit seiner Nase. Hier gab es keine Duftspur des Mannes, den er verfolgte. Tarzan kehrte zu seinem Baum zurück. Mit scharfen Augen suchte er den Boden um den verstümmelten Leichnam herum nach einem Zeichen des fehlenden Beutels mit den hübschen Edelsteinen ab; aber er konnte nichts davon sehen.

Er schimpfte mit Numa und versuchte, das große Tier zu vertreiben; aber nur wütendes Knurren belohnte seine Bemühungen. Er riss kleine Äste von einem nahen Ast und schleuderte sie auf seinen alten Feind. Numa blickte mit gefletschten Reißzähnen auf und grinste abscheulich, aber er wich nicht von seiner Beute.

Dann spannte Tarzan einen Pfeil auf seinem Bogen und zog den schlanken Schaft weit nach hinten und ließ ihn los - mit der ganzen Kraft des zähen Holzes, das nur er zu verbiegen vermochte. Als der Pfeil tief in seine Seite eindrang, sprang Numa mit einem Gebrüll aus einer Mischung aus Wut und Schmerz auf die Füße. Er sprang vergeblich auf den grinsenden Affenmann zu, riss an dem hervorstehenden Ende des Pfeilschafts und sprang dann in den Pfad, um unter seinem Peiniger hin und her zu laufen. Wieder ließ Tarzan einen schnellen Pfeil los. Diesmal blieb das Geschoss, das er mit Bedacht zielte, in der Wirbelsäule des Löwen stecken. Die große Kreatur blieb stehen und fiel unbeholfen nach vorne auf den Kopf, gelähmt.

Tarzan ließ sich auf den Pfad fallen, rannte schnell an die Seite des Tieres und rammte seinen Speer tief in dessen wildes Herz, dann wandte er sich, nachdem er seine Pfeile wieder eingesammelt hatte, den verstümmelten Überresten der Beute des Tieres im nahen Dickicht zu.

Das Gesicht war verschwunden. Die arabischen Kleidungsstücke ließen keinen Zweifel an der Identität des Mannes aufkommen, da er ihn in das arabische Lager und wieder hinaus verfolgt hatte, wo er die Kleidung leicht hätte erwerben können. Tarzan war sich so sicher, dass es sich bei dem Körper um denjenigen handelte, der ihn ausgeraubt hatte, dass er keine Anstrengungen unternahm, seine Schlussfolgerungen durch den Geruchssinn in dem Konglomerat von Gerüchen des großen Fleischfressers und dem frischen Blut des Opfers zu überprüfen.

Er beschränkte seine Aufmerksamkeit auf eine sorgfältige Suche nach dem Beutel, aber nirgendwo auf oder an der Leiche gab es ein Anzeichen für den fehlenden Gegenstand oder seinen Inhalt. Der Affenmann war enttäuscht - möglicherweise nicht so sehr wegen des Verlustes der farbigen Edelsteine, sondern weil Numa ihn der Freuden einer Rache beraubt hatte.

Der Affenmann fragte sich, was aus seinem Besitz geworden sein könnte, und kehrte langsam auf dem Pfad in die Richtung zurück, aus der er gekommen war. In seinem Kopf schmiedete er einen Plan, um in das arabische Lager einzudringen und es nach Einbruch der Dunkelheit zu durchsuchen. In den Bäumen bewegte er sich direkt nach Süden auf der Suche nach Beute, um seinen Hunger vor dem Mittag zu stillen und sich dann für den Nachmittag an einer Stelle weit weg vom Lager niederzulassen, wo er ohne Angst vor Entdeckung schlafen konnte, bis die Zeit kam, seinen Plan zu verfolgen.

Kaum hatte er den Pfad verlassen, als ein großer, schwarzer Krieger in zähem Trab in östlicher Richtung vorbeizog. Es war Mugambi, auf der Suche nach seiner Herrin. Er setzte den Weg fort und hielt an, um den Körper des toten Löwen zu untersuchen. Ein Ausdruck der Verwunderung überzog seine Züge, als er sich beugte, um nach den Wunden zu suchen, die den Tod des Dschungelherrn verursacht hatten. Tarzan hatte seine Pfeile entfernt, aber für Mugambi war der Beweis des Todes so eindeutig, als ob sowohl die leichteren Geschosse als auch der Speer noch aus dem Kadaver ragten.

Der Schwarze sah sich verstohlen um. Der Tierkörper war noch warm, und aus dieser Tatsache schloss er, dass der Jäger ganz in der Nähe sein musste, doch kein Zeichen eines lebenden Menschen war zu sehen. Mugambi schüttelte den Kopf und setzte den Weg fort, aber mit verdoppelter Vorsicht.

Den ganzen Tag über reiste er und hielt gelegentlich an, um laut das einzige Wort "Lady" zu rufen, in der Hoffnung, dass sie ihn endlich hören und antworten würde; aber am Ende führte ihn seine treue Hingabe in die Katastrophe.

****

Seit einigen Monaten suchte Abdul Mourak mit einem Kommando von abessinischen Soldaten vom Nordosten aus eifrig nach dem arabischen Räuber Achmet Zek, der sechs Monate zuvor die Majestät von Abdul Mouraks Kaiser brüskiert hatte, indem er einen Sklavenüberfall innerhalb der Grenzen von Meneleks Herrschaftsgebiet durchführte.

Und nun geschah es, dass Abdul Mourak genau an diesem Tag zur Mittagszeit eine kurze Rast einlegte, und zwar auf demselben Weg, dem Werper und Mugambi in Richtung Osten folgten.

Kurz, nachdem die Soldaten abgestiegen waren, ritt der Belgier, der sich ihrer Anwesenheit nicht bewusst war, mit seinem müden Reittier fast in ihre Mitte, bevor er sie entdeckte. Sofort wurde er umringt und eine Salve von Fragen auf ihn losgelassen, während er vom Pferd gezerrt und in die Gegenwart des Commanders geführt wurde.

Auf seine europäische Nationalität zurückgreifend, versicherte Werper Abdul Mourak, dass er Franzose sei, der in Afrika jagte, und dass er von Fremden überfallen, seine Safari getötet oder verstreut worden und er selbst nur durch ein Wunder entkommen sei.

Durch eine zufällige Bemerkung des Abessiniers erfuhr Werper den Zweck der Expedition, und als er erkannte, dass es sich bei diesen Männern um die Feinde von Achmet Zek handelte, fasste er sich ein Herz und gab sofort dem Araber die Schuld an seiner misslichen Lage.

Um jedoch nicht erneut in die Hände des Räubers zu fallen, hielt er Abdul Mourak von der weiteren Verfolgung ab, indem er dem Abessinier versicherte, dass Achmet Zek eine große und gefährliche Streitmacht befehligte und dass er außerdem schnell nach Süden marschierte.

Überzeugt davon, dass es lange dauern würde, den Räuber zu überholen, und dass die Chancen auf ein Gefecht den Ausgang äußerst fraglich machten, gab Mourak, nicht allzu widerwillig, seinen Plan auf und gab seinem Kommando den nötigen Befehl, das Lager aufzuschlagen, wo sie sich befanden, um am nächsten Morgen den Rückmarsch nach Abessinien anzutreten.

Am späten Nachmittag wurde die Aufmerksamkeit des Lagers in Richtung Westen durch den Klang einer kräftigen Stimme erregt, die ein einziges Wort rief, das mehrere Male wiederholt wurde: "Lady! Lady! Lady!"

Ihrem Vorsichtsinstinkt folgend, schlichen einige Abessinier auf Befehl von Abdul Mourak durch den Dschungel auf den Urheber des Rufes zu.

Eine halbe Stunde später kehrten sie zurück, Mugambi mit sich schleifend. Die erste Person, auf die die Augen des großen Schwarzen fielen, als er in die Gegenwart des abessinischen Offiziers gedrängt wurde, war M. Jules Frecoult, der Franzose, der Gast seines Herrn gewesen war und den er zuletzt beim Betreten des Dorfes Achmet Zek unter Umständen gesehen hatte, die auf seine Vertrautheit und Freundschaft mit den Räubern hinwiesen. Zwischen den Katastrophen, die seinem Herrn und dessen Haus widerfuhren, und dem Franzosen sah Mugambi eine unheilvolle Beziehung, die ihn davon abhielt, Werper auf seine Identität aufmerksam zu machen, die dieser offensichtlich nicht kannte.

Unter dem Vorwand, dass er nur ein harmloser Jäger von einem weiter südlich gelegenen Stamm sei, bat Mugambi darum, seinen Weg fortsetzen zu dürfen; aber Abdul Mourak, der den prächtigen Körperbau des Kriegers bewunderte, beschloss, ihn nach Adis Abeba mitzunehmen und ihn Menelek vorzustellen. Wenige Augenblicke später wurden Mugambi und Werper unter Bewachung fortgeführt, und der Belgier erfuhr zum ersten Mal, dass auch er eher ein Gefangener als ein Gast war. Vergeblich protestierte er gegen diese Behandlung, bis ihm ein strammer Soldat einen Schlag auf den Mund versetzte und drohte, ihn zu erschießen, wenn er nicht aufhöre.

Mugambi nahm sich die Sache weniger zu Herzen, denn er hatte nicht den geringsten Zweifel daran, dass er im Laufe der Reise reichlich Gelegenheit finden würde, sich der Wachsamkeit seiner Wachen zu entziehen und zu entkommen. Mit diesem Gedanken im Hinterkopf warb er um die Gunst der Abessinier, stellte ihnen viele Fragen über ihren Kaiser und ihr Land und zeigte ein wachsendes Verlangen, ihr Ziel zu erreichen, um all die guten Dinge genießen zu können, die sie ihm in der Stadt Adis Abeba zu bieten versprachen. So entkräftete er ihr Misstrauen und fand jeden Tag eine leichte Lockerung ihrer Wachsamkeit ihm gegenüber.

Indem er die Tatsache ausnutzte, dass er und Werper immer zusammen waren, versuchte Mugambi zu erfahren, was der andere über den Verbleib von Tarzan oder die Urheberschaft des Überfalls auf den Bungalow sowie über das Schicksal von Lady Greystoke wusste. Aber da er sich für diese Informationen auf die Zufälle der Konversation beschränkte und es nicht wagte, Werper mit seiner wahren Identität bekannt zu machen, und da Werper ebenso bestrebt war, seinen Anteil an der Zerstörung des Heims und des Glücks seines Gastgebers vor der Welt zu verbergen, erfuhr Mugambi nichts - zumindest auf diese Weise.

Aber es kam eine Zeit, in der er etwas sehr Überraschendes erfuhr, und zwar durch Zufall.

Die Gruppe hatte ihr Lager am frühen Nachmittag eines schwülen Tages an den Ufern eines klaren und schönen Flusses aufgeschlagen. Der Grund des Flusses war kiesig, es gab keine Anzeichen von Krokodilen, jenen Bedrohungen für freizügiges Baden in den Flüssen bestimmter Teile des dunklen Kontinents, und so nutzten die Abessinier die Gelegenheit, um lang aufgeschobene und dringend benötigte Waschungen durchzuführen.

Als Werper, der zusammen mit Mugambi die Erlaubnis erhalten hatte, das Wasser zu betreten, sich seiner Kleidung entledigte, bemerkte der

Schwarze die Sorgfalt, mit der er etwas löste, das seine Taille umgab und das er mit seinem Hemd auszog, wobei er Letzteres immer um sich herum hielt und den Gegenstand seiner verdächtigen Besorgnis verbarg.

Es war genau diese Vorsicht, die die Aufmerksamkeit des Schwarzen auf das Ding lenkte und die natürliche Neugier des Kriegers weckte, und so kam es, dass, als der Belgier in der Nervosität der Übervorsichtigkeit an dem versteckten Gegenstand herumfummelte und ihn fallen ließ, Mugambi sah, wie er auf den Boden fiel und einen Teil seines Inhalts auf die Grasnarbe verschüttete.

Nun war Mugambi mit seinem Herrn in London gewesen. Er war nicht der unkultivierte Wilde, als den ihn seine Kleidung ausgab. Er hatte sich unter die kosmopolitischen Horden der größten Stadt der Welt gemischt, er hatte Museen besucht und Schaufenster inspiziert, und außerdem war er ein kluger und intelligenter Mann.

In dem Augenblick, als die Edelsteine von Opar funkelnd vor seinen erstaunten Augen rollten, erkannte er sie als das, was sie waren; aber er erkannte auch noch etwas anderes, das ihn weit mehr interessierte als der Wert der Steine. Tausendmal hatte er den ledernen Beutel gesehen, der an der Seite seines Herrn baumelte, wenn Tarzan der Affen in Spiel- und Abenteuerlaune beschlossen hatte, für ein paar Stunden zu den primitiven Sitten und Gebräuchen seiner Jugend zurückzukehren und umgeben von seinen nackten Kriegern den Löwen und den Leoparden, den Büffel und den Elefanten nach der Art zu jagen, die er am liebsten hatte.

Werper sah, dass Mugambi den Beutel und die Steine gesehen hatte. Hastig sammelte er die kostbaren Edelsteine ein und legte sie in ihre Hülle zurück, während Mugambi, eine gleichgültige Miene aufsetzend, zum Fluss hinunterschlenderte, um zu baden.

Am nächsten Morgen stellte Abdul Mourak wütend und verärgert fest, dass der riesige, schwarze Gefangene in der Nacht entkommen war, während Werper aus demselben Grund erschrocken war, bis seine zitternden Finger den Beutel noch an seinem Platz unter dem Hemd entdeckten und darin die harten Umrisse seines Inhalts.

XVI. - Tarzan führt die Mangani wieder an

Achmet Zek war mit zwei seiner Gefolgsleute weit nach Süden vorgedrungen, um die Flucht seines desertierten Leutnants Werper zu stoppen. Andere hatten sich in verschiedene Richtungen ausgebreitet, sodass sie in der Nacht einen großen Kreis gebildet hatten, und nun drangen sie auf das Zentrum zu.

Achmet und die beiden, die ihn begleiteten, hielten kurz vor Mittag an, um eine kurze Rast einzulegen. Sie hockten unter den Bäumen am südlichen

Rand einer Lichtung. Der Anführer der Räuber war in schlechter Stimmung. Von einem Ungläubigen überlistet zu werden, war schon schlimm genug; aber nun auch noch die Edelsteine verloren zu haben, auf die er sein gieriges Herz gesetzt hatte, war einfach zu viel - Allah musste in der Tat wütend auf seinen Diener sein.

Nun, er hatte immer noch die Frau. Sie würde im Norden einen guten Preis bringen, und da war auch noch der vergrabene Schatz neben den Ruinen des Hauses des Engländers.

Ein leises Geräusch im Dschungel auf der gegenüberliegenden Seite der Lichtung ließ Achmet Zek sofort hellhörig werden. Er machte sein Gewehr zum sofortigen Einsatz bereit und forderte gleichzeitig seine Begleiter auf, sich still zu verhalten und sich zu verstecken. Hinter den Büschen kauernd warteten die drei, die Augen auf die andere Seite des offenen Geländes gerichtet.

Plötzlich öffnete sich das Laub und das Gesicht einer Frau erschien, die ängstlich von einer Seite zur anderen blickte. Einen Moment später, offensichtlich überzeugt, dass keine unmittelbare Gefahr vor ihr lauerte, trat sie vor den Augen des Arabers auf die Lichtung hinaus.

Achmet Zek schnappte mit einem gemurmelten Ausruf des Unglaubens und einer Verwünschung nach Luft. Die Frau war die Gefangene, die er in seinem Lager sicher bewacht wähnte!

Offenbar war sie allein, aber Achmet Zek wartete, um sich zu vergewissern, bevor er sie ergriff. Langsam schritt Jane Clayton über die Lichtung. Zweimal schon war sie, seit sie das Dorf der Räuber verlassen hatte, nur knapp den Reißzähnen von Raubtieren entkommen, und einmal wäre sie beinahe einem der Suchenden über den Weg gestolpert. Obwohl sie fast daran zweifelte, jemals wieder in Sicherheit zu gelangen, war sie doch entschlossen, weiterzukämpfen, bis der Tod oder der Erfolg ihre Bemühungen beendete.

Während die Araber sie aus ihrer sicheren Deckung heraus beobachteten und Achmet Zek mit Genugtuung feststellte, dass sie direkt in seine Fänge lief, blickte ein anderes Augenpaar aus dem Laub eines benachbarten Baumes auf die ganze Szene herab.

Es waren verwirrte, beunruhigte Augen, trotz ihres grauen und wilden Glanzes, denn ihr Besitzer kämpfte mit einer unergründlichen Ahnung von der Vertrautheit des Gesichts und der Gestalt der Frau unter sich.

Ein plötzliches Krachen der Büsche an der Stelle, von der aus Jane Clayton auf die Lichtung trat, ließ sie abrupt anhalten und zog die Aufmerksamkeit der Araber und des Beobachters im Baum auf denselben Punkt.

Die Frau drehte sich um, um zu sehen, welche neue Gefahr ihr von hinten drohte, und als sie das tat, watschelte ein großer, menschenähnlicher Affe ins Bild. Hinter ihm kam noch einer und noch einer; aber Lady Greystoke wartete nicht, um zu erfahren, wie viele der abscheulichen Kreaturen ihr so dicht auf den Fersen folgten.

Mit einem erstickten Schrei eilte sie auf den gegenüberliegenden Dschungel zu, und als sie die dortigen Büsche erreichte, erhoben sich Achmet Zek und seine beiden Handlanger und ergriffen sie. Im selben Augenblick fiel ein nackter, brauner Riese aus den Ästen eines Baumes rechts von der Lichtung.

Er drehte sich zu den erstaunten Affen um, stieß eine kurze Salve tiefer Gutturale aus, und ohne die Wirkung seiner Worte auf sie abzuwarten, drehte er sich um und stürmte auf die Araber zu.

Achmet Zek zerrte Jane Clayton zu seinem angebundenen Pferd. Seine beiden Männer machten eilig alle drei Reittiere los. Die Frau, die dem Araber zu entkommen suchte, drehte sich um und sah den Affenmann auf sich zukommen. Ein frohes Licht der Hoffnung erhellte ihr Gesicht.

"John!", rief sie. "Gott sei Dank, dass du noch rechtzeitig gekommen bist."

Hinter Tarzan watschelten die großen Affen, verwundert, aber gehorsam auf seine Aufforderung hin. Die Araber sahen, dass sie keine Zeit haben würden, aufzusteigen und zu fliehen, bevor die Tiere und der Mann über ihnen herfielen. Achmet Zek erkannte Letzteren als den gefürchteten Feind von Kerlen wie ihm, und er sah in diesem Umstand auch eine Gelegenheit, sich für immer von der Bedrohung durch die Anwesenheit des Affenmanns zu befreien.

Er rief seinen Männern zu, seinem Beispiel zu folgen, hob sein Gewehr und richtete es auf den angreifenden Riesen. Seine Gefolgsleute, die nicht minder eifrig handelten als er selbst, feuerten fast gleichzeitig, und mit dem Knall der Gewehre warfen sich Tarzan der Affen und zwei seiner haarigen Handlanger nach vorne in die Dschungelgräser.

Der Lärm der Gewehrschüsse brachte die übrigen Affen dazu, erstaunt innezuhalten, und indem sie die kurze Ablenkung ausnutzten, sprangen Achmet Zek und seine Gefährten auf den Rücken ihrer Pferde und galoppierten mit der nun hoffnungslosen und leidgeprüften Frau davon.

Sie ritten zurück ins Dorf, und Lady Greystoke fand sich wieder in der schmutzigen, kleinen Hütte eingesperrt, aus der sie glaubte, für immer entkommen zu sein. Doch diesmal wurde sie nicht nur von einer zusätzlichen Wache bewacht, sondern auch noch gefesselt.

Einzeln und zu zweit kehrten die Sucher, die mit Achmet Zek der Spur des Belgiers gefolgt waren, mit leeren Händen zurück. Mit jedem Bericht wuchsen die Wut und der Ärger des Räubers, bis er sich in einem derartigen Anfall von grimmiger Wut verfing, dass niemand es wagte, sich ihm zu nähern. Drohend und fluchend schritt Achmet Zek auf dem Boden seines seidenen Zeltes auf und ab; aber seine Wut half ihm nichts - Werper war weg und mit ihm das Vermögen an funkelnden Edelsteinen, das die Begierde seines Anführers erregt und das Todesurteil über den Kopf des Leutnants verhängt hatte.

Nach der Flucht der Araber richteten die großen Affen ihre Aufmerksamkeit auf ihre gefallenen Kameraden. Einer war tot, aber ein anderer und der große weiße Affe atmeten noch. Die haarigen Ungeheuer versammelten sich um die beiden, brummten und murmelten nach der Art ihrer Spezies.

Tarzan kam als Erster wieder zu sich. Er setzte sich auf und sah sich um. Blut floss aus einer Wunde an seiner Schulter. Der Schock hatte ihn zu Boden geworfen und benommen gemacht, aber er war noch lange nicht tot. Langsam erhob er sich und ließ seinen Blick zu der Stelle wandern, wo er zuletzt die Frau sah, die in seiner wilden Brust so seltsame Gefühle geweckt hatte.

"Wo ist sie?", fragte er.

"Die Tarmangani haben sie weggebracht", antwortete einer der Affen. "Wer bist du, der du die Sprache der Mangani sprichst?"

"Ich bin Tarzan", betonte der Affenmann; "mächtiger Jäger, größter Kämpfer. Wenn ich brülle, ist der Dschungel still und zittert vor Angst. Ich bin Tarzan der Affen. Ich war lange fort, aber jetzt bin ich zu meinem Volk zurückgekehrt."

"Ja", meldete sich ein alter Affe, "er ist Tarzan. Ich kenne ihn. Es ist gut, dass er zurückgekommen ist. Jetzt werden wir eine gute Jagd haben."

Die anderen Affen kamen näher und beschnupperten den Affenmann. Tarzan stand ganz still, die Reißzähne halb entblößt und die Muskeln angespannt und einsatzbereit; aber es war niemand da, der sein Recht, bei ihnen zu sein, infrage gestellt hätte, und als die Inspektion zufriedenstellend abgeschlossen war, wandten die Affen ihre Aufmerksamkeit wieder dem anderen Überlebenden zu.

Auch er wurde nur leicht verwundet, eine Kugel, die seinen Schädel streifte, hatte ihn betäubt, sodass er, als er das Bewusstsein wiedererlangte, anscheinend so fit wie immer war.

Die Affen erzählten Tarzan, dass sie in Richtung Osten unterwegs gewesen seien, als die Duftspur der Menschenäffin sie angelockt hatte und sie sich an sie heranpirschten. Nun wollten sie ihren unterbrochenen Marsch fortsetzen; aber Tarzan zog es vor, den Arabern zu folgen und ihnen die Frau abzunehmen. Nach einem längeren Streit wurde beschlossen, dass sie zunächst einige Tage in Richtung Osten jagen und dann zurückkehren wollten, um nach den Arabern zu suchen, und da Zeit für das Affenvolk von geringer Bedeutung ist, stimmte Tarzan ihren Forderungen zu, da er selbst in einen geistigen Zustand zurückgekehrt war, der dem ihren nur wenig voraushatte.

Ein weiterer Umstand, der ihn dazu bewog, die Verfolgung der Araber aufzuschieben, war seine schmerzhafte Wunde. Es wäre besser, zu warten, bis diese verheilt war, bevor er sich erneut den Gewehren der Tarmangani entgegenstellte.

Und so, während Jane Clayton in ihre Gefangenenhütte gestoßen und ihre Hände und Füße sicher gefesselt wurden, streifte ihr natürlicher Beschützer in Begleitung einer Schar haariger Ungeheuer in Richtung Osten davon, mit denen er sich so vertraut gab, wie er sich einige Monate zuvor mit seinen makellosen Mitstreitern in einem der erlesensten und exklusivsten Clubs Londons vermischt hatte.

Aber die ganze Zeit über lauerte in seinem verletzten Gehirn die nervige Überzeugung, dass er dort, wo er war, nichts zu suchen hatte - dass er aus irgendeinem unerklärlichen Grund anderswo und unter einer anderen Art von Kreatur sein sollte. Außerdem drängte es ihn, den Arabern auf die Spur zu kommen und die Frau zu retten, die so stark an seine wilden Gefühle appellierte; obwohl das Wort, das ihm bei der Erwägung dieses Unterfangens in den Sinn kam, eher "fangen" als "retten" lautete.

Für ihn war sie wie jede andere Dschungel-Frau, und er hatte sein Herz auf sie als seine Gefährtin gesetzt. Einen Augenblick lang, als er sich ihr auf der Lichtung näherte, wo die Araber sie ergriffen, war ihm der subtile Duft in die Nase gestiegen, der in der Hütte, in der sie gefangen war, zum ersten Mal seine Begierde weckte, und der ihm sagte, dass er das Geschöpf gefunden hatte, für das er eine so plötzliche und unerklärliche Leidenschaft entwickelte.

Auch die Sache mit dem Edelsteinbeutel beschäftigte seine Gedanken in gewissem Maße, sodass er einen doppelten Drang verspürte, zum Lager der Räuber zurückzukehren. Er würde sowohl in den Besitz seiner hübschen Edelsteine als auch in den der Frau gelangen. Dann würde er mit seiner neuen Gefährtin und seinen Steinen zu den großen Affen zurückkehren und seine haarigen Gefährten in die weite Wildnis jenseits der Menschen führen, um dort sein Leben zu fristen, indem er unter den niederen Ordnungen jagte und kämpfte, nach der einzigen Art, an die er sich jetzt erinnerte.

Er sprach mit seinen Artgenossen darüber und versuchte, sie zu überreden, ihn zu begleiten, aber alle außer Taglat und Chulk weigerten sich. Letzterer war jung und stark, mit einer größeren Intelligenz ausgestattet als seine Gefährten und besaß daher eine besser entwickelte Vorstellungskraft. Für ihn hatte die Expedition einen abenteuerlichen Beigeschmack und war daher sehr attraktiv. Bei Taglat gab es noch einen anderen Anreiz - einen geheimen und unheimlichen Anreiz, der, wenn Tarzan der Affen davon gewusst hätte, ihn in eifersüchtiger Wut an die Kehle des Affen geschickt hätte.

Taglat war nicht mehr jung, aber er war immer noch ein gewaltiges Tier, mächtig bemuskelt, grausam und, aufgrund seiner größeren Erfahrung, gerissen und schlau. Außerdem hatte er gigantische Proportionen, und das Gewicht seiner riesigen Masse diente oft dazu, die überlegene Beweglichkeit eines jüngeren Gegners zu seinem Vorteil aufzuwiegen.

Er hatte ein mürrisches und düsteres Gemüt, das ihn sogar unter seinen stirnrunzelnden Artgenossen besonders hervorhob, wo solche Eigenschaften eher die Regel als die Ausnahme sind, und, obwohl Tarzan es nicht ahnte, hasste Taglat den Affenmann mit einer Grausamkeit, die er nur deshalb verbergen konnte, weil der dominierende Geist der edleren Kreatur in ihm eine Art von Furcht geweckt hatte, die ebenso stark wie für ihn unbegreiflich war.

Diese beiden sollten also Tarzans Begleiter bei seiner Rückkehr in das Dorf Achmet Zek sein. Als sie sich auf den Weg machten, warf der Rest des Stammes ihnen nur einen kurzen Blick zum Abschied zu und widmete sich dann wieder der ernsten Aufgabe des Nahrungsbeschaffens.

Tarzan fand es schwierig, die Gedanken seiner Gefährten auf das Ziel ihres Abenteuers zu richten, denn dem Verstand eines Affen fehlt die Fähigkeit zu lang anhaltender Konzentration. Sich auf eine lange Reise zu begeben, mit einem bestimmten Ziel vor Augen, ist eine Sache, sich an dieses Ziel zu erinnern und es ständig im Kopf zu behalten, ist eine ganz andere. Es gibt so viele Dinge, die einen unterwegs von diesem Ziel wieder abbringen.

Chulk eilte zunächst schnell voran, als läge das Dorf der Räuber nur eine Stunde Marsch statt mehrerer Tage vor ihnen; aber schon nach wenigen Minuten erregte ein umgestürzter Baum seine Aufmerksamkeit mit seinem Hinweis auf reichhaltiges und saftiges Futter darunter, und als Tarzan, der ihn vermisste, suchend zurückkehrte, fand er Chulk neben dem verrottenden Baumstamm hocken, unter dem er eifrig sich beschäftigte, die Larven und Käfer auszugraben, die einen beträchtlichen Teil der Nahrung der Affen ausmachen.

Wenn Tarzan nicht kämpfen wollte, blieb ihm nichts anderes übrig, als abzuwarten, bis Chulk den Vorrat ausgegraben hatte, was er auch tat, nur um festzustellen, dass Taglat nun fehlte. Nach längerem Suchen fand er den würdigen Herrn, der die Leiden eines verletzten Nagetiers betrachtete, auf das er sich gestürzt hatte. Er saß mit scheinbarer Gleichgültigkeit da und starrte in eine andere Richtung, während die verkrüppelte Kreatur langsam und unter Schmerzen von ihm wegkroch, und dann, gerade als sein Opfer sich seiner Flucht sicher fühlte, streckte er eine riesige Handfläche aus und schlug damit auf den Flüchtenden ein. Immer wieder wiederholte er diesen Vorgang, bis er des Sports überdrüssig wurde und die Leiden seines Spielzeugs beendete, indem er es verschlang.

Das waren die ärgerlichen Gründe für die Verzögerung, die Tarzans Rückreise zum Dorf Achmet Zek verzögerten; aber der Affenmann war geduldig, denn er hatte einen Plan im Kopf, der die Anwesenheit von Chulk und Taglat erforderte, wenn er am Ziel angekommen war.

Es war nicht immer leicht, in den schwankenden Gemütern der Menschenaffen ein anhaltendes Interesse für ihr Vorhaben aufrechtzuerhalten. Chulk war des ständigen Marschierens und der unregelmäßigen und kurzen Pausen überdrüssig. Er hätte die Suche nach Abenteuern gerne aufgegeben, wenn Tarzan ihn nicht ständig mit verlockenden Bildern von den großen Nahrungsvorräten im Dorf Tarmangani versorgt hätte.

Taglat verfolgte seinen geheimen Plan besser, als man es von einem Affen erwarten konnte, und doch gab es Zeiten, in denen auch er das Abenteuer aufgeben wollte, wenn Tarzan ihn nicht zum Weitermachen überredet hätte.

Es war mitten am Nachmittag eines schwülen, tropischen Tages, als die scharfen Sinne der Drei sie vor der Nähe des arabischen Lagers warnten. Heimlich näherten sie sich, wobei sie sich an das dichte Gewirr wachsender Pflanzen hielten, das ihren ungewöhnlichen Dschungelkünsten das Verstecken leicht machte.

Zuerst kam der riesige Affenmann, seine glatte, braune Haut glänzte vom Schweiß der Anstrengung in der dichten, heißen Umgebung des Dickichts. Hinter ihm krochen Chulk und Taglat, groteske und zottelige Karikaturen ihres gottgleichen Anführers.

Lautlos bahnten sie sich ihren Weg zum Rand der Lichtung, die die Palisade umgab, und hier kletterten sie in die unteren Äste eines großen Baumes, von dem aus sie das vom Feind besetzte Dorf überblickten, um sein Kommen und Gehen besser ausspähen zu können.

Ein Reiter, weiß gekleidet, ritt durch das Tor des Dorfes. Tarzan flüsterte Chulk und Taglat zu, sie sollten bleiben, wo sie waren, und schwang sich wie ein Affe durch die Bäume in Richtung des Weges, den der Araber ritt. Von einem Dschungelriesen zum nächsten eilte er mit der Schnelligkeit eines Eichhörnchens und der Stille eines Geistes.

Der Araber ritt langsam weiter, ohne sich der Gefahr bewusst zu sein, die in den Bäumen hinter ihm schwebte. Der Affenmann machte einen kleinen Umweg und erhöhte seine Geschwindigkeit, bis er einen Punkt auf dem Pfad vor dem Reiter erreichte. Hier blieb er auf einem belaubten Ast stehen, der den schmalen Dschungelpfad überragte. Das Opfer ritt weiter und summte eine wilde Melodie des großen Wüstenlandes im Norden. Über ihm schwebte die wilde Bestie, die heute auf die Vernichtung eines Menschenlebens aus war - dieselbe Kreatur, die wenige Monate zuvor noch im Londoner Oberhaus gesessen hatte, ein angesehenes und ehrwürdiges Mitglied dieser erhabenen Institution.

Der Araber passierte den überhängenden Ast, es gab ein leichtes Rascheln der Blätter über ihm, das Pferd schnaubte und stürzte, als eine braunhäutige Gestalt auf sein Hinterteil fiel. Ein Paar mächtige Arme umklammerten den Araber und er wurde aus dem Sattel auf den Weg geschleift.

Zehn Minuten später stieß der Affenmann, die Oberbekleidung eines Arabers unter einen Arm geklemmt, wieder zu seinen Begleitern. Er zeigte ihnen seine Trophäen und erklärte ihnen mit tiefen Kehllauten die Einzelheiten seiner Heldentat. Chulk und Taglat betasteten die Stoffe, rochen daran und versuchten, diese an ihre Ohren zu halten, um sie zu hören.

Dann führte Tarzan seine Gefährten zurück durch den Dschungel zum Pfad, wo die Drei sich versteckten und abwarteten. Sie mussten nicht lange warten, bis zwei Schwarze von Achmet Zek, ähnlich wie ihr Herr gekleidet, zu Fuß den Pfad hinunterkamen und zum Lager zurückkehrten.

Eben noch lachten und redeten sie miteinander - im nächsten Moment lagen sie ausgestreckt auf dem Weg, drei mächtige Vernichtungsmaschinen beugten sich über sie. Tarzan entfernte ihre äußeren Kleidungsstücke, so wie er die seines ersten Opfers entfernt hatte, und zog sich wieder mit Chulk und Taglat in die größere Abgeschiedenheit des Baumes zurück, den sie zuerst ausgewählt hatten.

Hier ordnete der Affenmann die Kleidungsstücke seiner zotteligen Gefährten und seine eigenen, bis es aus der Ferne so aussah, als hockten drei weiß gekleidete Araber schweigend zwischen den Ästen des Waldes.

Bis zur Dunkelheit blieben sie, wo sie waren, denn von seinem Aussichtspunkt aus konnte Tarzan die Anlage innerhalb der Palisade sehen. Er markierte die Position der Hütte, in der er zuerst die Duftspur der Gesuchten entdeckt hatte. Er sah die beiden Wachen, die vor dem Eingang standen, und er lokalisierte die Behausung von Achmet Zek, wo er, wie ihm etwas sagte, höchstwahrscheinlich den fehlenden Beutel und die Edelsteine finden würde.

Chulk und Taglat waren zunächst sehr an ihrer wunderbaren Kleidung interessiert. Sie betasteten den Stoff, rochen daran und betrachteten sich gegenseitig mit allen Zeichen von Zufriedenheit und Stolz. Chulk, auf seine Art ein Humorist, streckte einen langen, haarigen Arm aus und griff nach der Kapuze von Taglats Burnus, zog sie über dessen Augen und ließ ihn sozusagen verschwinden.

Der ältere Affe, von Natur aus pessimistisch, kannte so etwas wie Humor nicht. Diese Kreaturen legten ihre Pranken nur aus zwei Gründen auf ihn - um nach Flöhen zu suchen oder um ihn anzugreifen. Das Ziehen an dem nach Tarmangani duftenden Ding über seinen Kopf und seine Augen konnte nicht zur Ausführung der ersteren Handlung dienen, also musste es die Letztere sein. Er fühlte sich angegriffen! Chulk hatte ihn angegriffen.

Mit einem Knurren ging er dem anderen an die Kehle und wartete nicht einmal darauf, den wolligen Vorhang zu lüften, der ihm die Sicht versperrte.

Tarzan stürzte sich auf die beiden, und schwankend und kippend auf ihrem unsicheren Sitzplatz rangen die drei großen Tiere miteinander und schnappten nacheinander, bis es dem Affenmann schließlich gelang, die wütenden Menschenaffen zu trennen.

Eine Entschuldigung ist diesen wilden Vorfahren des Menschen unbekannt, und die Erklärung ein mühsamer und meist vergeblicher Prozess. Tarzan überbrückte die gefährliche Kluft, indem er die Aufmerksamkeit der beiden von ihrem Streit ablenkte, um über ihre Pläne für die unmittelbare Zukunft nachzudenken. An häufige Auseinandersetzungen gewöhnt, bei denen mehr Haare als Blut verschwendet werden, vergessen die Affen solche trivialen Begegnungen schnell, und bald hockten Chulk und Taglat wieder dicht beieinander und warteten in friedlicher Ruhe auf den Moment, in dem der Affenmann sie in das Dorf der Tarmangani führen würde.

Lange nach Einbruch der Dunkelheit, führte Tarzan seine Gefährten aus ihrem Versteck im Baum heraus auf den Boden und um die Palisade herum auf die andere Seite des Dorfes.

Der Affenmann nahm einen kurzen Anlauf, indem er die Rockzipfel seines Burnus unter einen Arm klemmte, um seine Beine frei bewegen zu können, und kletterte auf die Spitze der Barriere. Da er fürchtete, die Affen könnten sich bei einem ähnlichen Versuch die Kleider zerreißen, hatte er ihnen befohlen, unten auf ihn zu warten, und selbst sicher auf dem Gipfel der Palisade sitzend, streckte er seinen Speer aus und ließ ein Ende davon zu Chulk hinab.

Der Affe ergriff ihn, und während Tarzan sich am oberen Ende festhielt, kletterte der Anthropoide schnell den Schaft hinauf, bis er mit einer Pranke den oberen Teil der Wand erreichte. Das Klettern an Tarzans Seite dauerte dann nur einen Augenblick. Auf die gleiche Weise wurde Taglat an ihre Seite geführt, und einen Augenblick später ließen sich die Drei lautlos in das Innere des Zauns fallen.

Tarzan führte sie zuerst zur Rückseite der Hütte, in der man Jane Clayton eingesperrt hatte, wo er durch die grob reparierte Öffnung in der Wand mit seinen empfindlichen Nasenlöchern nach dem Beweis suchte, dass die Frau, wegen der er gekommen war, sich darin befand.

Chulk und Taglat, ihre haarigen Gesichter dicht an das des Patriziers gepresst, schnüffelten mit ihm. Jeder nahm die Geruchsspur der Frau in sich auf, und jeder reagierte entsprechend seines Temperaments und seiner Denkgewohnheiten.

Chulk blieb gleichgültig. Die Frau war für Tarzan - alles, was er wollte, war, seine Schnauze in den Nahrungsmitteln der Tarmangani zu vergraben. Er kam mit, um sich ohne Anstrengung satt essen zu können - Tarzan hatte ihm gesagt, dass das seine Belohnung sein sollte, und das stellte ihn zufrieden.

Aber Taglats böse, blutunterlaufenen Augen, verengten sich bei der Erkenntnis der nahen Erfüllung seines sorgfältig gehegten Plans. Es stimmt, dass es Taglat in den Tagen, die seit dem Aufbruch zu ihrer Expedition vergangen waren, manchmal schwergefallen war, seine Idee im Kopf zu behalten, und dass er sie mehrmals völlig vergessen hatte, bis Tarzan sie ihm durch ein zufälliges Wort wieder ins Gedächtnis rief, aber für einen Affen hatte Taglat sich gut geschlagen.

Jetzt leckte er sich die Wangen und machte ein ekelhaftes, saugendes Geräusch mit seinen schlaffen Lippen, als er seinen Atem einzog.

Zufrieden, dass die Menschenfrau dort war, wo er sie zu finden gehofft hatte, führte Tarzan seine Affen in Richtung des Zeltes von Achmet Zek. Ein vorbeigehender Araber und zwei Sklaven sahen sie, aber die Nacht war dunkel und die weißen Burnusse verdeckten die haarigen Gliedmaßen der Affen und die riesige Gestalt ihres Anführers, sodass die Gruppe unbemerkt an ihnen vorbeiging, indem das Trio in die Hocke ging, als ob es sich unterhalten würde. Sie bahnten sich ihren Weg zur Rückseite des Zeltes. Drinnen unterhielt sich Achmet Zek mit mehreren seiner Unterführer. Draußen hörte Tarzan zu.

XVII. - Jane Clayton in tödlicher Gefahr

Leutnant Albert Werper, erschrocken über das Schicksal, das ihn in Adis Abeba erwarten könnte, suchte nach einem Fluchtplan, aber nachdem der schwarze Mugambi sich ihrer Bewachung entzogen hatte, verdoppelten die Abessinier ihre Vorsichtsmaßnahmen, um zu verhindern, dass Werper der Spur des Schwarzen folgte.

Eine Zeitlang spielte Werper mit dem Gedanken, Abdul Mourak mit einem Teil des Beutelinhalts zu bestechen; aber da er befürchtete, der Mann würde alle Edelsteine als Preis für die Freiheit verlangen, suchte der Belgier, von Habgier getrieben, einen anderen Ausweg aus seinem Dilemma.

Schließlich dämmerte ihm die Möglichkeit einer anderen Strategie, die ihn immer noch im Besitz der Edelsteine belassen und gleichzeitig die Gier des Abessiniers mit der Überzeugung befriedigen könnte, dass jener alles bekäme, was Werper zu bieten hatte.

Und so kam es, dass Werper etwa einen Tag, nachdem Mugambi verschwunden war, um eine Audienz bei Abdul Mourak bat. Als der Belgier den Raum seines Entführers betrat, verriet der finstere Blick des letzteren nichts Gutes für die Hoffnungen, die Werper hegen mochte, doch er stärkte sich, indem er sich an die allgemeine Schwäche der Menschheit erinnerte, die es den unnachgiebigsten Naturen erlaubt, sich dem verzehrenden

Wunsch nach Reichtum zu beugen.

Abdul Mourak beäugte ihn stirnrunzelnd. "Was willst du jetzt?", fragte er.

"Meine Freiheit", antwortete Werper.

Der Abessinier spöttelte. "Und du störst mich so, um mir zu sagen, was jeder Narr wissen könnte."

"Ich kann dafür bezahlen", so Werper.

Abdul Mourak lachte laut auf. "Bezahlen?", rief er. "Mit den Lumpen, die du auf dem Rücken trägst? Oder vielleicht versteckst du unter deinem Mantel tausend Pfund Elfenbein. Verschwinde! Du bist ein Narr. Belästige mich nicht noch einmal, sonst lasse ich dich auspeitschen."

Aber Werper blieb hartnäckig. Seine Freiheit und vielleicht sein Leben hingen von seinem Erfolg ab.

"Hören Sie mich an", flehte er. "Wenn ich Ihnen so viel Gold geben kann, wie zehn Männer tragen können, versprechen Sie dann, dass ich sicher zum nächsten englischen Kommissar gebracht werde?"

"So viel Gold, wie zehn Männer tragen können!", wiederholte Abdul Mourak. "Du bist verrückt. Wo hast du denn so viel Gold?"

"Ich weiß, wo es versteckt ist", sagte Werper. "Versprechen Sie es, und ich werde Sie dorthin führen - wenn zehn Traglasten genug sind?"

Abdul Mourak hatte aufgehört zu lachen. Er beäugte den Belgier aufmerksam. Der Kerl schien vernünftig genug zu sein - aber zehn Lasten Gold! Das war absurd. Der Abessinier dachte einen Moment lang schweigend nach.

"Nun, und wenn ich es verspreche", erwog er. "Wie weit ist das Gold entfernt?"

"Ein langer Wochenmarsch in den Süden", verkündete Werper.

"Und wenn wir es nicht dort finden, wo du sagst, dass es ist, ist dir klar, was deine Strafe sein wird?"

"Wenn es nicht dort ist, habe ich mein Leben verwirkt", stellte der Belgier fest. "Ich weiß, dass es dort ist, denn ich habe es mit meinen eigenen Augen vergraben gesehen. Und mehr noch - es sind nicht nur zehn Lasten, sondern so viele, wie fünfzig Männer tragen können. Es gehört alles Ihnen, wenn Sie versprechen, mich sicher in den Schutz der Engländer zu bringen."

"Du willst dein Leben gegen den Fund des Goldes verwetten?", wunderte sich Abdul.

Werper stimmte mit einem Nicken zu.

"Nun gut", sagte der Abessinier, "ich verspreche es, und selbst wenn es nur fünf Ladungen sind, sollst du deine Freiheit haben; aber bis das Gold in meinem Besitz ist, bleibst du ein Gefangener."

"Ich bin zufrieden", stellte Werper fest. "Morgen brechen wir auf?"

Abdul Mourak nickte, und der Belgier kehrte zu seinen Wachen zurück.

Am nächsten Tag erhielten die abessinischen Soldaten zu ihrer Überraschung einen Befehl, der ihre Gesichter von Nordosten nach Süden wandte. Und so geschah es, dass genau in der Nacht, in der Tarzan und die beiden Affen in das Dorf der Räuber eindrangen, die Abessinier nur wenige Meilen östlich desselben Ortes lagerten.

Während Werper von der Freiheit und dem ungestörten Genuss des Vermögens in seinem gestohlenen Beutel träumte und Abdul Mourak in gieriger Betrachtung der fünfzig Ladungen Goldes, die nur wenige Tage weiter südlich von ihm lagen, wach lag, gab Achmet Zek seinen Unterführern den Befehl, dass sie eine Truppe von Kämpfern und Trägern vorbereiten sollten, um am nächsten Morgen zu den Ruinen des DOUAR des Engländers zu gehen und das sagenhafte Vermögen zurückzubringen, von dem sein abtrünniger Leutnant gesagt hatte, es sei dort vergraben.

Und während er seine Anweisungen an die Anwesenden weitergab, hockte ein stiller Zuhörer vor seinem Zelt und wartete auf den Zeitpunkt, an dem er sicher eintreten und seine Suche nach dem vermissten Beutel und den hübschen Steinen, die sein Interesse geweckt hatten, fortsetzen konnte.

Endlich verließen die dunkelhäutigen Gefährten von Achmet Zek sein Zelt, und der Anführer ging mit ihnen, um mit einem von ihnen eine Pfeife zu rauchen, während er seine eigene Behausung unbewacht ließ. Kaum hatten sie das Innere verlassen, wurde eine Messerklinge durch das seidene Gewebe der Rückwand gestoßen, etwa sechs Fuß über dem Boden, und ein schneller Schlag nach unten öffnete einen Eingang zu denen, die dahinter warteten.

Durch die Öffnung schritt der Affenmann, und dicht hinter ihm kam der riesige Chulk; aber Taglat folgte nicht. Stattdessen drehte er sich um und schlich durch die Dunkelheit zu der Hütte, in der die Frau, die sein brutales Interesse geweckt hatte, sicher gefesselt lag. Vor der Tür saßen die Wachen auf ihren Hintern und unterhielten sich in monotonem Ton. Drinnen lag die junge Frau auf einer schmutzigen Schlafmatte und hatte sich in völliger Hoffnungslosigkeit mit dem Schicksal abgefunden, das ihr bevorstand, bis sich die Gelegenheit ergab, sich durch das einzige Mittel zu befreien, das jetzt auch nur im Entferntesten möglich schien - den bisher verabscheuten Akt der Selbstzerstörung.

Lautlos schlich sich eine weiß gekleidete, haarige Gestalt auf die Wachen zu und näherte sich den Schatten an einem Ende der Hütte. Der kümmerliche Intellekt der Kreatur verwehrte ihr den Vorteil, den sie aus ihrer Verkleidung hätte ziehen können. Wo die Kreatur kühn bis an die Seite der Wachen hätte gehen können, schlich sie sich lieber ungesehen von hinten an.

Sie kam an die Ecke der Hütte und spähte herum. Die Wachen waren nur wenige Schritte entfernt; aber der Affe wagte es nicht, sich auch nur für einen Augenblick jenen gefürchteten und verhassten Donnerstöcken auszusetzen, die die Tarmangani so gut zu gebrauchen wussten, wenn es eine andere und sicherere Methode des Angriffs gab.

Taglat wünschte sich, dass es in der Nähe einen Baum gäbe, von dessen überhängenden Ästen er sich auf sein ahnungsloses Opfer stürzen könnte; aber obwohl es keinen Baum gab, wurde aus der Idee ein Plan geboren. Die Traufe der Hütte befand sich genau über den Köpfen der Wachen - von dort aus konnte er sich ungesehen auf den Tarmangani stürzen. Ein schnelles Schnappen seiner mächtigen Kiefer würde einen von ihnen beseitigen, bevor der andere merkte, dass er angegriffen wurde, und der Zweite würde eine leichte Beute für die Stärke, Beweglichkeit und Wildheit eines weiteren schnellen Angriffs werden.

Taglat zog sich ein paar Schritte hinter die Hütte zurück, sammelte sich für die Anstrengung, rannte schnell nach vorne und sprang hoch in die Luft. Er schlug auf dem Dach direkt über der Rückwand der Hütte auf, und die Struktur, verstärkt durch die Wand darunter, hielt sein enormes Gewicht für einen Augenblick, dann bewegte er sich einen Schritt vorwärts, das Dach sackte ab, das Strohdach teilte sich und der große Anthropoide schoss ins Innere.

Die Wachen, die das Krachen der Dachpfosten hörten, sprangen auf und stürzten in die Hütte. Jane Clayton versuchte, sich zur Seite zu rollen, als die große Gestalt so dicht neben ihr auf dem Boden aufschlug, dass ein Fuß ihre Kleidung am Boden fixierte.

Der Affe, der die Bewegung neben sich spürte, griff nach unten und packte das Mädchen in der Hohlkehle seines mächtigen Arms. Der Burnus bedeckte den haarigen Körper so, dass Jane Clayton glaubte, ein menschlicher Arm stütze sie, und aus der äußersten Hoffnungslosigkeit stieg eine große Hoffnung in ihre Brust, dass sie endlich in der Obhut eines Retters war.

Die beiden Wachen sahen sich jetzt in der Hütte um, zögerten aber etwas zu tun wegen des Zweifels über die Art der Störungsursache. Ihre Augen, die noch nicht an die Dunkelheit des Inneren gewöhnt waren, verrieten ihnen nichts, und sie hörten auch kein Geräusch, denn der Affe stand still und wartete auf ihren Angriff.

Als Taglat sah, dass die Wachen stehen blieben, ohne sich zu nähern, und erkannte, dass er, behindert durch das Eigengewicht seines Körpers, nur einen schwachen Kampf liefern konnte, entschloss er sich, einen plötzlichen Ausbruch in die Freiheit zu wagen. Er senkte seinen Kopf und stürmte direkt auf die beiden Wachen zu, die den Eingang blockierten. Der Aufprall seiner mächtigen Schultern warf sie auf den Rücken, und bevor sie sich aufrappeln konnten, war der Affe weg und huschte durch die Schatten der Hütten in Richtung der Palisade am anderen Ende des Dorfes.

Die Schnelligkeit und Kraft ihres Retters erfüllte Jane Clayton mit Staunen. Konnte es sein, dass Tarzan die Kugel des Arabers überlebt hatte? Wer sonst im ganzen Dschungel konnte das Gewicht einer erwachsenen Frau so leicht tragen wie er, der sie hielt? Sie rief seinen Namen; aber es kam keine Antwort. Dennoch gab sie die Hoffnung nicht auf.

An der Palisade zögerte das Tier nicht einmal. Mit einem einzigen gewaltigen Sprung gelangte es auf die Spitze, wo es nur einen Augenblick verharrte, bevor es auf der gegenüberliegenden Seite zu Boden stürzte. Jetzt war sich das Mädchen fast sicher, dass sie in den Armen ihres Mannes in Sicherheit lag, und als der Affe auf die Bäume kletterte und sie schnell in den Dschungel trug, wie es Tarzan schon bei anderen Gelegenheiten in der Vergangenheit getan hatte, wurde der Glaube zur Überzeugung.

Auf einer kleinen mondbeschienenen Lichtung, etwa eine Meile vom Lager der Räuber entfernt, hielt ihr Retter an und ließ sie zu Boden fallen. Seine Grobheit überraschte sie, aber dennoch hatte sie keine Zweifel. Wieder rief sie ihn beim Namen, und im selben Augenblick riss der Affe, der sich unter den Fesseln der ungewohnten Kleidung des Tarmangani abmühte, den Burnus von sich und enthüllte den Augen der entsetzten Frau das abscheuliche Gesicht und die haarige Gestalt eines riesigen Anthropoiden.

Mit einem kläglichen Schreckensschrei fiel Jane Clayton in Ohnmacht, während Numa, der Löwe, aus dem Verborgenen eines nahen Busches das Paar hungrig beäugte und sich die Lippen leckte.

Als Tarzan das Zelt von Achmet Zek betrat, durchsuchte er das Innere gründlich. Er riss das Bett in Stücke und verstreute den Inhalt von Kiste und Tasche auf dem Boden. Er untersuchte alles, was seine Augen entdeckten, und diese scharfen Organe übersahen keinen einzigen Gegenstand in der Behausung des Räuberhäuptlings; aber kein Beutel oder hübscher Edelsteine belohnte seine Gründlichkeit.

Schließlich war Tarzan davon überzeugt, dass seine Sachen nicht im Besitz von Achmet Zek waren, es sei denn, sie befanden sich an der Person des Anführers, und er beschloss, die Frau in Sicherheit zu bringen, bevor er seine Suche nach dem Beutel fortsetzte.

Er forderte Chulk auf, ihm zu folgen, verließ das Zelt auf demselben Weg, auf dem er es betreten hatte, und ging kühn durch das Dorf, direkt auf die Hütte zu, in der Jane Clayton gefangen gehalten worden war.

Er bemerkte mit Verwunderung die Abwesenheit von Taglat, den er vor dem Zelt von Achmet Zek erwartet hatte; aber da er an die Unzuverlässigkeit von Affen gewöhnt war, schenkte er dem jetzigen Abgang seines mürrischen Gefährten keine ernsthafte Beachtung. Solange Taglat seine Pläne nicht durchkreuzte, war Tarzan seine Abwesenheit gleichgültig.

Als er sich der Hütte näherte, bemerkte der Affenmann, dass sich eine Menschenmenge um den Eingang versammelt hatte. Er konnte sehen, dass die Männer, aus denen sie sich zusammensetzte, sehr aufgeregt waren, und da er fürchtete, Chulks Verkleidung könnte sich angesichts so vieler Beobachter als unzureichend erweisen, um seine wahre Identität zu verbergen, befahl er dem Affen, sich an das andere Ende des Dorfes zu begeben und dort auf ihn zu warten.

Während Chulk davonwatschelte und sich im Schatten aufhielt, ging Tarzan mutig auf die aufgeregte Gruppe vor dem Eingang der Hütte zu. Er mischte sich unter die Schwarzen und die Araber, um die Ursache des Aufruhrs zu erfahren, wobei er in seinem Interesse vergaß, dass er als Einziger der Versammlung einen Speer, einen Bogen und Pfeile trug und so zum Objekt verdächtiger Aufmerksamkeit werden konnte.

Er bahnte sich einen Weg durch die Menge, näherte sich dem Eingang und hatte ihn fast erreicht, als einer der Araber ihm die Hand auf die Schulter legte und rief: "Wer ist das?", und riss dem Affenmann gleichzeitig die Kapuze vom Gesicht.

Tarzan der Affen war es in seinem ganzen wilden Leben nie gewohnt gewesen, im Streit mit einem Gegner innezuhalten. Der primitive Selbsterhaltungstrieb kennt viele Künste und Tricks, aber Argumentation gehört nicht dazu, und er verschwendete jetzt auch keine kostbare Zeit mit dem Versuch, die Angreifer davon zu überzeugen, dass er kein Wolf im Schafspelz war. Stattdessen hatte er seinen Entlarver an der Kehle, noch bevor die Worte des Mannes dessen Lippen verlassen hatten, und schleuderte ihn von einer Seite auf die andere, um diejenigen zu vertreiben, die sich auf ihn stürzen wollten.

Den Araber als Waffe benutzend, drang Tarzan schnell zur Türöffnung vor und stand einen Augenblick später in der Hütte. Eine eilige Untersuchung ergab, dass sie leer war, und sein Geruchssinn entdeckte auch die Duftspur von Taglat, dem Affen. Tarzan stieß ein tiefes, unheilvolles Knurren aus. Diejenigen, die sich an der Tür nach vorne drängten, um ihn zu ergreifen, wichen zurück, als die wilden Töne der bestialischen Herausforderung an ihre Ohren drangen. Sie sahen sich gegenseitig überrascht und bestürzt an. Ein Mann hatte die Hütte allein betreten, und doch hatten sie mit ihren eigenen Ohren die Stimme eines wilden Tieres darin gehört. Was konnte das bedeuten? Hatte ein Löwe oder ein Leopard im Inneren Zuflucht gesucht, ohne dass die Wachen es merkten?

Tarzans schnelle Augen entdeckten die Öffnung im Dach, durch die Taglat gefallen war. Er ahnte, dass der Affe durch diese Öffnung entweder kam oder ging, und während die Araber draußen zögerten, sprang er wie eine Katze durch die Öffnung, ergriff den oberen Teil der Wand, kletterte über das Dach hinaus und ließ sich sofort auf den Boden hinter der Hütte fallen.

Als die Araber schließlich den Mut aufbrachten, die Hütte zu betreten, nachdem sie mehrere Salven durch die Wände geschossen hatten, fanden sie das Innere verlassen vor. Zur gleichen Zeit suchte Tarzan am anderen Ende des Dorfes nach Chulk; aber der Affe war nirgends zu finden.

Seiner Frau beraubt, von seinen Gefährten verlassen und in Unwissenheit über den Verbleib seines Beutels und der Edelsteine, kletterte Tarzan wütend über die Palisade und verschwand in der Dunkelheit des Dschungels.

Für den Augenblick musste er die Suche nach seinem Beutel aufgeben, denn es wäre gleichbedeutend mit Selbstmord, jetzt in das arabische Lager einzudringen, während alle seine Bewohner aufgewacht und in Alarmbereitschaft waren.

Auf seiner Flucht aus dem Dorf hatte der Affenmann die Spur des fliehenden Taglat verloren, und nun kreiste er weit durch den Wald, um sie wieder aufzunehmen.

Chulk war auf seinem Posten geblieben, bis das Geschrei und die Schüsse der Araber seine einfache Seele mit Schrecken erfüllte, denn das Affenvolk fürchtet vor allem die Donnerstöcke der Tarmangani; dann kletterte er flink über die Palisade, zerriss sich dabei den Burnus und floh murrend und schimpfend in die Tiefen des Dschungels.

Tarzan, der den Dschungel auf der Suche nach der Spur von Taglat und der Frau durchstreifte, war schnell vorangeschritten. Auf einer kleinen mondbeschienenen Lichtung vor ihm beugte sich der große Affe über die ausgestreckte Gestalt der Frau, die Tarzan suchte. Das Tier zerrte an den Fesseln, die ihre Knöchel und Handgelenke einschnürten, zog und nagte an den Stricken.

Der Weg, den der Affenmann einschlug, führte ihn nur ein kurzes Stück rechts von den beiden, und obwohl er sie nicht sehen konnte, wehte der Wind von den beiden zu ihm herab und trug ihre Duftspur deutlich in seine Nase.

Noch einen Augenblick länger, und Jane Claytons Rettung wäre gelungen, obwohl Numa, der Löwe, sich bereits zum Angriff bereit machte; aber das Schicksal, das schon vorher so grausam war, übertraf sich jetzt selbst - der Wind drehte plötzlich für ein paar Augenblicke, die Duftspur, die den Affenmann an die Seite des Mädchens geführt hätte, wurde in die entgegengesetzte Richtung geweht; Tarzan kam bis auf fünfzig Meter an die sich abspielende Tragödie auf der Lichtung heran, aber die Gelegenheit war vertan.

XVIII. - Der Kampf um den Schatz

Es graute bereits der Morgen, bevor Tarzan sich dazu durchringen konnte, die Möglichkeit des Scheiterns seiner Suche zu erkennen, und selbst dann räumte er nur ein, dass der Erfolg lediglich aufgeschoben war. Er wollte essen und schlafen, und dann wieder aufbrechen. Der Dschungel war gewaltig, aber auch Tarzans Erfahrung und Gerissenheit waren gewaltig. Taglat mochte weit weglaufen, aber Tarzan würde ihn am Ende finden, auch wenn er jeden Baum des mächtigen Waldes durchsuchen müsste.

So sinnierend folgte der Affenmann der Spur von Bara, dem Hirsch, dem Unglücklichen, auf den er sich eingelassen hatte, um seinen Hunger zu stillen. Eine halbe Stunde lang führte die Fährte den Affenmann in Richtung Osten auf einem gut markierten Wildpfad, als plötzlich zum Erstaunen des Pirschers die Beute in Sicht kam und wie wild den schmalen Weg zurückrannte, direkt auf den Jäger zu.

Tarzan, der der Fährte gefolgt war, sprang so schnell in das verdeckende Gestrüpp an der Seite, dass der Hirsch noch nichts von der Anwesenheit eines Feindes in dieser Richtung ahnte, und während das Tier noch in einiger Entfernung war, schwang sich der Affenmann in die unteren Äste des Baumes, der den Pfad überragte. Dort hockte er, wie ein wildes Tier, das die Annäherung seines Opfers erwartete.

Tarzan wusste nicht, was den Hirsch so erschreckt hatte, dass er sich so schnell zurückzog - vielleicht war es Numa, der Löwe, oder Sheeta, der Panther; aber was auch immer es war, für Tarzan der Affen spielte es keine Rolle - er war bereit und willens, seine Beute gegen jeden anderen Bewohner des Dschungels zu verteidigen. Wenn er es nicht mit körperlicher Kraft schaffen konnte, hatte er eine andere und größere Macht zu seiner Verfügung - seine scharfsinnige Intelligenz.

Und so rannte der fliehende Hirsch direkt in die Klauen des Todes. Der Affenmann drehte sich so, dass sein Rücken dem sich nähernden Tier zugewandt war. Er stützte sich mit gebeugten Knien auf das sanft schwankende Aststück oberhalb des Weges und horchte mit gespitzten Ohren auf die nahenden Hufschläge des verängstigten Bara.

Im selben Moment sprang der Affenmann über dem Tier hervor und stürzte sich auf dessen Rücken. Das Gewicht des Männerkörpers drückte das Wild zu Boden. Es stolperte einmal vorwärts in einem vergeblichen Versuch, sich zu erheben, und dann zogen mächtige Muskeln seinen Kopf weit nach hinten, gaben dem Hals einen heftigen Ruck, und Bara war tot.

Schnell erfolgte die Tötung, und ebenso schnell folgten die weiteren Handlungen des Affenmanns, denn wer konnte wissen, welche Art von Mörder Bara verfolgte oder wie nahe er sein mochte? Kaum war das Genick des Opfers gebrochen, hing der Kadaver über einer von Tarzans breiten

Schultern, und einen Augenblick später hockte der Affenmann wieder zwischen den unteren Ästen eines Baumes über dem Pfad, seine scharfen, grauen Augen suchten den Weg ab, auf dem das Reh geflohen war.

Es dauerte nicht lange, bis Tarzan den Grund für Baras Erschrecken erkannte, denn in diesem Moment ertönten die unmissverständlichen Geräusche von herannahenden Reitern. Der Affenmann schleppte seine Beute hinter sich her, kletterte auf die mittlere Baumebene und ließ sich bequem in einem Baum nieder, von dem aus er den Weg unter sich überblicken konnte, schnitt ein saftiges Steak aus der Lende des Hirsches und vergrub seine starken, weißen Zähne in dem warmen Fleisch, um die Früchte seines Könnens und seiner Cleverness zu genießen.

Während er seinen Hunger stillte, vernachlässigte er auch nicht die Spur unter sich. Seine scharfen Augen erfassten die Schnauze des führenden Pferdes, als es um eine Biegung des gewundenen Pfades in Sicht kam, und die Augen musterten einen Reiter nach dem anderen, als diese in einer Reihe unter ihm vorbeizogen.

Unter den Reitern war einer, den Tarzan erkannte, aber der Affenmann war so geübt in der Kontrolle seiner Emotionen, dass nicht die geringste Veränderung des Gesichtsausdrucks, geschweige denn irgendeine hysterische Demonstration, die Tatsache seiner inneren Erregung verriet.

Zu seinen Füßen ritt Albert Werper, der sich über Tarzans Anwesenheit ebenso wenig bewusst war wie die Abessinier vor und hinter ihm, wobei der Affenmann den Belgier auf irgendein Zeichen des gestohlenen Beutels untersuchte.

Als die Abessinier in Richtung Süden ritten, schwebte immer wieder eine hünenhafte Gestalt über ihnen - ein riesiger, fast nackter weißer Mann, der den blutigen Kadaver eines Rehs auf seinen Schultern trug, denn Tarzan wusste, dass er für einige Zeit keine Gelegenheit mehr zum Jagen haben würde, wenn er dem Belgier folgte.

Den Versuch, ihn aus der Mitte der bewaffneten Reiter zu reißen, würde selbst Tarzan nur im äußersten Fall wagen, denn der Weg der Wilden ist der Weg der Vorsicht und der List, es sei denn, sie werden durch Schmerz oder Zorn zur Ungestümheit getrieben.

So marschierten die Abessinier und der Belgier südwärts, und Tarzan der Affen schwang sich lautlos hinter ihnen durch die schwankenden Äste der mittleren Baumetage.

Ein zweitägiger Marsch brachte sie zu einer Ebene, hinter der Berge aufragten - eine Ebene, an die sich Tarzan erinnerte und die in ihm vage halbe Erinnerungen und seltsame Sehnsüchte weckte. Draußen auf der Ebene ritten die Reiter, und der Affenmann schlich in sicherem Abstand hinter ihnen her und nutzte die Deckung, die der Boden bot.

Neben einem verkohlten Holzstapel hielten die Abessinier an, und Tarzan, der sich dicht an sie heranschlich und sich im nahen Gebüsch versteckte, beobachtete sie verwundert. Er sah, wie sie die Erde aufgruben, und fragte sich, ob sie in der Vergangenheit dort Fleisch versteckt hatten und nun gekommen seien, um es zu holen. Dann erinnerte er sich daran, wie er seine hübschen Edelsteine vergraben hatte, und an die Eingebung, die ihn dazu veranlasst hatte, es zu tun. Sie gruben nach den Dingen, die die Schwarzen hier vergraben hatten!

Bald sah er, wie sie einen schmutzigen, gelben Gegenstand freilegten, und er wurde Zeuge der Freude von Werper und Abdul Mourak, als der schmutzige Gegenstand zum Vorschein kam. Eines nach dem anderen gruben sie viele ähnliche Stücke aus, alle von demselben einförmigen, schmutzigen Gelb, bis ein Haufen davon auf dem Boden lag, ein Haufen, den Abdul Mourak in einer gierigen Ekstase streichelte und liebkoste.

Etwas rührte sich im Kopf des Affenmannes, als er die Goldbarren lange betrachtete. Wo hatte er so etwas schon einmal gesehen? Was waren sie? Warum begehrten diese Tarmangani sie so sehr? Wem gehörten sie?

Er erinnerte sich an die schwarzen Männer, die sie vergruben. Die Sachen mussten ihnen gehören. Werper stahl sie, so wie er Tarzans Beutel mit Kieselsteinen gestohlen hatte. Die Augen des Affenmanns leuchteten vor Wut. Er würde gerne die schwarzen Männer finden und sie gegen diese Diebe anführen. Er fragte sich, wo ihr Dorf sein könnte.

Während ihm all diese Dinge durch den Kopf gingen, trat eine andere Gruppe von Männern aus dem Wald am Rande der Ebene hervor und näherte sich den Ruinen des abgebrannten Bungalows.

Abdul Mourak, immer wachsam, war der Erste, der sie sah, aber sie hatten schon die Hälfte des Weges hinter sich. Er rief seinen Männern zu, aufzusteigen und sich bereitzuhalten, denn wer kann im Herzen Afrikas wissen, ob ein fremdes Heer Freund oder Feind ist?

Werper schwang sich in den Sattel und musterte die Neuankömmlinge, dann wandte er sich bleich und zitternd an Abdul Mourak.

"Es sind Achmet Zek und seine Räuber", flüsterte er. "Sie sind wegen des Goldes gekommen."

Ungefähr in demselben Augenblick muss Achmet Zek den Haufen gelber Barren entdeckt haben und ihm wurde klar, was er schon befürchtet hatte, seit seine Augen auf die Gruppe neben den Ruinen des Bungalows des Engländers gefallen waren. Jemand war ihm zuvorgekommen - ein anderer hatte den Schatz vor ihm geholt.

Der Araber kochte vor Wut. In letzter Zeit lief alles gegen ihn. Er hatte die Juwelen verloren, den Belgier, und zum zweiten Mal hatte er die Engländerin verloren. Jetzt kam jemand, um ihn dieses Schatzes zu berauben, den er hier so sicher vor Störung glaubte.

Es war ihm gleichgültig, wer die Diebe sein mochten. Sie würden das Gold nicht kampflos aufgeben, dessen war er sich sicher, und mit einem wilden Gebrüll und einem Befehl an seine Gefolgsleute gab Achmet Zek seinem Pferd die Sporen und stürzte sich auf die Abessinier, und hinter ihm, ihre langen Gewehre über den Köpfen schwenkend, brüllend und fluchend, kam seine bunte Horde mörderischer Gesellen.

Die Männer von Abdul Mourak begegneten ihnen mit einer Salve, die ein paar Sättel leerte, und dann waren die Räuber bei ihnen und Schwert, Pistole und Muskete, ein jedes verrichtete seine abscheulichste und blutigste Arbeit.

Achmet Zek, der Werper bei der ersten Attacke erspähte, stürzte sich auf den Belgier, und dieser, erschrocken über das Schicksal, das ihm drohte, wandte den Kopf seines Pferdes und stürzte wie wild davon, um zu entkommen. Achmet Zek rief einem Leutnant zu, er solle das Kommando übernehmen, und forderte ihn auf, die Abessinier zu erledigen und das Gold in sein Lager zu bringen, und setzte dem Belgier quer über die Ebene nach, denn seine niederträchtige Natur war unfähig, auf die Freuden der Rache zu verzichten, selbst auf die Gefahr hin, den Schatz zu opfern.

Während der Verfolger und der Verfolgte wie wild auf den entfernten Wald zustürmten, tobte der Kampf hinter ihnen mit blutiger Grausamkeit. Weder die wilden Abessinier noch die mörderischen Halsabschneider von Achmet Zek ließen Gnade walten.

Aus dem Verborgenen des Gebüschs beobachtete Tarzan den blutigen Kampf, der ihn so vollständig umgab, dass er kein Schlupfloch fand, durch das er hätte entkommen können, um Werper und dem arabischen Anführer zu folgen.

Die Abessinier bildeten einen Kreis, der auch Tarzans Position einschloss, und um sie herum und in sie hinein galoppierten die schreienden Angreifer, die mal davonstürmten, mal anstürmten, um mit ihren Krummschwertern Hiebe und Schnitte zu verteilen.

Zahlenmäßig waren die Männer von Achmet Zek überlegen, und langsam aber sicher wurden die Soldaten von Menelek vernichtet. Für Tarzan war das Ergebnis unerheblich. Er sah nur mit einem einzigen Ziel zu - dem Ring der blutrünstigen Kämpfer zu entkommen und dem Belgier und seinem Beutel hinterher zu jagen.

Als er Werper zum ersten Mal auf der Fährte entdeckte, auf der er Bara erschlug, hatte er gedacht, dass seine Augen ihn täuschen müssten, so sicher war er sich, dass der Dieb von Numa getötet und verschlungen worden sein musste; aber nachdem er dem Trupp zwei Tage lang gefolgt war und seine scharfen Augen sich immer auf den Belgier richteten, zweifelte er nicht mehr an der Identität des Mannes, obwohl er die Identität der verstümmelten Leiche, die er für den gesuchten Mann hielt, erklären musste.

Während er in seinem Versteck zwischen dem verwilderten Gebüsch kauerte, das vor so kurzer Zeit noch die Freude und der Stolz seiner Frau gewesen war, an die er sich jetzt nicht einmal mehr erinnerte, ritten ein Araber und ein Abessinier mit ihren Reittieren nahe an seine Stelle heran, während sie mit ihren Schwertern aufeinander einschlugen.

Schritt für Schritt schlug der Araber seinen Gegner zurück, bis dessen Pferd den Affenmann fast zertrat, und dann durchtrennte ein brutaler Schnitt den Schädel des schwarzen Kriegers, und der Leichnam kippte rückwärts fast auf Tarzan.

Als der Abessinier aus dem Sattel stürzte, elektrisierte die Fluchtmöglichkeit, die das reiterlose Pferd darstellte, den Affenmann zu sofortigem Handeln. Bevor das verängstigte Tier sich zur Flucht aufraffen konnte, sprang ein nackter Riese rittlings auf seinen Rücken. Eine starke Hand ergriff seine Zügel, und der überraschte Araber entdeckte einen neuen Feind im Sattel seines Gegners, den er gerade erschlagen hatte.

Aber dieser Feind trug kein Schwert, und sein Speer und sein Bogen verblieben auf seinem Rücken. Der Araber, der sich von seiner ersten Überraschung erholte, stürzte sich mit erhobenem Schwert auf diesen anmaßenden Fremden, um ihn zu vernichten. Er zielte mit einem mächtigen Hieb auf den Kopf des Affenmanns, der jedoch wirkungslos verpuffte, weil Tarzan sich duckte, und dann spürte der Araber, wie das Pferd des anderen sein Bein streifte, ein großer Arm vorschoss und seine Taille umfaßte, und bevor er sich befreien konnte, wurde er aus dem Sattel gezerrt und als Schutzschild in einem irren Lauf quer durch die umstehenden Reihen seiner Kameraden getragen.

Kurz dahinter wurde er auf den Boden abgeworfen, und das Letzte, was er von seinem fremden Feind sah, war, dass dieser über die Ebene in Richtung des Waldes am anderen Ende der Ebene davon galoppierte.

Noch eine Stunde lang tobte der Kampf, und er hörte nicht auf, bis der letzte der Abessinier tot am Boden lag oder in Richtung Norden davon galoppierte. Nur eine Handvoll Männer entkam, unter ihnen Abdul Mourak.

Die siegreichen Räuber versammelten sich um den Haufen Goldbarren, den die Abessinier freigelegt hatten, und warteten dort auf die Rückkehr ihres Anführers. Ihr Jubel wurde ein wenig gedämpft durch den Anblick der seltsamen Erscheinung eines nackten weißen Mannes, der auf dem Pferd eines ihrer Feinde davon galoppierte und einen Begleiter mit sich führte, der jetzt aber unter ihnen weilte und von der übermenschlichen Kraft des Affenmannes schwärmte. Keiner von ihnen kannte den Namen und den Ruhm von Tarzan der Affen, und die Tatsache, dass sie den weißen Riesen als den grausamen Feind der Übeltäter des Dschungels wiedererkannten, verstärkte ihren Schrecken, denn man hatte ihnen versichert, dass Tarzan tot sei.

Von Natur aus abergläubisch, glaubten sie fest daran, den körperlosen Geist des Toten gesehen zu haben, und nun warfen sie ängstliche Blicke um sich in Erwartung der baldigen Rückkehr des Geistes an den Ort des Unheils, das sie ihm bei ihrem kürzlichen Überfall auf sein Haus zugefügt hatten, und besprachen in ängstlichem Flüsterton die wahrscheinliche Art der Rache, die der Geist ihnen zufügen würde, sollte er zurückkehren und sie im Besitz seines Goldes finden.

Während sie sich unterhielten, wuchs ihre Furcht, und aus dem Verborgenen des Schilfs entlang des Flusses unterhalb von ihnen beobachtete eine kleine Gruppe nackter, schwarzer Krieger jede ihrer Bewegungen. Von den Höhen jenseits des Flusses hatten diese schwarzen Männer den Lärm des Konflikts gehört und schlichen sich vorsichtig zum Fluss hinunter, durchquerten ihn und drangen durch das Schilf vor, bis sie in der Lage waren, jede Bewegung der Kämpfenden zu beobachten.

Eine halbe Stunde lang warteten die Räuber auf die Rückkehr von Achmet Zek, wobei ihre Furcht vor der baldigen Rückkehr des Geistes von Tarzan ihre Loyalität zu und ihre Angst vor ihrem Anführer ständig untergrub. Schließlich sprach einer von ihnen die Wünsche aller aus, als er verkündete, er wolle in den Wald reiten, um Achmet Zek zu suchen. Sofort sprang jeder von ihnen auf sein Reittier.

"Das Gold ist hier sicher", rief einer. "Wir haben die Abessinier getötet, und es gibt keine anderen, die es wegtragen könnten. Lasst uns auf die Suche nach Achmet Zek reiten!"

Und einen Augenblick später galoppierten die Räuber inmitten einer Staubwolke wie wild über die Ebene, und aus dem Verborgenen des Schilfs entlang des Flusses kroch die Gruppe der schwarzen Krieger auf die Stelle zu, an der die Goldbarren von Opar aufgeschichtet lagen.

Werper war Achmet Zek noch voraus, als er den Wald erreichte; aber dieser, besser beritten, holte ihn ein. Der Belgier ritt mit dem rücksichtslosen Mut der Verzweiflung und trieb sein Reittier zu größerer Geschwindigkeit an, selbst innerhalb der engen Grenzen des gewundenen Wildpfades, dem das Tier folgte.

Hinter sich hörte er die Stimme von Achmet Zek, der ihm zurief, er solle anhalten; aber Werper grub die Sporen nur noch tiefer in die blutenden Seiten seines keuchenden Reittiers. Zweihundert Meter innerhalb des Waldes lag ein abgebrochener Ast quer über dem Weg. An sich eine Kleinigkeit, die ein Pferd normalerweise in seinem natürlichen Schritt passieren würde, ohne seine Anwesenheit zu bemerken; aber Werpers Pferd war müde, seine Füße waren schwer vor Müdigkeit, und als sich der Ast zwischen seinen Vorderbeinen verfing, stolperte es, konnte sich nicht mehr auffangen und ging zu Boden, wo es sich im Pfad ausstreckte.

Werper, der über seinen Kopf hinwegflog, wälzte sich ein paar Meter weiter, rappelte sich auf die Füße und rannte zurück. Er ergriff die Zügel und zerrte das Tier auf die Beine, aber es wollte oder konnte sich nicht erheben, und als der Belgier fluchte und nach ihm schlug, erschien Achmet Zek in seinem Blickfeld.

Sofort stellte der Belgier seine Bemühungen mit dem sterbenden Tier zu seinen Füßen ein, ergriff sein Gewehr, warf sich hinter das Pferd und schoss auf den entgegenkommenden Araber.

Seine Kugel, die niedrig flog, traf Achmet Zeks Pferd in die Brust und brachte es hundert Meter von der Stelle entfernt zu Fall, wo Werper lag und sich anschickte, einen zweiten Schuss abzugeben.

Der Araber, der mit seinem Pferd zu Boden stürzte, stand rittlings auf dem Pferd, und als er die strategische Position des Belgiers hinter seinem gefallenen Pferd erkannte, verlor er keine Zeit, eine ähnliche Position hinter seinem eigenen Pferd einzunehmen.

Und dort lagen die beiden, abwechselnd aufeinander schießend und fluchend, während sich Tarzan der Affen hinter dem Araber dem Waldrand näherte. Hier hörte er die gelegentlichen Schüsse der Duellanten und zog den sichereren und schnelleren Weg der Waldäste dem unsicheren Transport durch ein halb kaputtes abessinisches Pony vor und kletterte auf die Bäume.

Der Affenmann hielt sich auf einer Seite des Weges und erreichte bald eine Stelle, von der aus er in relativer Sicherheit auf die Kämpfer herabsehen konnte. Erst der eine, dann der andere hob sich teilweise über seinen Brustpanzer aus Pferdefleisch, feuerte seine Waffe ab und ließ sich sofort flach hinter seinen Unterstand fallen, wo er nachlud und den Vorgang einen Moment später wiederholte.

Werper besaß nur wenig Munition, die er hastig der Leiche eines der ersten Abessinier, die im Kampf um den Barrenhaufen fielen, abgenommen hatte, und nun wurde ihm klar, dass er bald seine letzte Kugel verschossen haben würde und der Gnade des Arabers ausgeliefert wäre - eine Gnade, die er gut kannte.

Im Angesicht des Todes und der Plünderung seines Schatzes suchte der Belgier nach einem Fluchtplan, und der einzige Plan, der ihm auch nur im Entferntesten Aussicht auf Erfolg versprach, bestand darin, Achmet Zek zu bestechen.

Werper hatte bis auf eine einzige Patrone alles abgefeuert, als er in einer Kampfpause laut nach seinem Gegner rief.

"Achmet Zek", rief er, "Allah allein weiß, wer von uns beiden heute auf diesem Pfad seine Knochen verrotten lassen kann, wenn wir unseren törichten Kampf fortsetzen. Du wünschst dir den Inhalt des Beutels, den ich um meine Hüfte trage, und ich wünsche mir mein Leben und meine Freiheit noch mehr als die Edelsteine. Nehmen wir also jeder, was er am meisten begehrt, und gehen wir in Frieden getrennte Wege. Ich lege den Beutel auf den Kadaver meines Pferdes, wo du ihn sehen kannst, und du legst dein Gewehr auf dein Pferd, mit dem Kolben zu mir. Dann gehe ich weg und überlasse dir den Beutel, und du lässt mich in Sicherheit gehen. Ich will nur mein Leben und meine Freiheit."

Der Araber dachte einen Moment lang schweigend nach. Dann sprach er. Seine Antwort wurde von der Tatsache beeinflusst, dass er seinen letzten Schuss verbraucht hatte.

"Dann geh", knurrte er, "und lass den Beutel gut sichtbar hinter dir liegen. Siehst du, ich lege mein Gewehr so, mit dem Kolben zu dir hin. Geh."

Werper nahm den Beutel von seiner Hüfte. Wehmütig und zärtlich ließ er seine Finger über die harten Umrisse des Inhalts streichen. Ach, wenn er doch eine kleine Handvoll der kostbaren Steine herausholen könnte! Aber Achmet Zek stand jetzt da, seine Adleraugen beobachteten den Belgier und seine Handlungen genau.

Bedauernd legte Werper den Beutel mit dem unversehrten Inhalt auf den Körper seines Pferdes, erhob sich, nahm sein Gewehr mit und ging langsam den Weg zurück, bis eine Kurve ihn vor den Augen des wachsamen Arabers verbarg.

Auch dann ging Achmet Zek nicht weiter, denn er fürchtete sich vor einem Verrat, dessen er sich unter ähnlichen Umständen hätte schuldig machen können. Sein Verdacht war auch nicht unbegründet, denn kaum war der Belgier aus dem Blickfeld des Arabers verschwunden, blieb dieser hinter einem Baumstamm stehen, von wo aus er immer noch einen ungehinderten Blick auf sein totes Pferd und den Beutel hatte, und hob sein Gewehr an, um auf die Stelle zu zielen, an der der Körper des anderen auftauchen musste, wenn er den Schatz an sich nehmen wollte.

Aber Achmet Zek war nicht so dumm, sich der angeschwärzten Ehre eines Diebes und Mörders auszusetzen. Er nahm sein langes Gewehr mit, verließ den Pfad, betrat die üppige und unübersichtliche Vegetation, die ihn umgab, und kroch langsam auf Händen und Knien vorwärts, parallel zum Pfad; nicht einen Augenblick lang war sein Körper dem Gewehr des versteckten Mörders preisgegeben.

So rückte Achmet Zek vor, bis er gegenüber des toten Pferdes von seinem Feind angekommen war. Der Beutel lag dort in voller Sicht, während Werper eine kurze Strecke entlang des Weges in wachsender Ungeduld und Nervosität wartete und sich fragte, warum der Araber nicht auftauchte, um seine Belohnung einzusammeln.

Plötzlich sah er die Mündung eines Gewehrs ein paar Zoll über dem Beutel auftauchen, und bevor er den schlauen Trick erkennen konnte, den der Araber anwandte, war das Visier der Waffe geschickt in den Riemen aus Rohleder eingehakt, der den Trageriemen des Beutels bildete, und der Beutel wurde schnell aus seinem Blickfeld in das dichte Laub an der Seite des Pfades gezogen.

Nicht einen Augenblick lang hatte der Räuber auch nur einen Zoll seines Körpers bloß gelegt, und Werper wagte es nicht, seinen einzigen verbliebenen Schuss abzugeben, es sei denn, alle Chancen auf einen erfolgreichen Treffer stünden zu seinen Gunsten.

Kichernd zog sich Achmet Zek ein paar Schritte weiter in den Dschungel zurück, denn er war sich so sicher, dass Werper in der Nähe auf eine Gelegenheit wartete, ihn zu erledigen, als hätten seine Augen die Dschungelbäume bis zur Gestalt des sich versteckenden Belgiers durchdrungen, der mit seinem Gewehr hinter dem Stamm des stämmigen Baumriesen hantierte.

Werper wagte es nicht, vorzudringen - seine Gier erlaubte es ihm nicht, sich zu entfernen, und so stand er da, das Gewehr bereit in den Händen, und seine Augen beobachteten den Pfad vor seiner Nase mit katzenhafter Intensität.

Aber es gab noch einen anderen, der den Beutel gesehen und erkannt hatte, der mit Achmet Zek vorrückte, über ihm schwebend, still und sicher wie der Tod selbst, und als der Araber ein kleines Fleckchen fand, das weniger mit Büschen bewachsen war, als er davor angetroffen hatte, und sich anschickte, seine Augen an dem Inhalt des Beutels zu weiden, hielt Tarzan direkt über ihm inne, auf denselben Gegenstand bedacht.

Achmet Zek befeuchtete seine dünnen Lippen mit der Zunge, löste die Schnüre, die die Öffnung des Beutels verschlossen, und schüttete mit einer krallenartigen Hand einen Teil des Inhalts in die andere Handfläche.

Er warf einen Blick auf die Steine, die in seiner Hand lagen. Seine Augen verengten sich, ein Fluch brach über seine Lippen, und er schleuderte die kleinen Dinger verächtlich auf den Boden. Schnell leerte er den Rest des Inhalts, wobei er jeden einzelnen Stein abtastete, und während er sie alle auf den Boden warf und auf ihnen herumtrampelte, wuchs seine Wut, bis die Muskeln seines Gesichts in dämonenhafter Wut zuckten und sich seine Finger zu Fäusten ballten, bis sich seine Nägel in das Fleisch bohrten.

Oben sah Tarzan verwundert zu. Er war neugierig gewesen, was das ganze Gerede über seinen Beutel zu bedeuten hatte. Er wollte sehen, was der Araber tun würde, nachdem der andere weggegangen war und den Beutel zurückgelassen hatte, und nachdem er seine Neugierde befriedigt hatte, hätte er sich auf Achmet Zek gestürzt und ihm den Beutel und seine schönen Steinchen weggenommen, denn gehörten sie nicht Tarzan?

Er sah nun, wie der Araber den leeren Beutel beiseite warf und sein langes Gewehr keulenartig am Lauf packte und neben dem Pfad, den Werper gegangen war, heimlich durch den Dschungel schlich.

Als der Mann aus seinem Blickfeld verschwand, ließ sich Tarzan auf den Boden fallen und begann, den verschütteten Inhalt des Beutels aufzusammeln, und in dem Moment, als er die verstreuten Steine zum ersten Mal aus der Nähe sah, verstand er die Wut des Arabers, denn statt der glitzernden und funkelnden Edelsteine, die zuerst die Aufmerksamkeit des Affenmanns erregt und festgehalten hatten, enthielt der Beutel nur eine Ansammlung von gewöhnlichen Flusskieseln. Offensichtlich handelte es sich nicht um den Beutel mit den Edelsteinen. Aber wer besaß dann den richtigen Beutel mit den glitzerndern Steinchen?

XIX. - Jane Clayton und die Tiere des Dschungels

Mugambi geriet nach seinem erfolgreichen Ausbruch in die Freiheit in eine schwierige Phase. Sein Weg hatte ihn durch ein ihm unbekanntes Land geführt, ein Dschungelland, in dem er kein Wasser und nur wenig Nahrung finden konnte, sodass ihn mehrere Tage des Umherwanderns so schwächten, dass er sich kaum noch fortbewegen konnte.

Mit immer größerer Mühe brachte er die nötige Kraft auf, um für die Nacht einen Unterschlupf zu bauen, in dem er vor den großen Raubtieren einigermaßen sicher sein konnte, und tagsüber erschöpfte er seine Kräfte noch mehr beim Graben nach essbaren Wurzeln und bei der Suche nach Wasser.

Ein paar stehende Tümpel in beträchtlicher Entfernung retteten ihn vor dem Verdursten; aber er war in einem erbärmlichen Zustand, als er schließlich zufällig auf einen großen Fluss in einem Land stieß, in dem es reichlich Obst und Kleinwild gab, das er mit einer Kombination aus List, Schlauheit und einem groben Knüppelstock, den er aus einem heruntergefallenen Ast gefertigt hatte, erlegen konnte.

Als er erkannte, dass er noch einen langen Marsch vor sich hatte, bevor er auch nur die Außenbezirke des Waziri-Landes erreichen würde, beschloss Mugambi in weiser Voraussicht, dort zu bleiben, wo er sich befand, bis er seine Kraft und Gesundheit wiedererlangt hatte. Er wusste, dass ein paar Tage Ruhe Wunder bewirken würden, und er konnte es sich nicht leisten, seine Chancen auf eine sichere Rückkehr zu opfern, indem er geschwächt aufbrach.

So errichtete er ein solides Dornengehege und baute darin einen strohgedeckten Unterstand, in dem er nachts in Sicherheit schlafen konnte und von dem aus er tagsüber auf die Jagd gehen konnte, um das Fleisch zu jagen, das allein seinen riesigen Muskeln ihre normale Kraft zurückgeben konnte.

Eines Tages, als der Schwarze Krieger jagte, entdeckten ihn ein Paar wilder Augen im Schutz der Äste eines großen Baumes, unter dem er vorbeiging. Es waren blutunterlaufene, teuflische Augen, in ein wildes und haariges Gesicht gesetzt.

Sie sahen zu, wie Mugambi ein kleines Nagetier erlegte, und sie folgten ihm, als er zu seiner Hütte zurückkehrte, wobei sich ihr Besitzer leise durch die Bäume auf den Spuren des Schwarzen bewegte.

Die Kreatur war Chulk, und er blickte mehr aus Neugierde als aus Hass auf den unachtsamen Mann herab. Das Tragen des arabischen Burnus, den Tarzan ihm umgehängt hatte, hatte in dem Anthropoiden den Wunsch nach einer Nachahmung des Tarmangani geweckt. Der Burnus behinderte jedoch seine Bewegungen und war so lästig, dass der Affe ihn schon längst abgerissen und weggeworfen hatte.

Jetzt aber sah er einen Gomangani in weniger unhandlicher Kleidung - einen Lendenschurz, ein paar kupferne Schmuckstücke und einen Federkopfschmuck. Das entsprach eher Chulks Wünschen als ein wallendes Gewand, das einem ständig zwischen die Beine geriet und sich an jedem Glied und Busch entlang des laubbedeckten Pfades verfing.

Chulk betrachtete den Beutel, der, über Mugambis Schulter hängend, neben seiner schwarzen Hüfte schwang. Das gefiel ihm, denn dieser war mit Federn und Fransen verziert, und so lungerte der Affe um Mugambis Gehege herum und wartete auf eine Gelegenheit, sich entweder heimlich oder mit Gewalt einen Gegenstand aus der Kleidung des Schwarzen zu schnappen.

Es dauerte nicht lange, bis die Gelegenheit kam. Mugambi, der sich in seinem dornigen Gehege sicher fühlte, pflegte sich während der Hitze des Tages im Schatten seines Unterschlupfes auszustrecken und in friedlicher Sicherheit zu schlafen, bis die untergehende Sonne die erdrückende Temperatur des Mittags mit sich nahm.

Chulk beobachtete von oben, wie sich der schwarze Krieger an einem schwülen Nachmittag im Schlaf ausstreckte. Der Anthropoide kroch auf einem überhängenden Ast nach draußen und ließ sich auf den Boden des Geheges fallen. Er näherte sich dem Schläfer auf gepolsterten Füßen, die kein Geräusch von sich gaben, und mit einer unheimlichen Geschicklichkeit, die kein Blatt oder Grashalm zum Rascheln brachte.

Der Affe hielt neben dem Mann inne, beugte sich über ihn und untersuchte seine Habseligkeiten. So groß die Kraft von Chulk auch war, so lag doch im Hinterkopf seines kleinen Gehirns etwas, das ihn davon abhielt, den Mann zum Kampf zu reizen - ein Gefühl, das allen niederen Ordnungen innewohnt, eine seltsame Furcht vor dem Menschen, die selbst die mächtigsten der Dschungelkreaturen zuweilen beherrscht.

Mugambis Lendenschurz zu entfernen, ohne ihn zu wecken, wäre unmöglich gewesen, und die einzigen abnehmbaren Dinge waren der Knaufstock und der Beutel, der dem Schwarzen von der Schulter gefallen war, als er sich im Schlaf wälzte.

Chulk ergriff diese beiden Gegenstände, da sie besser waren als gar nichts, und zog sich mit Eile und allen Anzeichen nervöser Angst in die Sicherheit des Baumes zurück, von dem er heruntergefallen war, und floh hastig durch den Dschungel, immer noch verfolgt von jenem undefinierbaren Schrecken, den die Nähe des Menschen in seiner Brust erweckte. Bei einem Angriff oder mit Unterstützung eines anderen seiner Art hätte Chulk einer ganzen Reihe von Menschen trotzen können, aber allein - das war etwas anderes - allein und ohne Wut.

Einige Zeit, nachdem Mugambi erwachte, vermisste er den Beutel. Sofort geriet er in helle Aufregung. Was konnte aus ihm geworden sein? Er lag an seiner Seite, als er sich zum Schlafen hinlegte, dessen war er sich sicher, denn hatte er ihn nicht unter sich weggeschoben, als seine pralle Masse, die gegen seine Rippen drückte, ihm Unbehagen bereitete? Ja, er war da gewesen, als er sich zum Schlafen hinlegte. Wie konnte er dann verschwinden?

Mugambis wilde Fantasie wurde von Visionen der Geister verstorbener Freunde und Feinde beflügelt, denn nur deren Machenschaften konnte er das Verschwinden seines Beutels und seines Knaufstocks in der ersten Aufregung nach der Entdeckung des Verlustes zuschreiben; aber spätere und sorgfältigere Untersuchungen, wie sie seine Fähigkeit als Jäger ermöglichten, enthüllten unbestreitbare Beweise für eine materiellere Erklärung, die seine aufgeregte Fantasie und sein Aberglaube anfangs nicht zugelassen hatte.

In der zertrampelten Grasnarbe neben ihm war der schwache Abdruck riesiger, menschenähnlicher Füße zu sehen. Mugambi hob die Brauen, als ihm die Wahrheit dämmerte. Hastig verließ er das Gehege und suchte in allen Richtungen nach einem weiteren Anzeichen der verräterischen Spur. Er kletterte auf Bäume und suchte nach Hinweisen auf die Fluchtrichtung des Diebes, aber die schwachen Spuren, die ein vorsichtiger Affe hinterlässt, der sich durch die Bäume bewegt, entgingen Mugambis Fähigkeiten im Wald. Tarzan hätte ihnen folgen können; aber kein gewöhnlicher Sterblicher konnte sie wahrnehmen oder erkennen, bzw. deuten.

Der Schwarze, nun gestärkt und erfrischt durch seine Erholungszeit, fühlte sich bereit, wieder nach Waziri aufzubrechen, und als er einen weiteren Knüppelstock fand, kehrte er dem Fluss den Rücken und tauchte in die Labyrinthe des Dschungels ein.

****

Während Taglat an den Fesseln zerrte, die die Knöchel und Handgelenke seiner Gefangenen festhielten, näherte sich der große Löwe, der die beiden von einem nahen Gebüsch aus beobachtete, seiner Beute.

Der Affe stand mit dem Rücken zum Löwen. Er sah nicht den breiten, von einer struppigen Mähne umrahmten Kopf, der durch die Blätterwand ragte. Er konnte nicht wissen, dass sich die mächtigen Hinterpfoten dicht unter dem gelbbraunen Bauch zu einem plötzlichen Sprung zusammenzogen, und sein erster Hinweis auf die drohende Gefahr war das donnernde und triumphierende Brüllen, das der angreifende Löwe nicht mehr unterdrücken konnte.

Kaum einen Blick zurück werfend, ließ Taglat die bewusstlose Frau zurück und floh in die entgegengesetzte Richtung vor dem schrecklichen Geräusch, das so unerwartet und furchterregend über seine aufgeschreckten Ohren hereinbrach; aber die Warnung kam zu spät, um ihn zu retten, und der Löwe, in seinem zweiten Sprung, landete voll auf den breiten Schultern des Anthropoiden.

Als der große Bulle zu Boden ging, erwachte in ihm all die Gerissenheit, all die Wildheit, all die körperliche Kraft, die dem mächtigsten der fundamentalen Naturgesetze gehorchen, dem Gesetz der Selbsterhaltung, und er drehte sich auf den Rücken und kämpfte mit dem Raubtier in einem Todeskampf, der so furchtlos und verzweifelt war, dass selbst der große Numa einen Moment lang um den Ausgang gezittert haben mag.

Taglat packte den Löwen an der Mähne, vergrub seine vergilbten Reißzähne tief in der Kehle des Monsters und knurrte abscheulich durch den dumpfen Knebel aus Blut und Haaren. Vermischt mit der Stimme des Affen hallte das Brüllen des Löwen voller Wut und Schmerz durch den Dschungel, bis die kleineren Kreaturen der Wildnis, aufgeschreckt von ihren friedlichen Beschäftigungen, ängstlich davon huschten.

Die beiden wälzten sich auf dem Boden und kämpften mit dämonischer Wut, wobei die kolossale Katze ihre Hinterpfoten weit nach oben unter den Bauch schob und ihre Krallen tief in Taglats Brust versenkte, dann mit aller Kraft nach unten riss und ihr Ziel erreichte, während der ausgeweidete Anthropoide mit einem letzten krampfhaften Aufbäumen schlaff und blutig unter seinem titanischen Widersacher zusammenbrach.

Auf die Beine krabbelnd, blickte Numa schnell in alle Richtungen, als wolle er die mögliche Anwesenheit anderer Feinde entdecken; aber nur die regungslose und bewusstlose Gestalt des Mädchens, das ein paar Schritte von ihm entfernt lag, begegnete seinem Blick, und mit einem wütenden Knurren legte er eine Vorderpfote auf den Körper seiner Beute und erhob seinen Kopf, um seinen wilden Victory-Schrei auszustoßen.

Einen weiteren Moment lang stand er da und ließ seine grimmigen Augen auf der Lichtung hin und her wandern. Schließlich blieben sie ein zweites Mal bei dem Mädchen stehen. Ein tiefes Knurren grollte aus der Kehle des Löwen. Sein Unterkiefer hob und senkte sich, und der Geifer sabberte und tropfte auf das tote Gesicht von Taglat.

Die fürchterlichen Augen blieben wie zwei gelb-grüne Auguren, weit und blinzelnd, auf Jane Clayton gerichtet. Die aufrechte und majestätische Haltung der großen Gestalt krümmte sich plötzlich zu einer unheimlichen

Hocke, als die teufelsgesichtige Katze langsam und behutsam wie jemand, der auf Eiern herumtrampelt, auf das Mädchen zuschlich.

Das gütige Schicksal hielt sie in glücklicher Unkenntnis der schrecklichen Gestalt, die sich heimlich an sie heranschlich. Sie wusste nicht, wann der Löwe an ihrer Seite innehielt. Sie hörte nicht das Schnüffeln seiner Nasenlöcher, als er an ihr roch. Sie spürte weder die Hitze des fetthaltigen Atems auf ihrem Gesicht noch das Tropfen des Speichels aus den furchterregenden Kiefern, die so dicht über ihr geöffnet waren.

Schließlich hob der Löwe eine Vorderpfote und drehte den Körper des Mädchens halb um, dann stand er wieder da und beäugte sie, als wäre er sich immer noch nicht sicher, ob der Körper noch Leben enthielt oder nicht. Irgendein Geräusch oder Geruch aus dem nahen Dschungel erregte für einen Moment seine Aufmerksamkeit. Seine Augen kehrten nicht wieder zu Jane Clayton zurück, und kurz darauf verließ er sie, ging zu den Überresten von Taglat hinüber und hockte sich mit dem Rücken zu dem Mädchen auf seine Beute, um den Affen zu verschlingen.

Bei dieser Szene öffnete Jane Clayton endlich ihre Augen. An die Gefahr gewöhnt, bewahrte sie ihre Selbstbeherrschung angesichts der verblüffenden Überraschung, die ihr neu gewonnenes Bewusstsein ihr offenbarte. Sie schrie weder auf noch bewegte sie einen Muskel, bis sie jedes Detail der Szene, die in ihrem Blickfeld lag, aufgenommen hatte.

Sie sah, dass der Löwe den Menschenaffen getötet hatte und dass er seine Beute weniger als fünfzig Fuß von ihr entfernt verschlang; aber was konnte sie tun? Ihre Hände und Füße waren gefesselt. Sie musste also mit der ihr zur Verfügung stehenden Geduld warten, bis Numa den Affen gefressen und verdaut hatte, und dann würde er zweifellos zurückkehren, um sich an ihr zu laben, es sei denn, die gefürchteten Hyänen entdeckten sie in der Zwischenzeit oder irgendein anderes der zahlreichen umherstreifenden Raubtiere des Dschungels.

Während sie von diesen schrecklichen Gedanken gequält wurde, wurde sie sich plötzlich bewusst, dass die Fesseln an ihren Hand- und Fußgelenken nicht mehr schmerzten, und dann, dass ihre Hände voneinander getrennt waren, eine lag auf jeder Seite von ihr, anstatt dass beide auf ihrem Rücken gefesselt waren.

Verwundert bewegte sie eine Hand. Welches Wunder war geschehen? Sie war nicht gefesselt! Heimlich und geräuschlos bewegte sie ihre anderen Gliedmaßen, nur um zu entdecken, dass sie frei war. Sie konnte nicht wissen, wie es dazu kam, dass Taglat, der zu seinen eigenen unheilvollen Zwecken an ihnen nagte, sie nur einen Augenblick vorher durchtrennt hatte, bevor Numa ihn von seinem Opfer verjagte.

Einen Moment lang überwältigte Freude und Dankbarkeit Jane Clayton; aber nur einen Moment lang. Was nützte ihr die neu gewonnene Freiheit angesichts des furchtbaren Tieres, das so dicht neben ihr kauerte? Wenn sie diese Chance unter anderen Bedingungen gehabt hätte, wie gerne hätte sie diese genutzt; aber jetzt wurde die Chance ihr gegeben, als eine Flucht praktisch unmöglich war.

Der nächstgelegene Baum lag hundert Fuß entfernt, der Löwe weniger als fünfzig. Aufzustehen und zu versuchen, die Sicherheit dieser verlockenden Äste zu erreichen, würde nur die sofortige Vernichtung einleiten, denn Numa würde zweifellos zu begierig auf diese zukünftige Mahlzeit sein, um sie mit Leichtigkeit entkommen zu lassen. Und doch gab es noch eine andere Möglichkeit - eine Chance, die ganz von der unbekannten Laune des großen Tieres abhing.

Da sein Bauch bereits teilweise gefüllt war, könnte er die Flucht des Mädchens mit Gleichgültigkeit beobachten; doch konnte sie es sich leisten, eine so unwahrscheinliche Eventualität zu riskieren? Sie bezweifelte es. Andererseits war sie nicht gewillt, diese schwache Gelegenheit zum Leben ganz verstreichen zu lassen, ohne sie zu nutzen oder zu versuchen, einen Vorteil daraus zu ziehen.

Sie beobachtete den Löwen ganz genau. Er konnte sie nicht sehen, ohne seinen Kopf mehr als halb herumzudrehen. Sie würde eine List versuchen. Lautlos rollte sie sich in Richtung des nächstgelegenen Baumes und weg von dem Löwen, bis sie wieder in der gleichen Position lag, in der Numa sie zurückgelassen hatte, nur ein paar Meter weiter von ihm entfernt.

Hier lag sie atemlos und beobachtete den Löwen; aber das Tier gab kein Anzeichen dafür, dass es etwas gehört hatte, das seinen Verdacht erregte. Wieder rollte sie sich um, gewann ein paar Meter hinzu und lag wieder in starrer Betrachtung des Rückens des Tieres.

Während einer Zeit, die ihren angespannten Nerven stundenlang vorkam, setzte Jane Clayton diese Taktik fort, und noch immer nährte sich der Löwe in scheinbarer Unkenntnis darüber, dass seine zweite Beute ihm entkam. Das Mädchen war nur noch wenige Schritte von dem Baum entfernt - einen Augenblick mehr und sie wäre nahe genug, um aufzuspringen, die Vorsicht über Bord zu werfen und einen plötzlichen, kühnen Sprung in die Sicherheit zu wagen. Sie hatte sich schon halb umgedreht, das Gesicht vom Löwen abgewandt, als dieser plötzlich seinen großen Kopf drehte und seine Augen auf sie richtete. Er sah, wie sie sich auf die Seite rollte, weg von ihm, und dann waren ihre Augen wieder auf ihn gerichtet, und der kalte Schweiß brach aus jeder Pore des Mädchens, als sie erkannte, dass der Tod sie entdeckt hatte, wo doch das Leben fast zum Greifen nahelag.

Lange Zeit bewegten sich weder das Mädchen noch der Löwe. Das Tier lag regungslos da, den Kopf auf die Schultern gelegt und die glühenden Augen auf das schreckensstarre Opfer gerichtet, das nun fast fünfzig Meter Abstand hatte. Das Mädchen starrte direkt in diese grausamen Augen und wagte es nicht, auch nur einen Muskel zu bewegen.

Der Druck auf ihre Nerven wurde so unerträglich, dass sie kaum das wachsende Verlangen zu schreien unterdrücken konnte, als Numa sich absichtlich wieder dem Fressen zuwandte; aber seine nach hinten gelegten Ohren zeugten von einer unheimlichen Aufmerksamkeit für die Aktionen des Mädchens hinter ihm.

Als Jane Clayton erkannte, dass sie sich nicht noch einmal umdrehen konnte, ohne seine unmittelbare und vielleicht tödliche Aufmerksamkeit zu erregen, beschloss sie, alles zu riskieren und einen letzten Versuch zu unternehmen, den Baum zu erreichen und auf die unteren Äste zu klettern.

Sie sammelte sich heimlich für diesen Versuch und sprang plötzlich auf die Füße, aber fast gleichzeitig sprang der Löwe auf, drehte sich und stürmte mit weit aufgerissenen Kiefern und furchtbarem Gebrüll schnell auf sie zu.

Diejenigen, die ein Leben lang das Großwild Afrikas gejagt haben, werden bestätigen, dass kaum eine andere Kreatur auf der Welt die Geschwindigkeit eines angreifenden Löwen erreicht. Für die kurze Strecke, die die Großkatze zurücklegen kann, ähnelt sie nichts mehr als dem Ansturm einer riesigen Lokomotive bei voller Fahrt, und so war die Strecke, die Jane Clayton zurücklegen musste, zwar relativ klein, aber die ungeheure Geschwindigkeit des Löwen ließ ihre Hoffnungen auf ein Entkommen fast verschwinden.

Doch Angst kann Wunder bewirken, und obwohl der Aufwärtssprung des Löwen, als er sich dem Baum näherte, auf den sie kletterte, seine Krallen mit ihren Stiefeln in Berührung brachte, entzog sie sich seinem harkenden Griff, und als er gegen den Stamm ihres Zufluchtsortes sauste, zog sich das Mädchen in die Sicherheit der Äste oberhalb seiner Reichweite zurück.

Eine Zeit lang schritt der Löwe knurrend und stöhnend unter dem Baum umher, in dem Jane Clayton keuchend und zitternd kauerte. Das Mädchen war ein Opfer der nervösen Auswirkungen der schrecklichen Tortur, die sie vor Kurzem durchgemacht hatte, und in ihrem überreizten Zustand schien es, dass sie es nie wieder wagen würde, auf den Boden hinabzusteigen, inmitten der furchterregenden Gefahren, die die weite Strecke des Dschungels befallen, von der sie wusste, dass sie zwischen ihr und dem nächsten Dorf ihrer treuen Waziri liegen musste.

Es war schon fast dunkel, als der Löwe endlich die Lichtung verließ, und selbst wenn sein Platz neben den Überresten des verstümmelten Affen nicht sofort von einem Rudel Hyänen eingenommen worden wäre, hätte Jane Clayton es kaum gewagt, sich angesichts der herannahenden Nacht aus ihrer Zuflucht zu wagen, und so richtete sie sich, so gut sie konnte, auf das lange und ermüdende Warten ein, bis das Tageslicht irgendeine Möglichkeit bieten würde, aus der furchtbaren Umgebung zu entkommen, in der sie so schreckliche Abenteuer erlebt hatte.

Die Müdigkeit überwand schließlich sogar ihre Ängste, und sie fiel in einen tiefen Schlummer, in einer vergleichsweise sicheren, wenn auch eher unbequemen Position an den Baumstamm gelehnt und von zwei großen Ästen gestützt, die fast waagerecht nach außen wuchsen, aber ein paar Zoll voneinander entfernt lagen.

Die Sonne stand schon hoch am Himmel, als sie endlich erwachte, und unter ihr war weder von Numa noch von den Hyänen etwas zu sehen. Nur die sauber zerlegten Knochen des Affen, die auf dem Boden verstreut lagen, zeugten von dem, was sich nur wenige Stunden zuvor an diesem scheinbar friedlichen Ort ereignet hatte.

Hunger und Durst bedrängten sie nun, und als sie erkannte, dass sie hinuntersteigen oder verhungern musste, fasste sie endlich den Mut, die Tortur der weiteren Reise durch den Dschungel auf sich zu nehmen.

Obwohl sie wusste, dass der Ort, an dem einst ihr glückliches Zuhause gestanden hatte, nur noch Ruinen und Verwüstung aufwies, hoffte sie, dass sie, wenn sie die weite Ebene erreichte, eines der zahlreichen Waziri-Dörfer erreichen könnte, die über das umliegende Land verstreut lagen, oder zufällig auf eine umherziehende Gruppe dieser unermüdlichen Jäger stoßen würde.

Der Tag hatte sich bereits zur Hälfte dem Ende zugeneigt, als nicht weit vor ihr unerwartet der Klang eines Gewehrschusses ertönte, der sie aufschreckte. Als sie innehielt, um zu lauschen, folgte diesem ersten Schuss ein weiterer und noch einer und noch einer. Was konnte das bedeuten? Die erste Erklärung, die ihr in den Sinn kam, deutete darauf hin, dass es sich um eine Begegnung zwischen den arabischen Räubern und einer Gruppe von Waziri handelte; aber da sie nicht wusste, auf welcher Seite der Sieg liegen würde oder ob sie hinter Freund oder Feind stand, wagte sie nicht näher heranzugehen, um sich nicht einem Feind zu offenbaren.

Nachdem sie einige Minuten lang gelauscht hatte, kam sie zu der Überzeugung, dass nicht mehr als zwei oder drei Gewehre in den Kampf verwickelt waren, da nichts, was dem Klang einer Salve nahekam, ihre Ohren erreichte; dennoch zögerte sie, sich zu nähern, und endlich, entschlossen, kein Risiko einzugehen, kletterte sie in das verdeckende Laub eines Baumes neben dem Pfad, dem sie gefolgt war, und erwartete dort ängstlich, was immer sich zeigen würde.

Als das Schießen leiser wurde, hörte sie Männerstimmen, obwohl sie keine Worte erkennen konnte, und schließlich verstummten die Schüsse, und sie hörte zwei Männer in lauten Tönen miteinander reden. Dann herrschte eine lange Stille, die schließlich durch das leise Stampfen von Schritten auf dem Pfad vor ihr unterbrochen wurde, und in einem weiteren Augenblick erschien ein Mann in Sichtweite, der rückwärts auf sie zuging, ein Gewehr bereit in den Händen und die Augen wachsam auf den Weg gerichtet, den er gekommen war.

Fast augenblicklich erkannte Jane Clayton den Mann als M. Jules Frecoult, der erst kürzlich in ihrem Haus zu Gast weilte. Sie wollte ihm gerade in froher Erleichterung etwas zurufen, als sie sah, wie er schnell zur Seite sprang und sich im dichten Gestrüpp am Wegesrand versteckte. Es war offensichtlich, dass er von einem Feind verfolgt wurde, und so schwieg Jane Clayton, um Frecoults Aufmerksamkeit nicht abzulenken oder seinen Feind zu seinem Versteck zu führen.

Kaum hatte sich Frecoult versteckt, schlich die Gestalt eines weiß gewandeten Arabers lautlos den Pfad entlang und verfolgte ihn. Von ihrem Versteck aus konnte Jane Clayton beide Männer deutlich sehen. Sie erkannte Achmet Zek als den Anführer der Bande, die ihr Haus überfallen und sie zur Gefangenen gemacht hatte, und als sie sah, wie Frecoult, der vermeintliche Freund und Verbündete, sein Gewehr hob und vorsichtig auf den Araber zielte, blieb ihr das Herz stehen, und alle Kraft ihrer Seele war auf ein inbrünstiges Gebet für die Treffsicherheit seines Ziels gerichtet.

Achmet Zek hielt in der Mitte des Weges inne. Seine scharfen Augen tasteten jeden Busch und Baum in seinem Sichtbereich ab. Seine hochgewachsene Gestalt stellte ein perfektes Ziel für den perfiden Attentäter dar. Ein scharfer Schuss ertönte, und aus dem Busch, der den Belgier verbarg, stieg eine kleine Rauchwolke auf, als Achmet Zek nach vorne stolperte und mit dem Gesicht nach unten auf den Pfad fiel.

Als Werper auf den Pfad trat, wurde er von einem Freudenschrei über sich aufgeschreckt, und als er sich umdrehte, um den Urheber dieser unerwarteten Unterbrechung zu entdecken, sah er, wie Jane Clayton sich leicht von einem nahen Baum fallen ließ und mit ausgestreckten Händen nach vorne lief, um ihm zu seinem Sieg zu gratulieren.

XX. - Jane Claytons erneute Gefangenschaft

Obwohl ihre Kleidung zerrissen und ihr Haar zerzaust aussah, stellte Albert Werper fest, dass er noch nie einen so schönen Anblick gesehen hatte wie den, den Lady Greystoke in ihrer Erleichterung und Freude darüber bot, dass sie so unerwartet auf einen Freund und Retter traf, als die Hoffnung in weiter Ferne schien.

Falls der Belgier Zweifel daran gehabt hatte, dass die Frau von seiner Rolle bei dem perfiden Angriff auf ihr Haus und sich selbst Kenntnis hatte, wurden diese durch die echte Freundlichkeit ihrer Begrüßung schnell zerstreut. Sie erzählte ihm schnell von allem, was ihr widerfahren war, seit er ihr Haus verlassen hatte, und als sie vom Tod ihres Mannes sprach, wurden ihre Augen von den Tränen verschleiert, die sie nicht unterdrücken konnte.

"Ich bin erschüttert", erklärte Werper in gut gespielter Sympathie, "aber ich bin nicht überrascht. Dieser Teufel dort", und er zeigte auf die Leiche von Achmet Zek, "hat das ganze Land terrorisiert. Ihre Waziri sind entweder ausgerottet oder aus ihrem Land vertrieben bis weit in den Süden. Die Männer von Achmet Zek besetzen die Ebene um ihr ehemaliges Zuhause - es gibt weder Zuflucht noch Fluchtmöglichkeiten in dieser Richtung. Unsere einzige Hoffnung besteht darin, so schnell wie möglich nach Norden zu reisen, das Lager der Räuber zu erreichen, bevor die Nachricht von Achmet Zeks Tod die dort Verbliebenen erreicht, und durch irgendeine List eine Eskorte nach Norden zu bekommen.

"Ich glaube, das kann gelingen, denn ich war bei dem Räuber zu Gast, bevor ich die Natur des Mannes kannte, und die im Lager wissen nicht, dass ich mich gegen ihn wandte, als ich seine Schurkerei entdeckte.

"Kommen Sie! Wir werden uns beeilen, das Lager zu erreichen, bevor diejenigen, die Achmet Zek auf seinem letzten Raubzug begleitet haben, seine Leiche gefunden und die Nachricht von seinem Tod zu den zurückgebliebenen Halsabschneidern gebracht haben. Es ist unsere einzige Hoffnung, Lady Greystoke, und Sie müssen mir Ihr ganzes Vertrauen schenken, wenn ich Erfolg haben soll. Warten Sie hier einen Augenblick auf mich, während ich dem Araber die Brieftasche abnehme, die er mir gestohlen hat", und Werper trat schnell an die Seite des Toten und suchte kniend mit schnellen Fingern den Beutel, in dem sich die Steine befanden. Zu seiner Bestürzung war in den Kleidern von Achmet Zek keine Spur davon zu finden. Er erhob sich und ging den Weg zurück, um nach einer Spur des vermissten Beutels oder seines Inhalts zu suchen; aber er fand nichts, obwohl er die Umgebung seines toten Pferdes und ein paar Schritte in den Dschungel auf beiden Seiten sorgfältig absuchte. Verwirrt, enttäuscht und wütend kehrte er schließlich zu dem Mädchen zurück. "Die Brieftasche ist weg", erklärte er knapp, "und ich wage es nicht, länger mit der Suche danach zu verweilen. Wir müssen das Lager vor den zurückkehrenden Räubern erreichen."

Jane Clayton, die nichts von dem wahren Charakter des Mannes ahnte, sah weder in seinen Plänen noch in seiner fadenscheinigen Erklärung über seine frühere Freundschaft mit dem Räuber etwas Besonderes, und so ergriff sie bereitwillig die scheinbare Hoffnung auf Sicherheit, die er ihr bot, und wandte sich um, um mit Albert Werper in Richtung des feindlichen Lagers zu marschieren, in dem man sie so lange gefangen gehalten hatte.

Am späten Nachmittag des zweiten Tages erreichten sie ihr Ziel, und als sie am Rande der Lichtung vor den Toren des befestigten Dorfes innehielten, ermahnte Werper die Frau, auf alles einzugehen, was er durch sein Gespräch mit den Räubern vorschlagen würde.

"Ich werde ihnen sagen", erklärte er, "dass ich Sie nach Ihrer Flucht aus dem Lager aufgegriffen und zu Achmet Zek gebracht habe, und dass er, da er in einen hartnäckigen Kampf mit den Waziri verwickelt war, mich angewiesen hat, mit Ihnen ins Lager zurückzukehren, hier eine ausreichende Garde zu beschaffen und mit Ihnen so schnell wie möglich nach Norden zu reiten und Sie zu den günstigsten Bedingungen an einen gewissen Sklavenhändler zu veräußern, dessen Namen er mir gab."

Wieder ließ sich das Mädchen von der scheinbaren Offenheit des Belgiers täuschen. Sie erkannte, dass verzweifelte Situationen verzweifeltes Handeln erforderten, und obwohl sie innerlich zitterte bei dem Gedanken, erneut das abscheuliche und grässliche Dorf der Räuber zu betreten, sah sie keinen besseren Weg als den, den ihr Begleiter vorgeschlagen hatte.

Werper rief laut denen zu, die die Tore hüteten, und schritt, Jane Clayton am Arm ergreifend, kühn über die Lichtung. Diejenigen, die ihm die Tore öffneten, ließen ihre Überraschung deutlich in ihrem Gesichtsausdruck erkennen. Dass der in Verruf geratene und gejagte Leutnant so furchtlos aus eigenem Antrieb zurückkehrte, schien sie ebenso zu entwaffnen, wie sein Verhalten gegenüber Lady Greystoke sie getäuscht hatte.

Die Wachen am Tor erwiderten Werpers Gruß und betrachteten mit Erstaunen die Gefangene, die er mit ins Dorf brachte.

Sofort suchte der Belgier den Araber auf, der während der Abwesenheit von Achmet Zek für das Lager verantwortlich war, und wieder entwaffnete seine Kühnheit den Verdacht und gewann die Akzeptanz seiner falschen Erklärung für seine Rückkehr. Die Tatsache, dass er die geflohene Gefangene mitbrachte, verstärkte seine Behauptungen, und Mohammed Beyd fand sich bald in einer gutmütigen Verbrüderung mit demselben Mann wieder, den er ohne Gewissensbisse erschlagen hätte, wenn er ihn eine halbe Stunde vorher allein im Dschungel entdeckt hätte.

Jane Clayton befand sich wieder in der Gefangenenhütte wie zuvor, aber als sie erkannte, dass dies nur ein Teil der Täuschung war, die sie und Frecoult den leichtgläubigen Räubern vorspielten, hatte sie ein ganz anderes Gefühl beim Betreten des abscheulichen und schmutzigen Innenraums als beim letzten Mal, wo die Hoffnung in weiter Ferne lag.

Noch einmal wurde sie gefesselt und Wachen vor die Tür ihres Gefängnisses gestellt; aber bevor Werper sie verließ, flüsterte er ihr aufmunternde Worte ins Ohr. Dann verließ er sie und machte sich auf den Weg zurück zum Zelt von Mohammed Beyd. Er hatte sich gefragt, wie lange es wohl dauern würde, bis die Räuber, die mit Achmet Zek ausgeritten waren, mit der ermordeten Leiche ihres Anführers zurückkehren würden, und je mehr er über die Sache nachdachte, desto größer wurde seine Befürchtung, dass sein Plan ohne Komplizen scheitern würde.

Was, wenn er sogar sicher aus dem Lager entkam, bevor einer mit der wahren Geschichte seiner Schuld zurückkehrte - welchen Wert hätte dieser Vorteil, außer dass er seine seelische Qual und sein Leben um ein paar Tage verlängern würde? Diese harten Reiter, die jeden Pfad und Nebenpfad kannten, würden ihn erwischen, lange bevor er hoffen konnte, die Küste zu erreichen.

Während ihm diese Gedanken durch den Kopf gingen, betrat er das Zelt, in dem Mohammed Beyd im Schneidersitz auf einem Teppich saß und rauchte. Der Araber blickte auf, als der Europäer in seine Nähe kam.

"Sei gegrüßt, o Bruder!", begann dieser.

"Sei gegrüßt!", antwortete Werper.

Eine Zeit lang sprach keiner von beiden weiter. Der Araber brach als erster das Schweigen.

"Und meinem Herrn, Achmet Zek, ging es ihm gut, als du ihn zuletzt gesehen hast?", fragte er.

"Nie war er sicherer vor den Sünden und Gefahren der Sterblichkeit", antwortete der Belgier.

"Es ist gut", stellte Mohammed Beyd fest und blies einen kleinen Schwaden blauen Rauches gerade vor sich aus.

Wieder herrschte mehrere Minuten lang Schweigen.

"Und wenn er tot wäre?", fragte der Belgier, entschlossen, der Wahrheit auf die Spur zu kommen und zu versuchen, Mohammed Beyd in seine Dienste zu bekommen.

Die Augen des Arabers verengten sich, er beugte sich vor und sein Blick bohrte sich direkt in die Augen des Belgiers.

"Ich habe viel nachgedacht, Werper, seit du so unerwartet in das Lager des Mannes zurückgekehrt bist, den du getäuscht hast und der dich mit dem Tod im Herzen gesucht hat. Ich war viele Jahre mit Achmet Zek zusammen - seine eigene Mutter kannte ihn nicht so gut wie ich. Er verzeiht nie - noch viel weniger würde er einem Mann, der ihn einmal betrogen hat, wieder vertrauen; das weiß ich.

"Ich habe, wie gesagt, viel nachgedacht, und das Ergebnis meines Nachdenkens hat mich davon überzeugt, dass Achmet Zek tot ist - sonst hättest du es nie gewagt, in sein Lager zurückzukehren, es sei denn, du bist entweder ein mutigerer Mann oder ein größerer Narr, als ich es mir vorgestellt habe. Und wenn dieser Beweis meines Urteils nicht ausreicht, so habe ich doch soeben von deinen eigenen Lippen ein noch bestärkenderes Zeugnis erhalten - denn hast du nicht gesagt, dass Achmet Zek nie sicherer war vor den Sünden und Gefahren der Sterblichkeit? Achmet Zek ist tot - Du brauchst es nicht zu leugnen. Ich war weder seine Mutter noch seine Geliebte, also fürchte nicht, dass mein Wehklagen dich stören wird. Sag mir, warum du hierher zurückgekommen bist. Sag mir, was du willst, und, Werper, wenn du die Juwelen noch besitzt, von denen Achmet Zek mir erzählt hat, gibt es keinen Grund, warum wir beide nicht zusammen nach Norden reiten und das Lösegeld der weißen Frau und den Inhalt des Beutels, den du am Körper trägst, teilen sollten. Nicht wahr?"

Die bösen Augen verengten sich, ein bösartiges, dünnlippiges Lächeln quälte das schurkische Gesicht, als Mohammed Beyd wissend in das Gesicht des Belgiers grinste.

Werper war zugleich erleichtert und beunruhigt über die Haltung des Arabers. Die Selbstgefälligkeit, mit der er den Tod seines Chefs hinnahm, nahm dem Mörder von Achmet Zek eine erhebliche Angstbürde von den Schultern; aber seine Forderung nach einem Anteil an den Juwelen verhieß nichts Gutes für Werper, wenn Mohammed Beyd erfahren sollte, dass der Belgier die Edelsteine nicht mehr besaß.

Zuzugeben, dass er die Juwelen verloren hatte, könnte den Zorn oder den Verdacht des Arabers so sehr erregen, dass er seine neu gewonnenen Fluchtchancen aufs Spiel setzen würde. Seine einzige Hoffnung schien also darin zu liegen, Mohammed Beyd in dem Glauben zu bestärken, dass die Edelsteine noch in seinem Besitz seien, und sich auf die Zufälle der Zukunft zu verlassen, die ihm einen Weg zur Flucht eröffnen würden.

Könnte er es schaffen, mit dem Araber auf dem Marsch nach Norden ein Zelt neben ihm aufzuschlagen, würde er vielleicht reichlich Gelegenheit finden, diese Bedrohung für sein Leben und seine Freiheit zu beseitigen - es war einen Versuch wert, und außerdem schien es keinen anderen Ausweg aus seiner Situation zu geben.

"Ja", bestätigte er, "Achmet Zek ist tot. Er fiel im Kampf mit einer Kompanie abessinischer Kavallerie, die mich gefangen hielt. Während des Kampfes konnte ich entkommen; aber ich bezweifle, dass einer von Achmet Zeks Männern noch lebt, und das Gold, das sie suchten, ist im Besitz der Abessinier. Selbst jetzt marschieren sie zweifellos auf dieses Lager zu, denn sie wurden von Menelek ausgesandt, um Achmet Zek und seine Anhänger für einen Überfall auf ein abessinisches Dorf zu bestrafen. Es sind viele von ihnen, und wenn wir uns nicht beeilen zu fliehen, werden wir alle das gleiche Schicksal erleiden wie Achmet Zek."

Mohammed Beyd hörte schweigend zu. Er wusste nicht, wie viel von der Geschichte des Ungläubigen er ihm abkaufen konnte, aber da sie ihm einen Vorwand bot, das Dorf zu verlassen und nach Norden zu reiten, war er nicht geneigt, den Belgier zu sehr ins Kreuzverhör zu nehmen.

"Und wenn ich mit dir nach Norden reite", fragte er, "soll die Hälfte der Edelsteine und die Hälfte des Lösegeldes für die Frau mir gehören?"

"Ja", antwortete Werper.

"Gut", erklärte Mohammed Beyd. "Ich gehe jetzt, um den Befehl zum Aufbruch des Lagers am nächsten Morgen zu geben", und er erhob sich, um das Zelt zu verlassen.

Werper legte ihm eine zurückhaltende Hand auf den Arm.

"Warte", bat er, "lass uns bestimmen, wie viele uns begleiten sollen. Es ist nicht gut, wenn wir mit den Frauen und Kindern belastet werden, denn dann könnten wir tatsächlich von den Abessiniern überholt werden. Es wäre viel besser, eine kleine Gruppe aus euren besten Männern auszuwählen und eine Nachricht zurückzulassen, dass wir nach Westen reiten. Dann werden die Abessinier, wenn sie kommen, auf die falsche Fährte gelockt, falls sie es sich in den Kopf gesetzt haben, uns zu verfolgen, und wenn sie es nicht tun, werden sie wenigstens weniger schnell nach Norden reiten, im Gegensatz zu dem, wenn sie glauben, dass wir ihnen voraus seien."

"Die Schlange ist weniger weise als du, Werper", stellte Mohammed Beyd mit einem Lächeln fest. "Es soll geschehen, wie du sagst. Zwanzig Mann sollen uns begleiten, und wir werden nach Westen reiten, wenn wir das Dorf verlassen."

"Gut", rief der Belgier, und so wurde es arrangiert.

Früh am nächsten Morgen wurde Jane Clayton nach einer fast schlaflosen Nacht durch das Geräusch von Stimmen vor ihrem Gefängnis geweckt, und einen Augenblick später traten M. Frecoult und zwei Araber ein. Letztere lösten die Fesseln an ihren Knöcheln und hoben sie auf ihre Füße. Dann wurden ihre Handgelenke gelockert, sie bekam eine Handvoll trockenes Brot und wurde in das schwache Licht der Morgendämmerung hinausgeführt.

Sie schaute Frecoult fragend an, und in einem Moment, in dem die Aufmerksamkeit des Arabers in eine andere Richtung gelenkt wurde, beugte sich der Mann zu ihr und flüsterte ihr zu, dass alles so klappe, wie er es geplant habe. So versichert, fühlte die junge Frau ein Wiederaufleben der Hoffnung, die die lange und elende Nacht der Knechtschaft fast ausgelöscht hatte.

Kurz darauf wurde sie auf den Rücken eines Pferdes gehoben und von Arabern umringt durch das Tor des Dorfes und in den Dschungel Richtung Westen eskortiert. Eine halbe Stunde später bog die Gruppe nach Norden ab, und für den Rest des Marsches ging es in nördlicher Richtung weiter.

M. Frecoult sprach nur selten mit ihr, und sie verstand, dass er bei der Durchführung seiner Täuschung eher den Anschein eines Entführers als eines Beschützers aufrechterhalten musste, und so schöpfte sie keinen Verdacht, obwohl sie die freundschaftlichen Beziehungen sah, die zwischen dem Europäer und dem arabischen Anführer der Gruppe zu bestehen schienen.

Wenn es Werper auch gelang, sich von Gesprächen mit der jungen Frau fernzuhalten, so gelang es ihm doch nicht, sie aus seinen Gedanken zu vertreiben. Hundertmal am Tag wanderten seine Augen in ihre Richtung und ergötzten sich an ihren Reizen von Gesicht und Figur. Jede Stunde wuchs seine Verliebtheit in sie, bis sein Verlangen, sie zu besitzen, fast das Ausmaß des Wahnsinns annahm.

Hätten die Frau oder Mohammed Beyd ahnen können, was in den Gedanken des Mannes vorging, den jeder für einen Freund und Verbündeten hielt, wäre die scheinbare Harmonie der kleinen Gesellschaft empfindlich gestört worden.

Werper gelang es nicht, ein Zelt neben Mohammed Beyd zu bekommen, und so schmiedete er viele Pläne zur Ermordung des Arabers, die deutlich unkomplizierter gewesen wären, wenn man ihm erlaubt hätte, die nächtliche Schlafstelle des anderen zu teilen.

Am zweiten Tag der Reise zügelte Mohammed Beyd sein Pferd an der Seite des Tieres, auf dem die Gefangene saß. Es war anscheinend das erste Mal, dass der Araber von dem Mädchen Notiz nahm; aber viele Male während dieser zwei Tage hatten seine listigen Augen gierig unter der Kapuze seines Burnusses hervorgeschaut, um sich an den Schönheiten der Gefangenen zu weiden.

Auch gab es diese verborgene Verehrung nicht erst seit Kurzem. Er hatte sie empfunden, als die Frau des Engländers zuerst in die Hände von Achmet Zek fiel; aber solange dieser strenge Anführer lebte, hatte Mohammed Beyd nicht einmal gewagt, auf eine Verwirklichung seiner Fantasien zu hoffen.

Jetzt aber war es anders - nur ein verachteter Hund von einem Christen stand zwischen ihm und dem Besitz des Mädchens. Wie leicht würde es sein, den Ungläubigen zu erschlagen und sowohl die Frau als auch die Edelsteine an sich zu reißen! Mit dem Letzteren in seinem Besitz würde das Lösegeld, das für die Gefangene erlangt werden könnte, keinen großen Anreiz bilden, sie angesichts der Freuden des Alleinbesitzes aufzugeben. Ja, er würde Werper töten, alle Edelsteine an sich nehmen und die Engländerin für sich behalten.

Er sah sie an, während sie an seiner Seite ritt. Wie schön sie war! Seine Finger öffneten und schlossen sich - dünne, braune Krallen, die sich danach sehnten, das weiche Fleisch des Opfers in deren unbarmherzigem Griff zu spüren.

"Wissen Sie", fragte er, sich zu ihr beugend, "wohin dieser Mann Sie bringen würde?"

Jane Clayton nickte bejahend.

"Und Sie sind bereit, das Lustobjekt eines schwarzen Sultans zu werden?"

Das Mädchen richtete sich zu ihrer vollen Größe auf und wandte den Kopf ab; aber sie antwortete nicht. Sie fürchtete, sich durch das Wissen um die List, die M. Frecoult dem Araber vorspielte, durch eine unzureichende Darstellung von Schrecken und Abneigung zu verraten.

"Sie können diesem Schicksal entgehen", fuhr der Araber fort; "Mohammed Beyd wird Sie retten", und er streckte eine braune Hand aus und ergriff die Finger ihrer rechten Hand in einem Griff, der so plötzlich und so heftig war, dass diese brutale Leidenschaft in der Tat so deutlich zum Vorschein kam, als hätten seine Lippen sie in Worten bekundet. Jane Clayton riss sich aus seinem Griff los.

"Du Scheusal!", schrie sie. "Lass mich, oder ich werde M. Frecoult rufen."

Mohammed Beyd wich mit einem finsteren Blick zurück. Seine dünne Oberlippe kräuselte sich nach oben und enthüllte seine glatten, weißen Zähne.

"M. Frecoult?", höhnte er. "So eine Person gibt es nicht. Der Name des Mannes ist Werper. Er ist ein Lügner, ein Dieb und ein Mörder. Er tötete seinen Hauptmann im Kongo und flüchtete in den Schutz von Achmet Zek. Er führte Achmet Zek zur Plünderung Ihres Hauses. Er folgte Ihrem Mann und plante, ihm sein Gold zu stehlen. Er hat mir erzählt, dass Sie ihn für Ihren Beschützer halten, und das hat er ausgenutzt, um Ihr Vertrauen zu gewinnen, damit es leichter wird, Sie nach Norden zu bringen und in den Harem eines schwarzen Sultans zu verkaufen. Mohammed Beyd ist Ihre einzige Hoffnung", und mit dieser Behauptung, die der Gefangenen zu denken geben sollte, spurtete der Araber auf den Kopf der Kolonne zu.

Jane Clayton konnte nicht wissen, wie viel von Mohammed Beyds Anschuldigung wahr und wie viel falsch sein mochte; aber zumindest hatte es die Wirkung, ihre Hoffnungen zu dämpfen und sie dazu zu bringen, jede vergangene Tat des Mannes, auf den sie als ihren einzigen Beschützer inmitten einer Welt voller Feinde und Gefahren geschaut hatte, mit Misstrauen zu betrachten.

Auf dem Marsch hatte man für die Gefangene ein eigenes Zelt bereitgestellt, das nachts zwischen denen von Mohammed Beyd und Werper aufgeschlagen wurde. Eine Wache stand an der Vorderseite und eine weitere an der Rückseite, und mit diesen Vorkehrungen hatte man es nicht für nötig gehalten, die Gefangene in Fesseln zu legen. Am Abend nach ihrer Unterredung mit Mohammed Beyd saß Jane Clayton einige Zeit an der Zeltöffnung und beobachtete das raue Treiben im Lager. Sie hatte die Mahlzeit gegessen, die ihr Mohammed Beyds Negersklave brachte - eine Mahlzeit aus Maniokkuchen und einem undefinierbaren Eintopf, in dem ein frisch getöteter Affe, ein paar Eichhörnchen und die Überreste eines Zebras, das man am Vortag erlegt hatte, gleichgültig und geschmacklos vermischt waren; aber die einstige Baltimore-Schönheit hatte im harten Kampf ums Dasein längst ihren Ästhetizismus abgelegt, der sich früher bei viel geringeren Provokationen empörte.

Als die Augen des Mädchens über die zertrampelte Dschungellichtung wanderten, die durch die Anwesenheit von Menschen bereits verwüstet aussah, nahm sie weder die näheren Objekte des Vordergrunds wahr, noch die ungehobelten Männer, die lachten oder miteinander stritten, oder den Dschungel dahinter, der den äußersten Bereich ihrer materiellen Vision umschrieb. Ihr Blick wanderte durch all das hindurch, ohne es zu sehen, um sich auf einen entfernten Bungalow und Szenen glücklicher Sicherheit zu konzentrieren, die ihr Tränen der gemischten Freude und des Kummers in die Augen trieben. Sie sah einen großen, breitschultrigen Mann, der von den fernen Feldern heranritt; sie sah sich selbst, die darauf wartete, ihn mit einem Armvoll frisch geschnittener Rosen aus den Büschen zu begrüßen, die das kleine rustikale Tor vor ihr flankierten. All das war weg, in die Vergangenheit verschwunden, ausgelöscht von den Flammen und Kugeln und dem Hass dieser abscheulichen und entarteten Männer. Mit einem unterdrückten Schluchzen und einem kleinen Schauder kehrte Jane Clayton in ihr Zelt zurück und suchte den Stapel unsauberer Decken auf, der ihr Bett bildete. Sie warf sich mit dem Gesicht nach unten darauf und schluchzte ihr Elend heraus, bis der gütige Schlaf ihr zumindest vorübergehend Erleichterung verschaffte.

Und während sie schlief, stahl sich eine Gestalt aus dem Zelt, das rechts neben dem ihren stand. Die Gestalt näherte sich der Wache vor dem Eingang und flüsterte dem Mann ein paar Worte ins Ohr. Dieser nickte und schritt durch die Dunkelheit in Richtung seiner eigenen Schlafstätte davon. Die Gestalt ging zur Rückseite von Jane Claytons Zelt und sprach erneut mit dem dortigen Wachposten, und auch dieser Mann verließ das Zelt und folgte der Spur des ersten.

Dann stahl sich derjenige, der die beiden weggeschickt hatte, lautlos zur Zeltklappe und öffnete die Verschlüsse, um mit der Geräuschlosigkeit eines körperlosen Geistes einzutreten.

XXI. - Die Flucht in den Dschungel

Schlaflos auf seinen Decken, ließ Albert Werper seine schlechten Gedanken über die Reize der Frau im nahen Zelt schweifen. Er hatte Mohammed Beyds plötzliches Interesse an der jungen Frau bemerkt und, den Mann nach seinen eigenen Maßstäben beurteilend, den Grund für die plötzliche Änderung der Haltung des Arabers gegenüber der Gefangenen erraten.

Und während er seiner Fantasie freien Lauf ließ, erweckten sie in ihm eine rasende Eifersucht auf Mohammed Beyd und eine große Angst, dass der andere seine niederen Absichten auf die wehrlose Frau ausüben könnte. Durch einen seltsamen Denkprozess stellte sich Werper, dessen Pläne mit denen des Arabers identisch waren, als Jane Claytons Beschützer vor und überzeugte sich, dass die Annäherung, die ihr abscheulich erscheinen mochte, wenn sie von Mohammed Beyd gemacht würde, von Albert Werper erwünscht wäre.

130

Ihr Mann mochte tot sein, und Werper bildete sich ein, er könne im Herzen des Mädchens die Stelle ersetzen, die durch die Tat des Sensenmannes frei geworden war. Er könnte Jane Clayton die Ehe anbieten - was Mohammed Beyd nicht tun würde, und was das Mädchen mit ebenso tiefem Abscheu vor ihm verschmähen würde wie seine ruchlose Lust.

Es dauerte nicht lange, bis es dem Belgier gelang, sich davon zu überzeugen, dass die Gefangene nicht nur allen Grund hatte, Gefühle der Zuneigung für ihn zu empfinden, sondern dass sie ihre neugeborene Zuneigung durch verschiedene weibliche Verhaltensweisen bestätigt hatte.

Und dann ergriff ein plötzlicher Entschluss von ihm Besitz. Er warf die Decken von sich und richtete sich auf. Er zog seine Stiefel an, schnallte sich den Patronengürtel und den Revolver um die Hüften, trat an die Klappe seines Zeltes und schaute hinaus. Vor dem Eingang zum Zelt der Gefangenen stand kein Wachposten mehr! Was konnte das bedeuten? Das Schicksal spielte ihm tatsächlich in die Hände.

Er schritt nach draußen und ging zur Rückseite des Frauenzeltes. Auch dort gab es keine Wache! Und nun ging er mutig zum Eingang und trat hinein.

Schwach beleuchtete das Mondlicht das Innere. Auf der anderen Seite des Zeltes beugte sich eine Gestalt über die Decken eines Bettes. Ein geflüstertes Wort ertönte, und eine weitere Gestalt erhob sich von den Decken in eine sitzende Position. Langsam gewöhnten sich Albert Werpers Augen an die Dunkelheit des Zeltes. Er sah, dass es sich bei der Gestalt, die sich über das Bett beugte, um einen Mann handelte, und er ahnte, wer der nächtliche Besucher wahrscheinlich war.

Eine dumpfe, eifersüchtige Wut überkam ihn. Er machte einen Schritt in die Richtung der beiden. Er hörte, wie ein erschrockener Schrei von den Lippen der Frau kam, als sie die Züge des Mannes über sich erkannte, und er sah, wie Mohammed Beyd sie an der Kehle packte und sie auf die Decken zurückwarf.

Gekränkte Leidenschaft warf einen roten Fleck in die Augen des Belgiers. Nein! Der Mann sollte sie nicht haben. Sie war für ihn und für ihn alleine. Er würde sich nicht seiner Rechte berauben lassen.

Schnell raste er durch das Zelt und warf sich auf den Rücken von Mohammed Beyd. Dieser war zwar von dem plötzlichen und unerwarteten Angriff überrascht, aber er gab nicht kampflos auf. Die Finger des Belgiers tasteten nach seiner Kehle, aber der Araber riss sie weg und stürzte sich auf seinen Widersacher. Als sie sich gegenüberstanden, versetzte Werper dem Araber einen schweren Schlag ins Gesicht, der ihn nach hinten taumeln ließ. Hätte er seinen Vorteil genutzt, wäre er Mohammed Beyd in einem weiteren Augenblick los gewesen; aber stattdessen zerrte er an seinem Revolver, um diesen aus dem Holster zu ziehen, und das Schicksal wollte es, dass die

Waffe genau in diesem Moment in ihrer Lederscheide festhing.

Bevor er sie herausziehen konnte, hatte sich Mohammed Beyd erholt und stürzte sich auf ihn. Wieder schlug Werper dem anderen ins Gesicht, und der Araber erwiderte den Schlag. Indem sie aufeinander einschlugen und unaufhörlich versuchten, sich zu umklammern, kämpften die beiden in dem kleinen Innenraum des Zeltes, während die Frau mit vor Schreck und Erstaunen geweiteten Augen in eisiger Stille das Duell beobachtete. Immer wieder bemühte sich Werper, seine Waffe zu ziehen. Mohammed Beyd, der keinen solchen Widerstand gegen seine niederen Gelüste erwartete, war unbewaffnet zum Zelt gekommen, außer einem langen Messer, das er jetzt zog, als er während der ersten kurzen Pause des Kampfes keuchend dastand.

"Christenhund", fauchte er, "schau dir dieses Messer in den Händen von Mohammed Beyd an! Sieh gut hin, Ungläubiger, denn es ist das Letzte, was du im Leben sehen oder fühlen wirst. Mit ihm wird Mohammed Beyd dein schwarzes Herz herausschneiden. Wenn du einen Gott hast, bete zu ihm - in einer Minute wirst du tot sein", und damit stürzte er sich wild auf den Belgier, das Messer hoch über dessen Kopf erhoben.

Werper zerrte noch immer vergeblich an seiner Waffe. Der Araber war fast an ihm dran. In seiner Verzweiflung wartete der Europäer, bis Mohammed Beyd ihn fast erreicht hatte, dann warf er sich zur Seite auf den Zeltboden und stellte dem Araber ein Bein in den Weg.

Der Trick gelang. Mohammed Beyd, getragen vom Schwung seines Angriffs, stolperte über das hervorstehende Hindernis und stürzte zu Boden. Sofort sprang er wieder auf die Beine und drehte sich, um den Kampf zu erneuern; aber Werper war ihm einen Schritt voraus, und jetzt blitzte sein Revolver, der sich aus dem Halfter gelöst hatte, in seiner Hand auf.

Der Araber stürzte sich kopfüber auf ihn, es gab einen scharfen Schuss, einen grellen Flammenschein in der Dunkelheit, und Mohammed Beyd wälzte sich auf dem Boden hin und her, bis er neben dem Bett der Frau, die er zu entehren versucht hatte, zur letzten Ruhe kam.

Fast unmittelbar nach dem Ereignis hörte man aufgeregte Stimmen im Lager. Männer riefen sich gegenseitig zu und fragten nach der Bedeutung des Schusses. Werper konnte hören, wie sie hin und her rannten und nachforschten.

Jane Clayton hatte sich aufgerichtet, als der Araber starb, und nun kam sie mit ausgestreckten Händen auf Werper zu.

"Wie kann ich Ihnen jemals danken, mein Freund?", fragte sie. "Und wenn ich daran denke, dass ich erst heute fast die schändliche Geschichte geglaubt hätte, die mir dieses Tier von Ihrer Niedertracht und Ihrer Vergangenheit erzählt hat. Vergeben Sie mir, M. Frecoult. Ich hätte wissen können, dass ein weißer Mann und ein Gentleman nichts anderes sein kann als der

Beschützer einer Frau seiner eigenen Spezies inmitten der Gefahren dieses wilden Landes."

Werpers Hände fielen schlaff zur Seite. Er stand da und schaute die Frau an; aber er konnte keine Worte finden, um ihr zu antworten.

Draußen suchten die Araber nach dem Urheber des beunruhigenden Schusses. Die beiden Wachposten, die von Mohammed Beyd abgelöst und zu ihren Decken geschickt worden waren, waren die Ersten, die vorschlugen, zum Zelt der Gefangenen zu gehen. Es kam ihnen in den Sinn, dass sich die Frau möglicherweise erfolgreich gegen den Anführer gewehrt hatte. Werper hörte, wie sich die Männer näherten. Als Mörder von Mohammed Beyd festgenommen zu werden, käme einem sofortigen Todesurteil gleich. Die wilden und brutalen Räuber würden einen Christen in Stücke reißen, der es gewagt hatte, das Blut ihres Anführers zu vergießen. Er musste eine Ausrede finden, um das Auffinden von Mohammed Beyds Leiche zu verzögern.

Er steckte seinen Revolver wieder in seinen Holster und ging schnell zum Eingang des Zeltes. Er öffnete die Klappen, trat heraus und stellte sich den Männern, die sich schnell näherten. Irgendwie fand er in sich die nötige Tapferkeit, um ein Lächeln auf seine Lippen zu zwingen, als er die Hand hob, um sie am Weiterkommen zu hindern.

"Die Frau hat sich gewehrt", erklärte er, "und Mohammed Beyd sah sich gezwungen, sie zu erschießen. Sie ist nicht tot, nur leicht verwundet. Ihr könnt zurück zu euren Schlafplätzen gehen. Mohammed Beyd und ich werden uns um die Gefangene kümmern." Dann drehte er sich um und betrat wieder das Zelt, und die Angreifer kehrten, zufrieden mit dieser Erklärung, gerne zu ihrem unterbrochenen Schlummer zurück.

Als er Jane Clayton wieder gegenüberstand, fand sich Werper von ganz anderen Absichten beseelt als denen, die ihn nur wenige Minuten zuvor aus seinen Decken gelockt hatten. Die Aufregung über die Begegnung mit Mohammed Beyd sowie die Gefahren, die ihm jetzt durch die Räuber drohten, wenn der Morgen unweigerlich die Wahrheit über das, was sich in der Nacht im Zelt des Gefangenen ereignet hatte, ans Licht bringen würde, hatten natürlich die heiße Leidenschaft abgekühlt, die ihn beim Betreten des Zeltes beherrscht hatte.

Aber eine andere und stärkere Kraft übte sich zugunsten der Frau aus. Wie tief ein Mensch auch sinken mag, Ehre und Ritterlichkeit, sofern er sie je besaß, werden nie ganz aus seinem Charakter getilgt, und obwohl Albert Werper schon lange aufgehört hatte, den geringsten Anspruch auf das eine oder das andere zu erheben, wurde durch die spontane Anerkennung, die die Rede des Mädchens voraussetzte, beides wieder in ihm geweckt.

Zum ersten Mal erkannte er die fast hoffnungslose und furchtbare Lage der schönen Gefangenen und die Tiefe der Schmach, in die er selbst gesunken war, die es ihm, einem wohlgeborenen, europäischen Gentleman, möglich gemacht hatte, auch nur einen Augenblick lang die Rolle zu spielen, die er bei der Zerstörung ihres Heims, ihres Glücks und ihrer selbst gespielt hatte.

Es lag schon zu viel Niedertracht auf der Schwelle seines Gewissens, als dass er jemals hoffen konnte, sich vollständig zu rehabilitieren; aber in dem ersten, plötzlichen Ausbruch von Zerknirschung empfand der Mann die ehrliche Absicht, das Übel, das seine kriminelle Habgier über diese süße und unschuldige Frau gebracht hatte, so weit es in seiner Macht lag, wiedergutzumachen.

Während er scheinbar auf die sich entfernenden Schritte lauschte, schritt Jane Clayton auf ihn zu.

"Was sollen wir jetzt tun?", wollte sie wissen. "Der Morgen wird die Entdeckung bringen", und sie zeigte auf den regungslosen Körper von Mohammed Beyd. "Man wird Sie töten, wenn man ihn findet."

Eine Zeit lang antwortete Werper nicht, dann wandte er sich plötzlich der Frau zu.

"Ich habe einen Plan", verkündete er. "Er wird Nerven und Mut von Ihnen erfordern; aber Sie haben bereits gezeigt, dass Sie beides besitzen. Können Sie noch mehr ertragen?"

"Ich kann alles ertragen", erwiderte sie mit einem tapferen Lächeln, "was uns auch nur eine kleine Chance zur Flucht bietet."

"Sie müssen Ihren Tod vortäuschen", erklärte er, "während ich Sie aus dem Lager trage. Ich werde den Wachen erklären, dass Mohammed Beyd mir befohlen hat, Ihren Körper in den Dschungel zu bringen. Diese scheinbar unnötige Handlung werde ich damit erklären, dass Mohammed Beyd eine heftige Leidenschaft für Sie empfunden hat und dass er die Tat, durch die er Ihr Mörder geworden ist, so sehr bedauert, dass er den stillen Vorwurf Ihres leblosen Körpers nicht ertragen kann."

Die junge Frau hob die Hand, um zu unterbrechen. Ein Lächeln umspielte ihre Lippen.

"Sind Sie ganz verrückt?", wunderte sie sich. "Glauben Sie wirklich, dass die Wachen eine solch lächerliche Geschichte glauben werden?"

"Sie kennen diese Leute nicht", antwortete er. "Unter ihrem rauen Äußeren, trotz ihrer gefühllosen und kriminellen Natur, gibt es in jedem von ihnen einen gut entwickelten Stamm von romantischer Emotionalität - Sie finden das unter solchen Leuten überall auf der Welt. Es ist die Romantik, die die Männer dazu verleitet, ein wildes Leben als Gesetzlose und Verbrecher zu führen. Die List wird gelingen - keine Angst."

Jane Clayton zuckte mit den Schultern. "Wir können es nur versuchen - und was dann?"

134

"Ich werde Sie im Urwald verstecken", fuhr der Belgier fort, "und Sie am Morgen allein und mit zwei Pferden holen."

"Aber wie wollen Sie den Tod von Mohammed Beyd erklären?", fragte sie. "Man wird ihn entdecken, noch bevor Sie am Morgen aus dem Lager fliehen können."

"Ich werde es nicht erklären", antwortete Werper. "Mohammed Beyd wird es selbst erklären - das müssen wir ihm überlassen. Sind Sie bereit für das Wagnis?"

"Ja."

"Aber warten Sie, ich muss eine weitere Waffe und Munition besorgen", und Werper ging schnell aus dem Zelt.

Sehr bald kehrte er mit einem zusätzlichen Revolver und einem Munitionsgürtel zurück, den er sich um die Hüfte schnallte.

"Sind Sie bereit?", fragte er.

"Ziemlich bereit", antwortete die Frau.

"Dann kommen Sie und werfen Sie sich schlaff über meine linke Schulter", und Werper kniete nieder, um sie zu empfangen.

"Na", sagte er, während er sich aufrichtete. "Jetzt lassen Sie Ihre Arme, Ihre Beine und Ihren Kopf schlaff hängen. Denken Sie daran, dass Sie tot sind."

Einen Augenblick später schritt der Mann hinaus ins Lager, den Körper der Frau über der Schulter.

Um das Lager herum hatte man ein Dornengehege aufgeschlagen, um die hungrigen Raubtiere abzuschrecken. Ein paar Wachen schritten im Schein eines Feuers, das hell brannte, hin und her. Der Nähere von ihnen blickte überrascht auf, als er Werper herankommen sah.

"Wer bist du?", rief er. "Was hast du da?"

Werper hob die Kapuze seines Burnusses, damit der Mann sein Gesicht sehen konnte.

"Das ist die Leiche der Frau", erklärte er. "Mohammed Beyd hat mich gebeten, sie in den Dschungel zu bringen, denn er kann es nicht ertragen, das Gesicht der Frau zu sehen, die er liebte und die er aus Not töten musste. Er leidet sehr - er ist untröstlich. Nur mit Mühe konnte ich ihn davon abhalten, sich das Leben zu nehmen."

Über die Schulter des Sprechers hinweg, schlaff und verängstigt, wartete die junge Frau auf die Antwort des Arabers. Er würde über diese absurde Geschichte lachen, da war sie sich sicher. In einem Augenblick würde er die Täuschung entlarven, die M. Frecoult an ihm vorzunehmen versuchte, und sie wären beide verloren. Sie versuchte zu überdenken, wie sie ihrem vermeintlichen Retter in dem Kampf helfen könnte, der mit Sicherheit in ein oder zwei Augenblicken folgen würde.

Dann hörte sie die Stimme des Arabers, als er M. Frecoult antwortete.

"Gehst du allein, oder möchtest du, dass ich jemanden wecke, der dich begleitet?", fragte er, und sein Ton verriet nicht die geringste Überraschung darüber, dass Mohammed Beyd plötzlich so bemerkenswert sensible Eigenschaften entdeckt hatte.

"Ich werde allein gehen", antwortete Werper, und er ging weiter und durch die schmale Öffnung im Gehege hinaus, an der der Wächter stand.

Einen Augenblick später trat er mit seiner Last zwischen die Baumstämme, und als er sicher vor den Blicken des Wächters verborgen war, ließ er das Mädchen mit einem leisen "Sch-sch" auf die Füße sinken, als sie etwas sagen wollte.

Dann führte er sie ein Stück weiter in den Wald hinein, blieb unter einem großen Baum mit ausladenden Ästen stehen, schnallte ihr einen Patronengürtel und einen Revolver um die Taille und half ihr, in die unteren Äste zu klettern.

"Morgen", flüsterte er, "sobald ich mich aus dem Staub machen kann, werde ich zu Ihnen zurückkehren. Seien Sie tapfer, Lady Greystoke - wir können noch entkommen."

"Ich danke Ihnen", erwiderte sie in leisem Ton. "Sie waren sehr freundlich und sehr tapfer."

Werper antwortete nicht, und die Dunkelheit der Nacht verbarg die scharlachrote Röte der Scham, die über sein Gesicht aufstieg. Schnell drehte er sich um und machte sich auf den Rückweg zum Lager. Der Wachposten sah von seinem Posten aus, wie Werper in sein eigenes Zelt eintrat; aber er sah nicht, wie er unter die hintere Plane kroch und vorsichtig zu dem Zelt schlich, das die Gefangene bezogen hatte und in dem nun der tote Körper von Mohammed Beyd lag.

Werper hob die Unterkante der Rückwand an, kroch hinein und näherte sich dem Leichnam. Ohne einen Augenblick zu zögern, ergriff er die toten Handgelenke und zerrte den Körper auf dem Rücken zu der Stelle, an der er gerade hereingekommen war. Auf Händen und Knien kroch er zurück, wie er hereingekommen war, und zog die Leiche hinter sich her. Draußen angekommen, kroch der Belgier an die Seite des Zeltes und überblickte so viel vom Lager, wie in seiner Sichtweite lag - niemand beobachtete ihn.

Er kehrte zu dem Leichnam zurück, hob ihn auf seine Schulter und rannte mit einem schnellen Vorstoß durch die schmale Öffnung, die das Zelt der Gefangenen von dem des toten Mannes trennte. Hinter dem seidenen Zelt blieb er stehen, ließ seine Last auf den Boden sinken und verharrte dort mehrere Minuten lang regungslos und lauschend.

Endlich überzeugt, dass ihn niemand gesehen hatte, bückte er sich und hob den Boden der Zeltwand an, ging rückwärts hinein und schleppte das Gebilde, das Mohammed Beyd gewesen war, hinter sich her. Zu den Schlafdecken des toten Räubers zog er den Leichnam, dann tastete er in der Dunkelheit herum, bis er Mohammed Beyds Revolver gefunden hatte. Mit der Waffe in der Hand kehrte er an die Seite des Toten zurück, kniete neben dem Bettzeug nieder und steckte die rechte Hand mit der Waffe unter die Teppiche, schob mit der linken Hand einige Dicken des dicht gewebten Stoffes über und um den Revolver. Dann drückte er ab und hustete gleichzeitig.

Das dumpfe Geräusch konnte von einem Menschen, der direkt vor dem Zelt stand, nicht über das Husten hinaus gehört werden. Werper war zufrieden. Ein grimmiges Lächeln umspielte seine Lippen, als er die Waffe aus den Teppichen zog und sie vorsichtig in die rechte Hand des Toten legte, wobei er drei der Finger um den Griff und den Zeigefinger im Abzugsbügel fixierte.

Er verweilte noch einen Moment, um die ungeordneten Teppiche neu zu ordnen, dann verließ er das Zelt so, wie er es betreten hatte, und befestigte die Rückwand des Zeltes so, wie sie war, bevor er sie hochgezogen hatte.

Als er zum Zelt der Gefangenen ging, entfernte er auch dort den Hinweis, dass jemand unter der Rückwand hindurchgegangen sein könnte. Dann kehrte er zu seinem eigenen Zelt zurück, trat ein, befestigte die Plane und kroch in seine Decken.

Am nächsten Morgen wurde er durch die aufgeregte Stimme des Sklaven von Mohammed Beyd geweckt, der ihm am Eingang seines Zeltes zurief.

"Schnell! Schnell!", rief der Schwarze in einem erschrockenen Ton. "Komm! Mohammed Beyd liegt tot in seinem Zelt - tot durch seine eigene Hand."

Werper setzte sich bei dem ersten Alarm schnell in seinen Decken auf, ein erschrockener Ausdruck auf seinem Gesicht; aber bei den letzten Worten des Schwarzen entkam seinen Lippen ein Seufzer der Erleichterung, und ein leichtes Lächeln ersetzte die angespannten Linien auf seinem Gesicht.

"Ich komme", rief er dem Sklaven zu, zog seine Stiefel an, stand auf und ging aus dem Zelt hinaus.

Aufgeregte Araber und Schwarze rannten aus allen Teilen des Lagers zum seidenen Zelt von Mohammed Beyd, und als Werper eintrat, fand er eine Anzahl von Räubern um den kalten und steifen Leichnam versammelt.

Der Belgier bahnte sich seinen Weg zwischen ihnen hindurch und blieb neben dem toten Körper des Räubers stehen. Er sah einen Moment lang schweigend auf das regungslose Gesicht hinunter, dann drehte er sich zu den Arabern um.

"Wer hat das getan?", rief er. Sein Ton war bedrohlich und anklagend zugleich. "Wer hat Mohammed Beyd ermordet?"

Ein plötzlicher Chor von Stimmen erhob sich in stürmischem Protest.

"Mohammed Beyd wurde nicht ermordet", riefen sie. "Er starb durch seine eigene Hand. Dies und Allah sind unsere Zeugen", und sie zeigten auf einen Revolver in der Hand des Toten.

Eine Zeit lang gab Werper vor, skeptisch zu sein, ließ sich aber schließlich überzeugen, dass Mohammed Beyd sich tatsächlich aus Reue über den Tod der weißen Frau umgebracht hatte, die er, ohne dass seine Anhänger es wussten, so hingebungsvoll geliebt hatte.

Werper selbst wickelte die Decken des Toten um die Leiche, wobei er darauf achtete, den versengten und von Kugeln zerrissenen Stoff, der den Klang der Waffe dämpfte, die er in der Nacht zuvor abgefeuert hatte, nach innen zu falten. Dann trugen sechs stämmige Schwarze den Leichnam hinaus auf die Lichtung, auf der das Lager stand, und legten ihn in einem flachen Grab ab. Als die lockere Erde auf die stumme Gestalt unter den verräterischen Decken fiel, stieß Albert Werper einen weiteren Seufzer der Erleichterung aus - sein Plan war noch besser aufgegangen, als er zu hoffen gewagt hatte.

Nach dem Tod von Achmet Zek und Mohammed Beyd waren die Räuber ohne Anführer, und nach einer kurzen Besprechung beschlossen sie, in den Norden zurückzukehren und die verschiedenen Stämme aufzusuchen, zu denen sie gehörten. Nachdem Werper die Richtung erfahren hatte, die sie einzuschlagen gedachten, verkündete er, dass er seinerseits nach Osten zur Küste gehen würde, und da sie nicht wussten, was einer von ihnen von seinen Habseligkeiten begehren könnte, signalisierten sie ihre Bereitschaft, dass er seinen Weg gehen möge.

Als sie davon ritten, saß er auf seinem Pferd in der Mitte der Lichtung und sah zu, wie sie einer nach dem anderen im Dschungel verschwanden, und dankte seinem Gott, dass er endlich ihren schurkischen Fängen entkommen war.

Als er nichts mehr von ihnen hören konnte, wandte er sich nach rechts und ritt in den Wald hinein zu dem Baum, unter dem er Lady Greystoke versteckt hatte, und rief mit fröhlicher und hoffnungsvoller Stimme ein angenehmes "Guten Morgen!"

Es kam keine Antwort, und obwohl seine Augen das dichte Blattwerk über seinem Kopf absuchten, konnte er kein Zeichen der Frau sehen. Er stieg ab und kletterte schnell auf den Baum, von dem aus er alle Äste überblicken konnte. Der Baum war leer - Jane Clayton war während der lautlosen Stunden der Dschungelnacht verschwunden.

XXII. - Tarzans Erinnerung kehrt zurück

Während Tarzan die Steine aus dem wiedergefundenen Beutel durch seine Finger gleiten ließ, kehrten seine Gedanken zu dem Haufen gelber Barren zurück, um den die Araber und die Abessinier ihren unerbittlichen Kampf geführt hatten.

Was war die Gemeinsamkeit zwischen diesem Haufen schmutzigen Metalls und den schönen, funkelnden Steinen, die früher in seinem Beutel gewesen waren? Was war das Metall? Woher war es gekommen? Was war das für eine quälende Ahnung, die von seinem Gedächtnis die Einsicht zu verlangen schien, dass der gelbe Haufen, für den diese Männer gekämpft hatten und gestorben waren, eng mit seiner Vergangenheit verbunden war - dass er ihm gehört hatte? Was war seine Vergangenheit gewesen? Er schüttelte den Kopf. Vage zog die Erinnerung an seine Affen-Kindheit langsam an ihm vorbei - dann kam eine seltsam verworrene Ansammlung von Gesichtern, Gestalten und Ereignissen, die keinen Bezug zu Tarzan der Affen zu haben schienen und die doch, selbst in ihrer bruchstückhaften Form, vertraut waren.

Langsam und schmerzhaft versuchte sich die Erinnerung wieder durchzusetzen, das verletzte Gehirn erholte sich, während die Ursache seines kürzlichen Funktionsausfalls langsam durch die Heilungsprozesse des perfekten Blutkreislaufs aufgelöst oder behoben wurde.

Die Menschen, die jetzt zum ersten Mal seit Wochen vor seinem geistigen Auge vorbeizogen, trugen vertraute Gesichter; doch konnte er sie weder in die Nischen einordnen, die sie einst in seinem vergangenen Leben ausgefüllt hatten, noch sie beim Namen nennen. Eine war eine schöne Frau, und es war ihr Gesicht, das sich am häufigsten durch die verworrenen Erinnerungen seines rekonvaleszenten Gehirns bewegte. Wer war sie? Was war sie für Tarzan der Affen gewesen? Es schien ihm, als sähe er sie genau an der Stelle, an der die Abessinier den Goldhaufen ausgegraben hatten; aber die Umgebung schien ganz anders zu sein als die, die er jetzt vorfand.

Es gab ein Gebäude - da gab es viele Nebengebäude - und da gab es Hecken, Zäune und Blumen. Tarzan zog die Stirn in Falten und betrachtete verwundert das seltsame Problem. Einen Augenblick lang schien er die ganze wahre Erklärung zu begreifen, und dann, gerade als der Erfolg zum Greifen nahe war, verblasste das Bild zu einer Dschungelszene, in der ein nackter, weißer Mann in Gesellschaft einer Schar haariger, urzeitlicher Affendinger tanzte.

Tarzan schüttelte den Kopf und seufzte. Warum konnte er sich nicht daran erinnern? Zumindest war er sich sicher, dass der Goldhaufen, der Ort, an dem er lag, der subtile Geruch der schwer fassbaren Frau, die er verfolgte, die Erinnerungsfigur der weißen Frau und er selbst auf irgendeine Weise durch die Bande einer vergessenen Vergangenheit untrennbar miteinander verbunden waren.

Wenn die Frau dorthin gehörte, welcher Ort wäre besser geeignet, sie zu suchen oder zu erwarten, als genau der Ort, den seine zerbrochenen Erinnerungen ihr zuzuordnen schienen? Es war einen Versuch wert. Tarzan streifte sich den Riemen des inzwischen entleerten Beutels über die Schulter und machte sich durch die Bäume auf den Weg in Richtung der Ebene.

Am Rande des Waldes traf er auf die Araber, die auf der Suche nach Achmet Zek zurückkehrten. Er versteckte sich, ließ sie passieren und setzte dann seinen Weg in Richtung der verkohlten Ruinen des Hauses fort, an das er sich schon fast wieder erinnern konnte.

Seine Reise über die Ebene wurde durch die Entdeckung einer kleinen Antilopenherde in einer Senke unterbrochen, wo die Deckung und der Wind das Anpirschen leicht machten. Ein fetter Einjährigenbock belohnte eine halbe Stunde verstohlenes Anschleichen und einen plötzlichen, wilden Ansturm, und am späten Nachmittag, ließ sich der Affenmann sich neben seiner Beute nieder, um die Früchte seiner Geschicklichkeit, seiner Gerissenheit und seines Könnens zu genießen.

Nach dem Stillen seines Hungers forderte der Durst als Nächstes seine Aufmerksamkeit. Der Fluss lockte ihn auf dem kürzesten Weg zu seinem erfrischenden Wasser, und als er getrunken hatte, war die Nacht bereits hereingebrochen und er befand sich etwa eine halbe Meile oder mehr flussabwärts von der Stelle, an der er den Haufen gelber Barren gesehen hatte, und wo er hoffte, die Frau aus der Erinnerung zu treffen oder einen Hinweis auf ihren Aufenthaltsort oder ihre Identität zu finden.

Für den Dschungelmenschen ist Zeit gewöhnlich eine Sache von geringem Wert, und Eile ist ihm zuwider, es sei denn, sie wird durch Terror, Wut oder Hunger hervorgerufen. Heute war vorbei. Der morgige Tag, von denen es schier unendlich viele gab, würde sich also hervorragend für Tarzans weitere Suche eignen. Und außerdem war der Affenmann müde und wollte schlafen.

Ein Baum bot ihm die Sicherheit, Abgeschiedenheit und Bequemlichkeit eines gut ausgestatteten Schlafzimmers, und zum Chor der Jäger und Gejagten am wilden Flussufer fiel er bald in einen tiefen Schlummer.

Am Morgen und erneut hungrig und durstig, ließ er sich von seinem Baum fallen und machte sich auf den Weg zur Trinkwasserstelle am Rande des Flusses. Dort fand er Numa, den Löwen, vor sich. Der große Kerl leckte gierig das Wasser, und als sich Tarzan auf dem Pfad hinter ihm näherte, hob das Tier den Kopf und warf dem Eindringling einen Blick über die mähnigen Schultern nach hinten zu. Aus seiner Kehle ertönte ein leises, warnendes Knurren; aber Tarzan, der davon ausging, dass das Tier gerade seine Beute in gesättigtem Zustand verlassen hatte, machte nur einen kleinen Umweg und ging weiter zum Fluss, wo er einige Meter oberhalb der braunen Katze stehen blieb und sich auf Hände und Knie fallen ließ, um sein Gesicht in das kühle Wasser zu tauchen. Einen Moment lang beäugte der Löwe den Mann, dann nahm er sein Trinken wieder auf, und Mensch und Tier löschten ihren Durst Seite an Seite, jeder scheinbar ohne die Anwesenheit des anderen zu bemerken.

Numa war der Erste, der aufhörte. Er hob den Kopf und starrte einige Minuten lang mit jener steinernen Aufmerksamkeit über den Fluss, die für seine Art charakteristisch ist. Wäre da nicht das Kräuseln seiner schwarzen Mähne bei der Berührung durch die vorbeiziehende Brise gewesen, hätte er aus goldener Bronze geschmiedet sein können, so regungslos, so statuarisch schien seine Haltung. Ein tiefer Seufzer aus der höhlenartigen Lunge zerstreute die Illusion. Der mächtige Kopf schwang langsam herum, bis die gelben Augen auf dem Mann ruhten. Die borstige Lippe wölbte sich nach oben und entblößte gelbe Reißzähne. Ein weiteres warnendes Knurren ließ die schweren Kinnladen vibrieren, und der König der Tiere drehte sich majestätisch um und schritt langsam den Pfad hinauf ins dichte Schilf.

Tarzan der Affen trank weiter, aber aus den Winkeln seiner grauen Augen beobachtete er jede Bewegung des großen Tieres, bis es aus dem Blickfeld verschwand, und danach registrierten seine scharfen Ohren die Bewegungen des Fleischfressers.

Nach einem Bad im Fluss und einem spärlichen Frühstück mit Eiern, die der Zufall ihm bescherte, setze er sich flussaufwärts in Richtung der Ruinen des Bungalows in Bewegung, wo die goldenen Barren das Zentrum der gestrigen Schlacht markierten.

Und als er an die Stelle kam, war seine Überraschung und Bestürzung groß, denn das gelbe Metall war verschwunden. Die Erde, zertrampelt von den Hufen der Pferde und den Füßen der Menschen, gab keinen Aufschluss. Es war, als hätten sich die Barren in Luft aufgelöst.

Der Affenmann wusste nicht mehr, wohin er sich wenden oder was er als Nächstes tun sollte. Es gab kein Anzeichen einer Spur, die darauf hinweisen könnte, dass die Frau hier gewesen war. Auch keine Spur von dem Metall, und wenn es irgendeine Verbindung zwischen ihr und dem Metall gab, schien es sinnlos, auf sie zu warten, jetzt, da man Letzteres anderswo hingebracht hatte.

Alles schien sich ihm zu entziehen - die hübschen Steinchen, das gelbe Metall, die Frau, sein Gedächtnis. Tarzan fühlte sich angewidert. Er würde zurück in den Dschungel gehen und nach Chulk suchen, und so wandte er seine Schritte wieder in Richtung Wald. Er bewegte sich schnell in einem langen, leichten Trab über die Ebene und kletterte am Waldrand mit der Wendigkeit und Geschwindigkeit eines kleinen Affen auf die Bäume.

Er hatte kein Ziel - er rannte einfach weiter und weiter durch den Dschungel, die Freude an der ungehinderten Bewegung war sein Hauptantrieb, und die Hoffnung, über einen Hinweis auf Chulk oder die Frau zu stolpern, war ein nebensächlicher Anreiz.

Zwei Tage lang streifte er umher, tötete, aß, trank und schlief, wo immer die Neigung und die Mittel, ihr zu frönen, sich gleichzeitig ergaben. Am Morgen des dritten Tages wehte ihm eine schwache Duftspur von Pferd und Mensch in die Nase. Sofort änderte er seinen Kurs und glitt lautlos durch das Geäst in die Richtung, aus der der Geruch kam.

Es dauerte nicht lange, bis er auf einen einsamen Reiter stieß, der in Richtung Osten ritt. Sofort bestätigten seine Augen, was seine Nase zuvor vermutet hatte - der Reiter war derjenige, der seine schönen Edelsteine gestohlen hatte. Das Licht der Wut flackerte plötzlich in seinen grauen Augen auf, als der Affenmann zwischen den Ästen tiefer sank, bis er sich fast direkt über dem ahnungslosen Werper vorwärtsbewegte.

Es gab einen schnellen Sprung, und der Belgier spürte, wie ein schwerer Körper auf das Hinterteil seines erschrockenen Reittiers sauste. Das Pferd sprang schnaubend vorwärts. Riesige Arme umschlangen den Reiter, und im Handumdrehen wurde dieser aus dem Sattel gezerrt und fand sich auf dem schmalen Pfad liegend wieder, mit einem nackten, weißen Riesen, der auf seiner Brust kniete.

Mit dem ersten Blick in das Gesicht seines Fängers erkannte Werper ihn, und eine Blässe der Angst überzog seine Züge. Starke Finger lagen an seiner Kehle, Finger aus Stahl. Er versuchte zu schreien, um sein Leben zu flehen, aber die grausamen Finger verwehrten ihm die Sprache, wie sie ihm auch das Leben verwehrten.

"Die hübschen Steine?", schrie der Mann an seiner Brust. "Was hast du mit den schönen Steinchen gemacht - mit den schönen Steinchen von Tarzan?"

Die Finger entspannten sich, um eine Antwort zuzulassen. Eine Zeit lang konnte Werper nur würgen und husten - endlich erlangte er die Fähigkeit zu sprechen wieder.

"Achmet Zek, der Araber, hat sie mir gestohlen", rief er; "er hat mich gezwungen, den Beutel und die Edelsteine herzugeben."

"Das habe ich alles gesehen", antwortete Tarzan, "aber die Steine im Beutel waren nicht die Edelsteine von Tarzan - es waren nur solche Steine, die den Grund der Flüsse und die steilen Ufer daneben füllen. Selbst der Araber wollte sie nicht haben, denn er warf sie im Zorn weg, als er sie gesehen hatte. Ich will meine schönen Edelsteine - wo sind sie?"

"Ich weiß es nicht, ich weiß es nicht", rief Werper. "Ich habe sie Achmet Zek gegeben, sonst hätte er mich umgebracht. Wenige Minuten später folgte er mir auf der Fährte, um mich zu erschlagen, obwohl er versprochen hatte, mich nicht weiter zu belästigen, und ich schoss und tötete ihn; aber den Beutel hatte er nicht bei sich, und obwohl ich eine Zeit lang im Dschungel herumsuchte, konnte ich ihn nicht finden."

"Ich habe ihn gefunden, sage ich dir", knurrte Tarzan, "und ich habe auch die Kieselsteine gefunden, die Achmet Zek angewidert weggeworfen hatte. Das waren nicht die Steine von Tarzan. Du hast sie versteckt! Sag mir, wo sie sind, oder ich bringe dich um", und die braunen Finger des Affenmanns schlossen sich ein wenig fester um die Kehle seines Opfers.

Werper kämpfte, um sich zu befreien. "Mein Gott, Lord Greystoke", schaffte er es zu schreien, "würden Sie für eine Handvoll Steine einen Mord begehen?"

Die Finger an seiner Kehle entspannten sich, ein verwirrter, entrückter Ausdruck erweichte die grauen Augen.

"Lord Greystoke!", wiederholte der Affenmann. "Lord Greystoke! Wer ist Lord Greystoke? Wo habe ich diesen Namen schon einmal gehört?"

"Aber Mann, Sie sind doch Lord Greystoke", rief der Belgier. "Sie wurden durch einen herabfallenden Felsen verletzt, als das Erdbeben den Durchgang zu der unterirdischen Kammer zertrümmerte, in die Sie und Ihr schwarzer Waziri eingedrungen waren, um Goldbarren nach Ihrem Bungalow zu schaffen. Der Schlag löschte Ihr Gedächtnis aus. Sie sind John Clayton, Lord Greystoke - erinnern Sie sich nicht?"

"John Clayton, Lord Greystoke!", wiederholte Tarzan. Dann schwieg er einen Moment lang. Dann fuhr seine Hand zögernd an die Stirn, ein Ausdruck der Verwunderung erfüllte seine Augen - Verwunderung und plötzliches Verständnis. Der vergessene Name hatte die Erinnerung zurückgeholt, die darum gekämpft hatte, sich durchzusetzen. Der Affenmann gab den Griff um die Kehle des Belgiers frei und sprang auf die Füße.

"Gott!", rief er, und dann: "Jane!" Plötzlich drehte er sich zu Werper um. "Meine Frau?", fragte er. "Was ist aus ihr geworden? Der Hof liegt in Trümmern. Sie wissen es. Sie haben mit all dem etwas zu tun gehabt. Sie sind mir nach Opar gefolgt, haben die Edelsteine gestohlen, die ich einfach nur für schöne Steinchen hielt. Sie sind ein Gauner! Erzählen Sie mir nicht, dass Sie keiner sind."

"Er ist schlimmer als ein Gauner", sagte eine leise Stimme dicht hinter ihnen.

Tarzan drehte sich erstaunt um und sah einen hochgewachsenen Mann in Uniform ein paar Schritte von sich entfernt auf dem Pfad stehen. Hinter dem Mann standen eine Reihe schwarzer Soldaten in der Uniform des Kongo-Freistaates.

"Er ist ein Mörder, Monsieur", fuhr der Offizier fort. "Ich bin ihm schon lange gefolgt, um ihn wegen der Ermordung seines Vorgesetzten vor Gericht zu bringen."

Werper sprang jetzt auf die Beine und starrte bleich und zitternd auf das Schicksal, das ihn selbst in der Festigkeit des labyrinthischen Dschungels eingeholt hatte. Instinktiv wandte er sich um, um zu fliehen; aber Tarzan der

143

Affen streckte eine starke Hand aus und hielt ihn an der Schulter.

"Warten Sie!", befahl der Affenmann seinem Gefangenen. "Dieser Herr will Sie, und ich will Sie auch. Wenn ich mit Ihnen fertig bin, kann er Sie haben. Sagen Sie mir, was aus meiner Frau geworden ist."

Der belgische Offizier beäugte den fast nackten, weißen Riesen mit Neugierde. Er bemerkte den seltsamen Kontrast zwischen den primitiven Waffen und der Kleidung und dem leichten, fließenden Französisch, das der Mann sprach. Ersteres deutete auf die niedrigste, letzteres auf die höchste Art von Kultur hin. Er konnte den sozialen Status dieser seltsamen Kreatur nicht genau bestimmen; aber er wusste, dass ihm die leichte Selbstsicherheit, mit der der Kerl sich anmaßte zu bestimmen, wann er sich des Gefangenen bemächtigen durfte, nicht gefiel.

"Verzeihen Sie", sagte er, trat vor und legte Werper die Hand auf die andere Schulter, "aber dieser Herr ist mein Gefangener. Er muss mit mir kommen."

"Wenn ich mit ihm fertig bin", erwiderte Tarzan leise.

Der Offizier drehte sich um und winkte den Soldaten zu, die hinter ihm in der Spur standen. Eine Kompanie uniformierter Schwarzer trat schnell vor und drängte sich an den Dreien vorbei, umringte den Affenmann und seinen Gefangenen.

"Sowohl das Gesetz als auch die Macht, es durchzusetzen, sind auf meiner Seite", verkündete der Offizier. "Lassen Sie uns keinen Ärger haben. Wenn Sie eine Beschwerde gegen diesen Mann haben, können Sie mit mir zurückkehren und Ihre Anklage regulär vor einem autorisierten Tribunal einreichen."

"Ihre gesetzlichen Rechte sind nicht über jeden Verdacht erhaben, mein Freund", erwiderte Tarzan, "und Ihre Befugnis, Ihre Befehle durchzusetzen, ist nur scheinbar - nicht wirklich. Sie haben sich angemaßt, mit einer bewaffneten Truppe in britisches Gebiet einzudringen. Wo ist Ihre Autorität für diese Invasion? Wo sind die Auslieferungspapiere, die die Verhaftung dieses Mannes rechtfertigen? Und welche Sicherheit haben Sie, dass ich nicht eine bewaffnete Truppe auf Sie hetzen kann, die Ihre Rückkehr in den Freistaat Kongo verhindert?"

Der Belgier verlor seine Fassung. "Ich habe keine Lust, mich mit einem nackten Wilden zu streiten", rief er. "Wenn Sie nicht verletzt werden wollen, werden Sie sich nicht mit mir anlegen. Nehmen Sie den Gefangenen, Sergeant!"

Werper hob seine Lippen dicht an Tarzans Ohr. "Halten Sie mich von den Leuten fern, und ich kann Ihnen die Stelle zeigen, an der ich gestern Abend Ihre Frau gesehen habe", flüsterte er. "Sie kann in diesem Augenblick nicht weit von hier sein."

Die Soldaten folgten dem Signal ihres Unteroffiziers und kamen näher, um Werper zu ergreifen. Tarzan packte den Belgier um die Taille, trug ihn unter dem Arm, als ob er einen Sack Mehl tragen würde, und sprang vorwärts, um die Absperrung zu durchbrechen. Seine rechte Faust erwischte den nächsten Soldaten am Kiefer und schleuderte ihn rückwärts auf seine Kameraden. Denjenigen, die ihm den Weg versperrten, wurden die Gewehre aus den Händen gerissen, und rechts und links stolperten die schwarzen Soldaten zur Seite angesichts des wilden Ausbruchs des Affenmanns in die Freiheit.

Die Schwarzen umringten die beiden so vollständig, dass sie nicht zu schießen wagten, aus Angst, einen ihrer eigenen Leuten zu treffen, und Tarzan war schon durch sie hindurch und im Begriff, in die verborgenen Labyrinthe des Dschungels auszuweichen, als einer, der sich von hinten an ihn herangeschlichen hatte, ihm einen schweren Schlag mit einem Gewehr auf den Kopf versetzte.

Im Nu lag der Affenmann am Boden und ein Dutzend schwarzer Soldaten saß auf seinem Rücken. Als er wieder zu sich kam, fand er sich sicher gefesselt, ebenso wie Werper. Der belgische Offizier, der seine Bemühungen mit Erfolg gekrönt sah, neigte gut gelaunt dazu, seine Gefangenen über die Leichtigkeit, mit der sie gefangen genommen worden waren, zu tadeln; aber von Tarzan der Affen bekam er keine Antwort. Werper hingegen protestierte wortreich. Er erklärte, dass Tarzan ein englischer Lord sei, aber der Offizier lachte nur über diese Behauptung und riet seinem Gefangenen, seinen Atem für seine Verteidigung vor Gericht aufzusparen.

Sobald Tarzan wieder zu sich kam und man feststellte, dass er keine ernsthaften Verletzungen hatte, wurden die Gefangenen in Reih und Glied aufgestellt und der Rückmarsch zur Grenze des Kongo-Freistaates angetreten.

Gegen Abend hielt die Kolonne an einem Bach an, schlug ihr Lager auf und bereitete das Abendessen vor. Aus dem dichten Blattwerk des nahen Dschungels beobachtete ein Paar grimmiger Augen die Aktivitäten der uniformierten Schwarzen mit stiller Intensität und Neugierde. Aus den Augenwinkeln sah das Wesen, wie das Gehege errichtet, das Feuer angezündet und das Abendessen vorbereitet wurde.

Tarzan und Werper lagen gefesselt hinter einem kleinen Stapel von Rucksäcken, nachdem die Gruppe angehalten hatte; aber nach der Zubereitung des Essens, befahl der Wächter ihnen, sich zu erheben und nach vorne zu einem der Feuer zu kommen, wo die Fesseln von ihren Händen entfernt wurden, damit sie essen konnten.

Als der riesige Affenmann sich erhob, trat ein erschrockener Ausdruck des Erkennens in die Augen des Beobachters im Dschungel, und ein tiefer Kehlkopflaut brach aus den wilden Lippen. Sofort hörte Tarzan wachsam zu, aber das antwortende Knurren erstarb auf seinen Lippen, unterdrückt von der Angst, es könnte den Verdacht der Soldaten erregen.

Plötzlich überkam ihn eine Eingebung. Er wandte sich an Werper. "Ich werde jetzt mit lauter Stimme und in einer Sprache zu Ihnen sprechen, die Sie nicht verstehen. Hören Sie mir aufmerksam zu und murmeln Sie ab und zu etwas, als ob Sie in der gleichen Sprache antworten würden - vom Erfolg Ihrer Bemühungen kann unsere Flucht abhängen."

Werper nickte zustimmend und verständnisvoll, und sofort brach aus dem Munde seines Begleiters ein seltsamer Jargon hervor, den man mit gleichem Recht mit dem Bellen und Knurren eines Hundes und dem Geschnatter von Affen hätte vergleichen können.

Die näheren Soldaten sahen erstaunt auf den Affenmann. Einige von ihnen lachten, während andere sich in offensichtlicher abergläubischer Furcht zurückzogen. Der Offizier näherte sich den Gefangenen, während Tarzan noch plapperte, blieb er hinter ihnen stehen und hörte ihnen verwirrt und interessiert zu. Als Werper als Antwort einen lächerlichen Jargon murmelte, war seine Neugierde grenzenlos, und er trat vor und verlangte zu wissen, welche Sprache sie redeten.

Tarzan hatte den Grad der Kultur des Mannes aus der Art und Qualität seiner Unterhaltung während des Marsches abgeschätzt, und der Erfolg seiner Antwort beruhte auf dieser Einschätzung.

"Griechisch", erklärte er.

"Oh, ich dachte schon, es sei Griechisch", antwortete der Offizier; "aber es ist so viele Jahre her, seit ich es studiert habe, dass ich mir nicht sicher war. In Zukunft aber werde ich Ihnen dankbar sein, wenn Sie in einer Sprache reden, die mir vertrauter ist."

Werper drehte den Kopf, um ein Grinsen zu verbergen, und flüsterte Tarzan zu: "Für ihn war es griechisch - und für mich auch."

Aber einer der schwarzen Soldaten murmelte mit leiser Stimme zu einem Kameraden: "Ich habe diese Geräusche schon einmal gehört - einmal nachts, als ich mich im Dschungel verirrt hatte, hörte ich die haarigen Männer auf den Bäumen miteinander reden, und ihre Worte waren wie die Worte dieses weißen Mannes. Ich wünschte, wir hätten ihn nicht gefunden. Er ist überhaupt kein Mensch - er ist ein böser Geist, und wir werden Pech haben, wenn wir ihn nicht gehen lassen", und der Bursche rollte ängstlich mit den Augen in Richtung Dschungel.

Sein Begleiter lachte nervös und entfernte sich, um das Gespräch mit Variationen und Übertreibungen mit anderen schwarzen Soldaten zu wiederholen, sodass es nicht lange dauerte, bis eine schreckliche Geschichte von Schwarzer Magie und plötzlichem Tod um den riesigen Gefangenen gesponnen wurde und die Runde im Lager machte.

Und tief im düsteren Dschungel, inmitten der sich verdunkelnden Schatten der hereinbrechenden Nacht, schwang sich eine haarige, menschenähnliche Kreatur auf irgendeiner geheimen Mission schnell nach Süden.

XXIII. - Eine Nacht des Schreckens

Jane Clayton, die auf dem Baum wartete, auf den Werper sie gesetzt hatte, schien es, als würde die lange Nacht niemals enden, doch sie endete schließlich, und eine Stunde nach Einbruch der Morgendämmerung schöpfte sie neue Hoffnung, als sie einen einsamen Reiter sah, der sich auf dem Pfad näherte.

Der wallende Burnus mit seiner losen Kapuze verbarg sowohl das Gesicht als auch die Gestalt des Reiters; aber dass es sich um M. Frecoult handeln musste, nahm die junge Frau sehr wohl an, denn er war wie ein Araber gekleidet, und nur von ihm konnte erwartet werden, dass er ihr Versteck aufsuchte.

Das, was sie sah, erleichterte die Anstrengung der langen Nachtwache; aber es gab viel, was sie nicht sah. Sie sah weder das schwarze Gesicht unter der weißen Kapuze, noch die Reihe der ebonischen Reiter jenseits der Wegbiegung, die langsam im Gefolge ihres Anführers ritten. Diese Dinge sah sie zunächst nicht, und so beugte sie sich zu dem sich nähernden Reiter hinunter, wobei sich in ihrer Kehle ein Schrei der Begrüßung bildete.

Beim ersten Wort blickte der Mann hoch, zügelte vor Überraschung das Pferd, und als sie das schwarze Gesicht von Abdul Mourak, dem Abessinier, sah, wich sie erschrocken zwischen den Ästen zurück; aber zu spät. Der Mann hatte sie gesehen, und nun forderte er sie auf, herunterzusteigen. Zuerst weigerte sie sich, aber als ein Dutzend schwarzer Kavalleristen hinter dem Anführer auftauchte und einer von ihnen auf Abdul Mouraks Kommando begann, auf den Baum zu klettern, erkannte sie, dass Widerstand zwecklos wäre, und sie kam langsam herunter, um vor ihrem neuen Entführer auf dem Boden zu stehen und im Namen der Gerechtigkeit und Menschlichkeit für ihre Sache zu plädieren.

Verärgert über die kürzliche Niederlage und den Verlust des Goldes und der Gefangenen, war Abdul Mourak nicht in der Stimmung, sich von einem Appell an jene weicheren Gefühle beeinflussen zu lassen, die ihm selbst unter den günstigsten Bedingungen fast fremd waren.

Ihn erwartete Degradierung und möglicherweise der Tod als Strafe für sein Versagen und sein Unglück, wenn er in sein Heimatland zurückkehren und Menelek Bericht erstatten sollte; aber ein annehmbares Geschenk könnte den Zorn des Kaisers mildern, und sicherlich sollte diese schöne Blume einer anderen Spezies von dem schwarzen Herrscher dankbar empfangen werden!

Als Jane Clayton ihren Appell beendet hatte, antwortete Abdul Mourak kurz, dass er ihr Schutz versprechen würde; aber dass er sie zu seinem Kaiser bringen müsse. Die junge Frau brauchte ihn nicht zu fragen, warum, und wieder erstarb die Hoffnung in ihrer Brust. Resigniert ließ sie sich auf einen Sitz hinter einem der Kavalleristen heben, und unter neuen Führern wurde ihre Reise zu dem fortgesetzt, was sie nun für ihr unausweichliches Schicksal zu halten begann.

Abdul Mourak, durch den Kampf gegen die Räuber seiner kundigen Führer beraubt und selbst mit dem Land nicht vertraut, hatte sich weit von der Spur entfernt, der er hätte folgen müssen, und war daher seit dem Beginn seiner Flucht nur wenig in Richtung Norden vorangekommen. Heute schlug er sich nach Westen durch, in der Hoffnung, auf ein Dorf zu stoßen, wo er neue Führer erhalten könnte; aber die Nacht fand ihn noch so weit von der Verwirklichung seiner Hoffnungen entfernt wie die aufgehende Sonne.

Es war eine entmutigte Gesellschaft, die ohne Wasser und hungrig ihr Lager im dichten Dschungel aufschlug. Von den Pferden angelockt, brüllten Löwen um das Gehege herum, und zu ihrem grässlichen Lärm gesellte sich das schrille Wiehern der in Angst und Schrecken versetzten Tiere, die sie verfolgten. Es gab wenig Schlaf für Mensch und Tier, und man verdoppelte die Wachen, damit genügend auf dem Posten waren, sowohl um den plötzlichen Angriff eines übermütigen oder überhungrigen Löwen abzuwehren, als auch um das Feuer am Lodern zu halten, das eine noch wirksamere Barriere gegen die Raubtiere war als das dornige Gehege.

Es war schon weit nach Mitternacht, und Jane Clayton hatte, obwohl sie in der Nacht zuvor schlaflos zugebracht hatte, bisher kaum mehr als gedöst. Ein Gefühl der drohenden Gefahr schien wie ein schwarzer Schleier über dem Lager zu hängen. Die altgedienten Truppen des schwarzen Kaisers wirkten nervös und unruhig. Abdul Mourak verließ seine Schlafdecken ein Dutzend Mal, um ruhelos zwischen den angebundenen Pferden und dem knisternden Feuer hin und her zu wandern. Das Mädchen konnte seine große Gestalt im grellen Schein der Flammen erkennen und ahnte an den schnellen, nervösen Bewegungen des Mannes, dass er Angst hatte.

Das Brüllen der Löwen steigerte sich zur plötzlichen Wut, bis die Erde unter dem grässlichen Chor erbebte. Die Pferde wieherten vor Angst, als sie sich in ihrem verrückten Bestreben, sich loszureißen, in die Halfterseile stemmten. Ein Kavallerist, mutiger als seine Kameraden, sprang zwischen die strampelnden, stürzenden, angstbesessenen Tiere in einem vergeblichen Versuch, sie zu beruhigen. Ein Löwe, groß, wild und mutig, sprang fast bis zum Gehege, voll im hellen Licht des Feuers. Ein Wächter hob sein Gewehr und feuerte, und das kleine Bleikügelchen öffnete die Höllenschlünde über dem von Schrecken geplagten Lager.

Der Schuss pflügte eine tiefe und schmerzhafte Furche in die Seite des Löwen und erregte die ganze bestialische Wut des kleinen Gehirns, minderte aber die Kraft und Stärke des großen Körpers um kein bisschen.

Unverletzt hätten ihn das Gehege und die Flammen vielleicht zurückgeworfen, aber jetzt wischten der Schmerz und die Wut die Vorsicht aus seinem Verstand, und mit einem lauten und wütenden Brüllen überwand das Tier die Barriere mit einem leichten Sprung und landete inmitten der Pferde. Was vorher ein Pandämonium darstellte, wurde jetzt zu einem unbeschreiblichen Tumult von abscheulichem Klang. Das angeschlagene Pferd, auf das sich der Löwe stürzte, schrie seinen Schrecken und seine Qualen heraus. Mehrere um es herum rissen sich von ihren Fesseln los und hetzten wie wild durch das Lager. Männer sprangen aus ihren Decken und rannten mit bereitstehenden Gewehren in Richtung der Wachtposten, und dann stürmte aus dem Dschungel jenseits des Geheges ein Dutzend Löwen, ermutigt durch das Beispiel ihrer Artgenossen, furchtlos auf das Lager zu.

Einzeln und in Zweier- und Dreiergruppen übersprangen sie das Gehege, bis das kleine Areal voll fluchender Männer und schreiender Pferde war, die alle mit den grünäugigen Teufeln des Dschungels um ihr Leben kämpften.

Zeitgleich mit dem Angriff des ersten Löwen sprang Jane Clayton auf ihre Füße und stand nun entsetzt vor dem wilden Gemetzel, das sich um sie herum abspielte. Einmal wurde sie von einem heranstürmenden Pferd umgeworfen, und einen Augenblick später streifte ein Löwe, der sich auf die Jagd nach einem anderen verängstigten Tier machte, sie so dicht, dass sie erneut von den Füßen geworfen wurde.

Inmitten des Knallens der Gewehre und des Knurrens der Raubtiere erhoben sich die Todesschreie von verwundeten Männern und Pferden, die von den blutrünstigen Katzen zu Boden gerissen wurden. Die springenden Raubtiere und die stürzenden Pferde verhinderten jede konzertierte Aktion der Abessinier - jeder war auf sich allein gestellt - und in dem Handgemenge wurde die wehrlose Frau von ihren schwarzen Entführern entweder vergessen oder ignoriert. Unzählige Male wurde ihr Leben durch angreifende Löwen, durch stürzende Pferde oder durch die wild abgefeuerten Kugeln der verängstigten Kavalleristen bedroht, doch es gab keine Chance zu entkommen, denn mit der teuflischen Gerissenheit ihrer Art begannen die gelbbraunen Jäger nun, ihre Beute einzukreisen und sie mit ihren mächtigen, gelben Reißzähnen und scharfen, langen Krallen zu bedrängen. Immer wieder stürzte sich ein einzelner Löwe plötzlich auf die verängstigten Männer und Pferde, und gelegentlich gelang es einem Pferd, das durch Schmerz oder Schrecken zur Raserei getrieben wurde, sicher durch die kreisenden Löwen zu rennen, über das Gehege zu springen und in den Dschungel zu entkommen; aber für die Männer und die Frau war eine solche Flucht nicht möglich.

Ein Pferd, von einer verirrten Kugel getroffen, stürzte neben Jane Clayton; ein Löwe sprang über das sterbende Tier hinweg, direkt auf die Brust eines schwarzen Soldaten. Der Mann schlug mit seinem Gewehr vergeblich nach dem breiten Kopf, und dann lag er am Boden und das Raubtier richtete sich über ihn auf.

Der Soldat schrie seinen Schrecken heraus und krallte sich mit mickrigen Fingern an das zottelige Tier, in dem vergeblichen Bemühen, die gähnenden Kiefer wegzudrücken. Der Löwe senkte den Kopf, die klaffenden Reißzähne schlossen sich mit einem einzigen ekelerregenden Knirschen über dem angstverzerrten Gesicht, und der Löwe drehte sich um und schritt über den Körper des toten Pferdes zurück, seine schlaffe und blutige Last mit sich schleifend.

Mit weit aufgerissenen Augen stand das Mädchen da und sah zu. Sie sah, wie das Raubtier stolpernd auf den Leichnam trat, als das grässliche Gebilde zwischen seinen Vorderpfoten baumelte, und ihre Augen blieben fasziniert haften, während das Tier ein paar Schritte an ihr vorbeiging.

Die Störung durch die Leiche schien den Löwen zu erzürnen. Er schüttelte den leblosen Körper wütend. Er knurrte und brüllte das tote, gefühllose Etwas abscheulich an, dann ließ er die Leiche fallen und hob den Kopf, um sich nach einem lebenden Opfer umzusehen, an dem er seine schlechte Laune auslassen konnte. Seine gelben Augen richteten sich bösartig auf die Gestalt der jungen Frau, die borstigen Lippen erhoben sich und enthüllten die grinsenden Reißzähne. Ein furchtbares Brüllen brach aus der wilden Kehle, und das große Tier kauerte sich zusammen, um sich auf dieses neue, hilflose Opfer zu stürzen.

****

Im Lager, in dem Tarzan und Werper sicher gefesselt dalagen, herrschte schon früh Stille. Zwei nervöse Wachen schritten auf und ab, ihre Augen wanderten oft zu den undurchdringlichen Schatten des düsteren Dschungels. Die anderen schliefen oder versuchten zu schlafen - alle bis auf den Affenmann. Leise und kraftvoll zerrte er an den Fesseln, die seine Handgelenke umschlossen.

Die Muskeln verkrampften sich unter der glatten, braunen Haut seiner Arme und Schultern, die Adern traten an seinen Schläfen durch die Kraft seiner Anstrengung hervor - ein Band löste sich, noch eins und noch eins, und eine Hand war frei. Dann kam aus dem Dschungel ein tiefes Kehlkopfgeräusch, und der Affenmann wurde plötzlich zu einer stummen, starren Statue, mit Ohren und Nasenlöchern, die sich anspannten, um die schwarze Leere zu überbrücken, die sein Augenlicht nicht überblicken konnte.

Wieder erklang das unheimliche Geräusch aus dem dichten Gestrüpp jenseits des Lagers. Ein Wachposten blieb abrupt stehen und blickte angestrengt in die Finsternis. Die krause Wolle auf seinem Kopf versteifte sich und hob sich. Er rief seinem Kameraden in heiserem Flüsterton zu.

"Hast du das gehört?", fragte er.

Der andere kam näher und zitterte.

"Hast du was gehört?"

Das unheimliche Geräusch wiederholte sich, fast sofort gefolgt von einem ähnlichen, antwortenden Geräusch aus dem Lager. Die Wachen rückten dicht zusammen und beobachteten den schwarzen Fleck, aus dem die Stimme zu kommen schien.

Bäume überragten das Gehege an dieser Stelle, das sich auf der ihnen gegenüberliegenden Seite des Lagers befand. Sie wagten nicht, sich zu nähern. Ihr Schrecken hinderte sie sogar daran, ihre Kameraden zu wecken - sie konnten nur in erstarrter Angst dastehen und auf die furchterregende Erscheinung warten, die sie augenblicklich aus dem Dschungel hervorspringen zu sehen erwarteten.

Sie hatten auch nicht lange zu warten. Eine schemenhafte, massige Gestalt fiel leicht von den Ästen eines Baumes in das Lager. Bei ihrem Anblick gewann einer der Wachposten die Kontrolle über seine Muskeln und seine Stimme zurück. Laut schreiend, um das schlafende Lager zu wecken, sprang er auf das flackernde Wachfeuer zu und warf einen Haufen Reisig darauf.

Der weiße Offizier und die schwarzen Soldaten sprangen aus ihren Decken. Die Flammen loderten hoch aus dem verjüngten Feuer und erleuchteten das ganze Lager, und die erwachten Männer wichen in abergläubischem Schrecken vor dem Anblick zurück, der sich ihnen in ihrer Angst und Verwunderung bot.

Ein Dutzend riesiger und haariger Gestalten ragte unter den Bäumen auf der anderen Seite des Geländes hervor. Der weiße Riese hatte sich mit einer freien Hand auf die Knie gekämpft und rief den furchterregenden, nächtlichen Besuchern in einem abscheulichen Gemisch aus bestialischen Kehllauten, Bellen und Knurren zu.

Werper hatte es geschafft, sich aufzusetzen. Auch er sah die wilden Gesichter der sich nähernden Menschenaffen und wusste kaum, ob er erleichtert oder entsetzt sein sollte.

Knurrend sprangen die großen Affen auf Tarzan und Werper zu. Chulk führte sie an. Der belgische Offizier rief seinen Männern zu, auf die Eindringlinge zu schießen; aber die Schwarzen hielten sich zurück, erfüllt von abergläubischem Schrecken vor den haarigen Baummenschen und in der Überzeugung, dass der weiße Riese, der so die Tiere des Dschungels zu seiner Hilfe rufen konnte, mehr als ein Mensch war.

Der Offizier zog seine eigene Waffe und feuerte, und Tarzan, der die Wirkung des Lärms auf seine wirklich ängstlichen Freunde fürchtete, rief ihnen zu, sich zu beeilen und seine Befehle auszuführen.

Ein paar der Affen drehten sich beim Klang der Schusswaffe um und flohen; aber Chulk und ein halbes Dutzend anderer watschelten schnell vorwärts und ergriffen, den Anweisungen des Affenmannes folgend, ihn und Werper und trugen beide in Richtung des Dschungels davon.

Durch Drohungen, Vorwürfe und Beschimpfungen gelang es dem belgischen Offizier, sein zitterndes Kommando dazu zu bewegen, eine Salve auf die fliehenden Affen zu feuern. Es war eine stümperhafte Salve, aber wenigstens eine der Kugeln fand ein Ziel, denn als der Dschungel sich um die haarigen Retter schloss, taumelte Chulk, der Werper über seine breite Schulter trug, und fiel.

Im nächsten Augenblick stand er wieder auf den Beinen, aber der Belgier erkannte an seinem unsicheren Gang, dass er schwer getroffen war. Er blieb weit hinter den anderen zurück, und es dauerte mehrere Minuten, nachdem sie auf Tarzans Kommando angehalten hatten, bis er langsam zu ihnen aufschloss, von einer Seite zur anderen taumelte und schließlich unter dem Gewicht seiner Last und dem Schock seiner Wunde zusammenbrach.

Als Chulk zu Boden ging, ließ er Werper fallen, sodass dieser mit dem Gesicht nach unten fiel und der Körper des Affen halb über ihm lag. In dieser Position spürte der Belgier, wie etwas auf seinen Händen, die immer noch auf seinem Rücken gefesselt waren, drückte - etwas, das zu keinem Teil des haarigen Körpers des Affen gehörte.

Mechanisch ertasteten die Finger des Mannes den fast zum Greifen nahen Gegenstand - ein weicher Beutel, gefüllt mit kleinen, harten Partikeln. Werper keuchte verwundert auf, als die Erkenntnis durch die Fassungslosigkeit seines Verstandes drang. Es schien unmöglich, und doch - es stimmte!

Fieberhaft versuchte er, dem Affen den Beutel zu entreißen und ihn in seinen Besitz zu bringen; aber der enge Radius, in dem seine Fesseln seine Hände einschnürten, verhinderte dies, obwohl es ihm gelang, den Beutel mit seinem kostbaren Inhalt in den Bund seiner Hose zu stecken.

Tarzan saß in einiger Entfernung und beschäftigte sich mit den verbleibenden Knoten der Stricke, die ihn fesselten. Bald warf er den letzten von ihnen beiseite und stand auf. Er näherte sich Werper und kniete sich neben ihn. Einen Moment lang untersuchte er den Affen.

"Ziemlich tot", verkündete er. "Es ist schade - er war ein prächtiges Geschöpf", und dann wandte er sich der Arbeit zu, den Belgier zu befreien.

Zuerst befreite er seine Hände, dann begann er mit den verkrampften Knöcheln.

"Den Rest kann ich machen", sagte der Belgier. "Ich habe ein kleines Taschenmesser, das sie bei der Durchsuchung übersehen haben", und so gelang es ihm, sich der Aufmerksamkeit des Affenmanns zu entledigen, um sein kleines Messer zu finden und zu öffnen und den Riemen, mit dem der Beutel um Chulks Schulter befestigt war, durchzuschneiden und ihn von seinem Gürtel zur Brust seines Hemdes zu bringen. Dann erhob er sich und ging auf Tarzan zu.

Wieder einmal hatte die Habgier von ihm Besitz ergriffen. Vergessen waren die guten Absichten, die das Vertrauen von Jane Clayton in seine Ehre geweckt hatte. Dies hatte der kleine Beutel rückgängig gemacht. Wie der Beutel in den Besitz des großen Affen kam, konnte sich Werper nicht vorstellen, es sei denn, der Anthropoide wäre Zeuge seines Kampfes mit Achmet Zek geworden, hatte den Araber mit dem Beutel gesehen und ihm diesen heimlich weggenommen; aber dass dieser Beutel die Edelsteine von Opar enthielt, dessen war sich Werper sicher, und das war alles, was ihn daran interessierte.

"Nun", begann der Affenmann, "halten Sie Ihr Versprechen mir gegenüber. Führen Sie mich zu der Stelle, wo Sie meine Frau zuletzt gesehen haben."

Es war eine mühsame Unternehmung, sich mitten in der Nacht hinter dem sich langsam fortbewegenden Belgier durch den Dschungel zu kämpfen. Der Affenmann ärgerte sich über die Verzögerung, aber der Europäer konnte sich nicht so durch die Bäume schwingen wie seine wendigeren und muskulöseren Gefährten, und so war die Geschwindigkeit aller auf die des Langsamsten beschränkt.

Die Affen folgten den beiden Weißen ein paar Meilen hinterher; aber bald erlahmte ihr Interesse, der vorderste von ihnen hielt auf einer kleinen Lichtung an und die anderen blieben an seiner Seite stehen. Dort saßen sie und blickten unter ihren zotteligen Brauen auf die Gestalten der beiden Männer, die unaufhaltsam voranschritten, bis Letztere in dem belaubten Pfad jenseits der Lichtung verschwanden. Dann suchte sich ein Affe eine bequeme Liege unter einem Baum, und einer nach dem anderen folgte seinem Beispiel, sodass Werper und Tarzan ihren Weg allein fortsetzten; und letzterer war weder überrascht noch beunruhigt.

Die beiden Männer hatten die Lichtung, auf der die Affen sie verließen, noch nicht weit hinter sich gelassen, als das Gebrüll ferner Löwen an ihr Ohr drang. Der Affenmann achtete nicht auf die vertrauten Geräusche, bis das Knacken eines Gewehrs schwach aus der gleichen Richtung drang, und als darauf das schrille Wiehern von Pferden und eine fast ununterbrochene Schusssalve, vermischt mit verstärktem und wildem Gebrüll eines großen Löwentrupps, folgten, wurde er sogleich besorgt.

"Da drüben hat jemand Schwierigkeiten", bemerkte er und wandte sich an Werper. "Ich werde zu ihnen gehen müssen - vielleicht sind es Freunde."

"Ihre Frau könnte unter ihnen sein", vermutete der Belgier, denn seit er wieder den richtigen Beutel mit Edelsteinen in die Finger bekam, wurde er ängstlich und misstrauisch gegenüber dem Affenmann, und in seinem Kopf drehten sich ständig viele Pläne, um diesem riesigen Engländer zu entkommen, der sein Retter aber auch sein Fänger war.

Bei dieser Andeutung zuckte Tarzan zusammen, als hätte ihn eine Peitsche getroffen.

"Gott!", rief er, "sie könnte es sein, und die Löwen greifen sie an - sie sind im Lager. Ich erkenne es an den Schreien der Pferde - und da! Das war der Schrei eines Mannes in seinen Todesqualen. Bleiben Sie hier, Mann - ich komme zurück und hole Sie. Ich muss zuerst zu denen gehen", und sich in einen Baum schwingend, entfernte sich die geschmeidige Gestalt mit der Schnelligkeit und Stille eines körperlosen Geistes in die Nacht.

Einen Moment lang verharrte Werper dort, wo der Affenmann ihn zurückgelassen hatte. Dann kam ein listiges Lächeln über seine Lippen. "Hier bleiben?", fragte er sich. "Hierbleiben und warten, bis du zurückkommst, um diese Juwelen zu finden und sie mir wegzunehmen? Ich nicht, mein Freund, ich nicht", und Albert Werper wandte sich abrupt nach Osten und verschwand durch das Laub einer hängenden Ranke aus dem Blickfeld seines Gegenübers - für immer.

XXIV. - Nach Hause

Während Tarzan der Affen durch die Bäume eilte, drangen die Missklänge des Kampfes zwischen den Abessiniern und den Löwen immer deutlicher an seine sensiblen Ohren, was ihn in seiner Gewissheit bestärkte, dass die Lage des menschlichen Elements in diesem Konflikt tatsächlich kritisch sein musste.

Endlich schimmerte der Schein des Lagerfeuers deutlich durch die dazwischenliegenden Bäume, und einen Augenblick später hielt die riesige Gestalt des Affenmanns auf einem überhängenden Ast inne, um auf die blutige Szene des Gemetzels unter sich herabzusehen.

Sein schnelles Auge nahm die ganze Szene mit einem einzigen verständnisvollen Blick auf und blieb bei der Gestalt einer Frau hängen, die einem großen Löwen über einem Pferdekadaver gegenüberstand.

Das Raubtier bückte sich gerade zum Sprung, als Tarzan das dramatische Szenario entdeckte. Numa lauerte fast unter dem Ast, auf dem der Affenmann stand, nackt und unbewaffnet. Der Affenmensch zögerte nicht einen Augenblick - es war, als hätte er in seinem schnellen Vorankommen durch die Bäume nicht einmal innegehalten, so blitzartig überblickte und begriff er die Szene unter sich, so blitzschnell handelte er daraufhin.

Ihre Lage schien ihr so hoffnungslos, dass Jane Clayton nur in lethargischer Apathie dastand und auf den Aufprall des riesigen Körpers wartete, der sie zu Boden schleudern würde - in Erwartung der augenblicklichen Qualen, die grausame Krallen und grässliche Reißzähne ihr zufügen könnten, bevor das gnädige Vergessen eintrat, das ihren Kummer und ihr Leiden beenden würde.

Was nützt ein Fluchtversuch? Lieber dem grässlichen Ende ins Auge sehen, als in vergeblicher Flucht von hinten heruntergezerrt zu werden. Sie schloss nicht einmal die Augen, um den schrecklichen Anblick des knurrenden Gesichts auszublenden, und so kam es, dass sie, als sie den Löwen sah, der sich zum Angriff anschickte, auch eine bronzene und mächtige Gestalt von einem überhängenden Baum springen sah, in dem Moment, als Numa sich in seinem Sprung erhob.

Ihre Augen weiteten sich vor Verwunderung und Ungläubigkeit, als sie diese scheinbar von den Toten auferstandene Erscheinung erblickte. Der Löwe war vergessen - ihre eigene Gefahr - alles außer dem wundersamen Phänomen dieser seltsamen Wiederauferstehung. Mit geöffneten Lippen, die Handflächen fest an den wogenden Busen gepresst, beugte sich die junge Frau vor, mit großen Augen, gefesselt vom Anblick ihres auferstandenen Gefährten.

Sie sah, wie die sehnige Gestalt auf die Schulter des Löwen sprang und gegen das springende Tier prallte wie ein riesiger, lebendiger Rammbock. Sie sah, wie das Raubtier beiseitegeschoben wurde, als es fast auf sie zukam, und in diesem Augenblick erkannte sie, dass kein ersatzloser Geist den Angriff eines wahnsinnigen Löwen mit einer brutalen Kraft, die größer war als die des Tieres, abwenden konnte.

Tarzan, ihr Tarzan, lebte! Ein Schrei unsagbarer Freude brach über ihre Lippen hervor, um dann in Entsetzen zu erstarren, als sie die völlige Wehrlosigkeit ihres Gefährten sah und erkannte, dass der Löwe sich erholt hatte und sich in wilder Rachsucht auf Tarzan stürzte.

Zu den Füßen des Affenmanns lag das weggeworfene Gewehr des toten Abessiniers, dessen verstümmelter Leichnam sich dort ausstreckte, wo Numa ihn zurückgelassen hatte. Ihr schneller Blick, der den Boden nach einer Verteidigungswaffe absuchte, entdeckte das Gewehr, und als sich der Löwe auf seine Hinterbeine erhob, um das unbesonnene Menschenwesen zu packen, das es gewagt hatte, seine mickrige Kraft zwischen Numa und seine Beute zu stellen, sauste der schwere Gewehrkolben durch die Luft und zersplitterte auf der breiten Stirn der Bestie.

Nicht wie ein normaler Sterblicher schlug Tarzan der Affen zu, sondern mit der Raserei eines wilden Tieres, das sich auf die stählernen Klauen stützte, die ihm seine wilde Kindheit in den Bäumen vererbt hatte. Als der Schlag aufhörte, bohrte sich der zersplitterte Schaft durch den zertrümmerten Schädel in das wilde Gehirn, und der schwere Lauf aus Stahl verformte sich zu einem groben V.

In dem Augenblick, in dem der Löwe leblos zu Boden sank, warf sich Jane Clayton in die stürmischen Arme ihres Mannes. Einen kurzen Augenblick lang drückte er ihre geliebte Gestalt an seine Brust, dann erinnerte ein

Blick um sich herum den Affenmann an die Gefahren, die sie noch immer umgaben.

Von allen Seiten stürzten sich die Löwen immer wieder auf neue Opfer. Furchtbesessene Pferde bedrohten sie immer noch mit ihren unberechenbaren Sprüngen von einer Seite des Geheges zur anderen. Die Kugeln aus den Gewehren der noch lebenden Verteidiger verschlimmerten ihre Lage zusätzlich.

Zu bleiben bedeutete, den Tod zu riskieren. Tarzan ergriff Jane Clayton und hob sie auf eine breite Schulter. Die Schwarzen, die seine Ankunft miterlebt hatten, schauten erstaunt zu, als sie sahen, wie der nackte Riese mit Leichtigkeit in die Äste des Baumes hochsprang, von dem er so unheimlich in die Szene hineingesprungen war, und so verschwand, wie er kam, und die Gefangene mit sich forttrug.

Sie waren zu sehr mit Selbstverteidigung beschäftigt, als dass sie hätten versuchen können, ihn aufzuhalten, und sie hätten auch nichts anderes tun können, als eine kostbare Kugel zu verschwenden, die im nächsten Augenblick gebraucht werden könnte, um den Angriff eines wilden Feindes abzuwenden.

Und so verließ Tarzan unbehelligt das Lager der Abessinier, von dem aus ihm der Lärm des Kampfes tief in den Dschungel folgte, bis er in der Ferne allmählich ganz verstummte.

Zurück zu der Stelle, an der er Werper verlassen hatte, ging der Affenmann, jetzt mit Freude im Herzen, wo vor Kurzem noch Furcht und Kummer herrschten; und in seinem Geist formte sich der Entschluss, dem Belgier zu verzeihen und ihm zu helfen, seine Flucht erfolgreich zu gestalten. Aber als er zu dem Ort kam, war Werper verschwunden, und obwohl Tarzan mehrmals laut rief, erhielt er keine Antwort. John Clayton war überzeugt, dass der Mann sich ihm absichtlich entzogen hatte, und fühlte sich nicht verpflichtet, seine Frau weiteren Gefahren und Unannehmlichkeiten auszusetzen, um eine gründlichere Suche nach dem vermissten Belgier durchzuführen.

"Er hat durch die Flucht seine Schuld eingestanden, Jane", stellte er fest. "Wir werden ihn gehen lassen, damit er in dem Bett liegen kann, das er sich selbst gemacht hat."

Geradewegs wie Brieftauben machten sich die beiden auf den Weg zu der Ruine und Verwüstung, die einst der Mittelpunkt ihres glücklichen Lebens bildete und die bald von den willigen schwarzen Händen lachender Arbeiter wiederhergestellt werden sollte. Diese wurden glücklich gemacht durch die Rückkehr von dem Herrn und der Herrin, die sie als tot betrauert hatten.

Vorbei am Dorf Achmet Zeks führte sie ihr Weg, und dort fanden sie nur noch die verkohlten Reste der Palisade und der Eingeborenenhütten, die noch rauchten, als stummen Beweis für den Zorn und die Rache eines mächtigen Feindes.

"Die Waziri", kommentierte Tarzan mit einem grimmigen Lächeln.

"Gott segne sie!", rief Jane Clayton.

"Sie können uns nicht weit voraus sein", vermutete Tarzan, "Basuli und die anderen. Das Gold ist weg und die Edelsteine von Opar, Jane; aber wir haben einander und die Wazir - und wir haben Liebe und Treue und Freundschaft. Und was sind Gold und Edelsteine im Vergleich zu diesen?"

"Wenn nur der arme Mugambi noch lebte", erwiderte sie, "und die anderen tapferen Burschen, die ihr Leben opferten in dem vergeblichen Bemühen, mich zu beschützen!"

In der Stille von gemischter Freude und Trauer zogen sie weiter durch den vertrauten Dschungel, und als der Nachmittag sich neigte, drang leise das Murmeln ferner Stimmen an die Ohren des Affenmanns.

"Wir nähern uns den Waziri, Jane", freute er sich. "Ich kann sie vor uns hören. Sie schlagen ihr Nachtlager auf, nehme ich an."

Eine halbe Stunde später stießen die beiden auf eine Schar von Ebenholzkriegern, die Basuli für seinen Rachefeldzug gegen die Plünderer gesammelt hatte. Bei ihnen befanden sich die gefangenen Frauen des Stammes, die sie im Dorf Achmet Zeks gefunden hatten, und selbst unter den riesigen Waziri ragte eine vertraute schwarze Gestalt an der Seite von Basuli hervor. Es war Mugambi, den Jane inmitten der verkohlten Ruinen des Bungalows für tot gehalten hatte.

Ah, was für ein Wiedersehen! Bis tief in die Nacht hinein erweckte das Tanzen, Singen und Lachen die Echos des dunklen Waldes. Wieder und wieder wurden die Geschichten ihrer verschiedenen Abenteuer erzählt. Wieder und wieder kämpften sie ihre Schlachten mit wilden Tieren und wilden Menschen, und die Morgendämmerung brach schon an, als Basuli zum vierzigsten Mal erzählte, wie er und eine Handvoll seiner Krieger den Kampf um die Goldbarren miterlebt hatten, den die Abessinier von Abdul Mourak gegen die arabischen Räuber von Achmet Zek führten, und wie sie, als die Sieger davongeritten waren, sich aus dem Schilf des Flusses herausgeschlichen und die kostbaren Barren weggetragen hatten, um sie dort zu verstecken, wo kein Räuberauge sie je entdecken konnte.

Aus den Bruchstücken ihrer verschiedenen Erlebnisse mit dem Belgier zusammengesetzt, wurde die Wahrheit über die bösartigen Aktivitäten von Albert Werper deutlich. Nur Lady Greystoke fand etwas Lobenswertes an dem Verhalten des Mannes, und es war selbst für sie schwierig, seine vielen abscheulichen Taten mit diesem einen Beweis von Ritterlichkeit und Ehre in Einklang zu bringen.

"Tief in der Seele eines jeden Menschen", meinte Tarzan, "muss der Keim der Rechtschaffenheit lauern. Es war eher deine eigene Tugend, Jane, als deine Hilflosigkeit, die für einen Augenblick den latenten Anstand dieses erniedrigten Mannes erweckte. In dieser einen Tat hat er sich selbst wiedergefunden, und wenn er aufgerufen wird, seinem Schöpfer gegenüberzutreten, möge das in der Waage all die Sünden aufwiegen, die er begangen hat."

Und Jane Clayton hauchte ein inbrünstiges "Amen!"

****

Monate waren vergangen. Die Arbeit der Waziri und das Gold von Opar hatten das zerstörte Gehöft der Greystokes wieder aufgebaut und neu eingerichtet. Das einfache Leben auf der großen afrikanischen Farm ging wieder so weiter wie vor der Ankunft des Belgiers und des Arabers. Vergessen waren die Sorgen und Gefahren von gestern.

Zum ersten Mal seit Monaten fühlte Lord Greystoke, dass er sich einen Feiertag gönnen konnte, und so wurde eine große Jagd organisiert, damit die treuen Arbeiter zur Feier der Vollendung ihrer Arbeit ein Fest feiern konnten.

Die Jagd an sich war ein Erfolg, und zehn Tage nach ihrer Eröffnung nahm eine gut beladene Safari ihren Rückmarsch in Richtung Waziri-Ebene auf. Lord und Lady Greystoke ritten zusammen mit Basuli und Mugambi an der Spitze der Kolonne, lachten und sprachen miteinander in jener lockeren Vertrautheit, die gemeinsame Interessen und gegenseitiger Respekt zwischen ehrlichen und intelligenten Männern aller Spezies hervorbringen.

Jane Claytons Pferd scheute plötzlich vor einem Gegenstand, der halb versteckt in den langen Gräsern einer offenen Stelle des Dschungels lag. Tarzans scharfe Augen suchten schnell nach einer Erklärung für die Aktion des Tieres.

"Was haben wir denn hier?", rief er, schwang sich aus dem Sattel, und einen Augenblick später gruppierten sich die Vier um einen menschlichen Schädel und eine kleine Ansammlung von gebleichten Menschenknochen.

Tarzan bückte sich und hob einen ledernen Beutel von den grausigen Überresten eines Menschen auf. Die harten Umrisse des Inhalts brachten einen Ausruf der Überraschung über seine Lippen.

"Die Edelsteine von Opar", rief er und hielt den Beutel in die Höhe, "und", er deutete auf die Knochen zu seinen Füßen, "alles, was von Werper, dem Belgier, übrig ist."

Mugambi lachte. "Schau hinein, Bwana", rief er, "und du wirst sehen, was die Edelsteine von Opar sind - du wirst sehen, wofür der Belgier sein Leben gab", und der Schwarze lachte laut.

"Warum lachst du?", fragte Tarzan.

"Weil", antwortete Mugambi, "ich den Beutel des Belgiers mit Flusskies gefüllt habe, bevor ich aus dem Lager der Abessinier entkam, deren Gefangene wir waren. Ich ließ dem Belgier nur wertlose Steine zurück, während

158

ich die Edelsteine, die er dir gestohlen hatte, mit mir fortnahm. Dass sie mir später gestohlen wurden, während ich im Dschungel schlief, ist meine Schuld und Schande; aber wenigstens hat der Belgier sie verloren - mach seinen Beutel auf und du wirst sehen."

Tarzan löste den Riemen, der die Öffnung des ledernen Beutels geschlossen hielt, und ließ den Inhalt langsam in seine offene Handfläche rieseln. Mugambis Augen weiteten sich bei diesem Anblick, und die anderen stießen Ausrufe des Erstaunens und des Unglaubens aus, denn aus dem rostfarbenen und verwitterten Beutel floss ein Strom glänzender, funkelnder Edelsteine.

"Die Edelsteine von Opar!", rief Tarzan. "Aber wie ist Werper wieder an sie gekommen?"

Niemand konnte antworten, denn sowohl Chulk als auch Werper waren tot, und kein anderer wusste es.

"Armer Teufel!", stellte der Affenmann fest, als er sich wieder in seinen Sattel schwang. "Sogar im Tod hat er Wiedergutmachung geleistet - lass seine Sünden bei seinen Knochen ruhen."

Buchtipps

<u>Das rote Zimmer</u>
und Der neue Nervenbeschleuniger / Das Ding von – „Draußen" / Die Farbe aus dem All Autor:Wells, H.G.; England, G. A.; Lovecraft, H.P. Ein ungenannter Protagonist und Erzähler beschließt, die Nacht in einem angeblich gespenstischen Raum zu verbringen, der im lothringischen Schloss knallrot gefärbt ist. Er beabsichtigt, die Legenden, die ihn umgeben, zu widerlegen. Trotz der vagen ...

<u>Das Kristall-Ei</u>
und Eine Terrornacht / Operation in der vierten Dimension / In der Raumzeit verirrt. Autor: Wells, H.G.; Breuer, Miles J.; Zagat, Arthur Leo. Dieses Buch enthält unter anderem eine gewaltige Geschichte von einem der größten Wissenschaftsautoren. Es ist eine Geschichte, die Sie bis zum Ende raten lässt – eine Geschichte, die Ihnen noch viele Jahre später in ...

<u>Der Mann, der Wunder vollbringen konnte</u>
und Der Maschinenmensch von Ardathia / Der Todesstaub / Der Gesandte der Aliens Autor: Wells, H.G.; Flagg, Francis; Zagat, Arthur Leo; Jameson, Malcolm. Die Titel-Geschichte ist ein Beispiel für die große zeitgenössische Fantasy.Sie stellt als Fantasy-Prämisse (einen Zauberer mit enormer, praktisch unbegrenzter magischer Kraft) nicht in eine exotische, halbmittelalterliche Kulisse, sondern in den tristen Routinealltag des Londoner ...

<u>Der schreckliche Gott Taa</u>
und Die Pilzvergiftung, Satan geht zum Angriff über, Jenseits des Zeittors Autor: Wells, H.G.; Jameson, Malcolm; Zagat, Arthur Leo; O'Brien, David Wright. Die Titel-Geschichte „Der Schreckliche Gott Taa" stammt vom amerikanischen Schriftsteller Malcolm Jameson. „Die großen Bleichgesichter der Erde brachten den Schrecken zum friedlichen Planeten Arania – sie versklavten seine Bewohner und beraubten ihn seiner Schönheit. Aber das ...

<u>In der Tiefe</u>
und Flug zum Titan / Eine Herberge der Hölle / Freddie Funks verrückte Meerjungfrau. Autor: Wells, H.G.; Weinbaum, Stanley G.; Zagat, Arthur Leo; Yerxa, Leroy. Die Titel-Geschichte „In the Abyss (In der Tiefe)" stammt vom englischen Schriftsteller H. G. Wells. Sie beschreibt eine Reise des Forschers Elstead zum Meeresgrund. Dieser hat einen Apparat erfunden, mit dem eine ...

<u>Sternengezeugt</u>
Eine Verschwörungstheorie über die Genmanipulation durch Außerirdische Autor: Wells H.G. In ‚Sternengezeugt' befasst sich der Autor H.G. Wells erneut mit der Idee der Existenz von Außerirdischen, über die er in dem Roman ‚Krieg der Welten' bereits geschrieben hatte. Es entsteht der Verdacht, dass die Außerirdischen zurückgekehrt sein könnten – diesmal unter Verwendung kosmischer Strahlung, um menschliche Chromosomen ...

<u>Armageddon 2419 AD</u>
Deutschsprachige Ausgabe Autor: Nowlan, Phillip Frances Die Erzählung Armageddon 2419 A.D beschreibt eine endzeitliche Katastrophe im Amerika des 25. Jahrhunderts. Das ganze Land wurde von den Chaharen Han erobert. Die Han besitzen eine hochentwickelte Technologie und haben große Fluggeräte mit Desintegrator-Strahlenwaffen, die tödlich wirken. Von Zeit zu Zeit fallen sie in das amerikanische Land ein, um die letzten ...

<u>Conan der Legendäre: Der Schwarze Koloss</u>
Autor: Howard, Robert E. „Der schwarze Koloss" ist eine der originalen Geschichten mit dem fiktiven Schwert- und Zaubereihelden Conan dem Legendären, geschrieben vom amerikanischen Autor Robert E. Howard und erstmals im Juni 1933 in der Zeitschrift Weird Tales veröffentlicht. Die Geschichte spielt im pseudohistorischen Hyborianischen Zeitalter. Das winzige Königreich Khoraja – mit einer gemischten hyborianischen / schemitischen

<u>Conan der Legendäre: Der Schwarze Zirkel</u>
Autor: Howard, Robert E. „Der Schwarze Zirkel" (The People of the Black Circle) ist eine der Original-Novellen über Conan dem legendären Barbaren, geschrieben vom amerikanischen Autor Robert E. Howard und erstmals in der Zeitschrift Weird Tales in drei Teilen in den Ausgaben vom September, Oktober und November 1934 veröffentlicht. Die Geschichte spielt im pseudohistorischen Hyborianischen Zeit-

alter und …

Conan der Legendäre: Eine Hexe wird geboren

Conan der Legendäre Eine Hexe wird geboren Autor: Howard, Robert E. „Eine Hexe wird geboren" ist eine der Originalgeschichten von Robert E. Howard über Conan den Kimmerier. Sie wurde erstmals 1934 in Weird Tales veröffentlicht. Die Geschichte handelt von einer Hexe, die ihre Zwillingsschwester als Königin eines Stadtstaates ersetzt, was sie in Konflikt mit Conan bringt, der der …

Conan der Legendäre: Rote Nägel

Autor: Howard, Robert E. „Rote Nägel" ist eine der seltsamsten Geschichten, die je geschrieben wurden – die Geschichte eines barbarischen Abenteurers, einer Piratenfrau und einer verschollenen unheimlichen Stadt, die von dem eigentümlichsten Volk der Menschheit bewohnt wurde … Es ist die letzte der originalen Geschichten über Conan den Legendären Kimmerier, die der amerikanische Autor Robert E. …

Conan der Legendäre. Jenseits des Schwarzen Flusses

Autor: Howard, Robert E. „Jenseits des Schwarzen Flusses" (engl. „Beyond the Black River") ist eine der originalen Geschichten über Conan den Kimmerier, geschrieben vom amerikanischen Autor Robert E. Howard und erstmals veröffentlicht in der Zeitschrift Weird Tales, Mai-Juni 1935. Die Geschichte spielt in Conajohara, einer neu gegründeten Provinz in Aquilona. Balthus, ein junger Siedler auf dem Weg …

Buchshop: